兵营往事

邓达生 著

海峡出版发行集团
海峡文艺出版社

图书在版编目(CIP)数据

兵营往事/邓达生著. 一福州:海峡文艺出版社,
2023.8
(潮汐散文丛书)
ISBN 978-7-5550-3407-0

Ⅰ.①兵…　Ⅱ.①邓…　Ⅲ.①散文集－中国－当
代　Ⅳ.①I267

中国国家版本馆 CIP 数据核字(2023)第 156968 号

兵营往事

邓达生　著

出 版 人　林　滨
责任编辑　李永远
出版发行　海峡文艺出版社
经　　销　福建新华发行(集团)有限责任公司
社　　址　福州市东水路 76 号 14 层
发 行 部　0591－87536797
印　　刷　福建新华联合印务集团有限公司
厂　　址　福州市晋安区福兴大道 42 号
开　　本　720 毫米×1010 毫米　1/16
字　　数　290 千字
印　　张　19.75
版　　次　2023 年 8 月第 1 版
印　　次　2023 年 8 月第 1 次印刷
书　　号　ISBN 978-7-5550-3407-0
定　　价　79.00 元

如发现印装质量问题,请寄承印厂调换

序：军旅其人　激情其魄

李龙年

　　我与邓达生相识颇有年月：彼时他是上尉，血气方刚，洒脱而热情，练达而洗落；叙说起战友情无不真情洋溢，激情澎湃；谈及文学、书法更是慷慨激昂——我曾见他手提大笔在纸张上挥写大字，居然仿佛有砰然而起之气势！

　　当然，还有酒——无论是军旅，抑或是文艺，如何能够离开酒？"李白斗酒诗百篇，长安市上酒家眠"，我屡屡见识达生酒中的豪情、激情、真情——譬如说，一位他曾经的指导员说："达生每每酒前酒后频频言记忆之情、魂魄之情、战友之情……真挚感人，令人动容！"其时我私下就想：如此男儿，可交；如此汉子，可敬！诸如此类的故事愈发多了，宛如一首平凡歌，达生遂于彼时起成为我的挚友。

　　恐怕是，不，显然是文艺才华与军旅的才干兼备吧，达生后来从基层调进机关，几年间，又从文工团政委提拔到支队政委，金戈铁马的军旅行营的主官生涯，达生日见成熟、沉稳、大气。我曾偶然与另一部队一熟悉的军事文学作者聊起达生。他因工作而接触过达生，对他的军人气质的洗练与大度皆敬佩不已。而我眼中，达生依然不变的是激情、真情、豪情——我屡屡与他或电话或酒中畅谈，或见面快叙，无不快意人生！

　　从上尉，到上校，我们始终保持情感、心灵与信息的联系。

　　然而，忽然间，达生捧出如此厚重的一部数十万字的大书，我仍然因此而惊喜：虽然，我时常于《福建日报》《警坛风云》等诸多报刊读到他的通讯、报告文学、人物纪实、散文随笔等作品，但是忽然间这些年文字生涯的作品沉甸甸地结集，我不能不惊讶于达生多年来灯下笔耕的勤奋，但与此同时，我更敬佩的是达生长期以来一以贯之对战友真情、军人风采的珍视与深爱——达生的目光与笔墨，始终是对准身边火热的现实军旅生活，对准橄榄绿阵营里铿锵的足迹与高昂的青春！

达生笔下，描绘出了一群令人敬重的军旅青春风采群体形象："中国武警十大忠诚卫士"之一班长蔡扶欣——他不仅半年内两次与持枪歹徒短兵相接，进行生死较量，还曾与腰藏炸药包歹徒智斗并最终制伏歹徒而名扬八闽；支队长邹自国带领官兵在上百次"处突反恐"和抢险救灾等各种急难险重任务中，出生入死，英勇无畏，书写人生传奇；支队长钟石生妻子郑玲支持丈夫从军，结婚15年，钟石生3次立功，妻子郑玲也走上了领导岗位，并被评为"福建省三八红旗手"、"福建省十佳好警嫂"——郑玲的一句"我要无愧于'军嫂'二字"，深情无限；来自福建的武警谢彦强先后在国际搏击大赛和中泰警察搏击争霸赛上，力挫群雄，取得了76公斤级冠军。

我觉得殊为值得珍惜的，还在于达生军旅生活中一以贯之地全身心地挚爱自己的战友——普通的战士、平凡的士兵。譬如，种过菜、后来又任"猪倌"的普通战士天宝的爱情故事；熟悉计算机网络技术，曾多次在各种大型军事演习中担任"主网手"的士官韩良顺；身为普通士官，却因为成绩优异成为兼职参谋，并被大家公认为支队的"A号参谋"的温载勇；普通战士陈洋的平凡爱情故事与救人功绩；爱兵并善于带兵的"大款班长"刘文启；优秀汽车兵郭玉宇……这些平凡而普通的军营人物，构建了达生书里的军营人物长廊，真实而感人，朴实而动人。达生的战友情怀、军营情结、士兵情愫，由此可见一斑。对普通战友如此，对昔日曾经关心、培育过自己的"指导员"

们，更是感恩于心、铭记于心，这是达生军旅人生的人格魅力所在，其实也是达生军营作品艺术魅力之所在。

达生作品里的时代性，充满了感染力的另外一个原因，在于他作品的艺术性。作为这部书里的散文卷，依然是观照于军营生活——军营哨位旁的枇杷树下指导员的深情（应该就是我曾经屡屡见过面的那位指导员吧）、父亲对于军人的儿子的深深父爱、武夷分水关上的战友情浓、军营门前的老鞋匠与普通士兵的军民情怀、青年军人与妻子在湖畔关于家庭与事业的心灵与情感的深度碰撞……军营生活的点点滴滴，如同他描写平凡战友时充满了情感一样，这些文字里他的真情几乎溢出纸面，淳朴动人。而作为他数年担任文工团政委的文字与情感记录，这本书里的军旅人物长廊里则还因此出现了一批形象生动，让人充满了亲近感的军旅文艺人物：受欢迎的"大腕"——武警总部文工团艺术指导王宝社；常胜不败的"军营百灵鸟"——歌唱家赵秀兰；武警福建总队文工团的女"伯乐"刘淑清；以及武警作曲家梁慧、"小本山"辛海伟、"警花"客家妹钟旦萍、参加 CCTV 小品大赛的女武星江林蔚、创作的群舞获武警文艺奖创作一等奖的李艺佳；士兵作家李尚财……既军味浓郁，又"星"光闪耀。

生活并非都是歌唱，达生常常陷入对现实的思考：作为一个人应该具备的品格、社会上令人痛心疾首的弊端、因读书而得的人生感悟……然而无论怎样的思考，达生总是怀着对生活、对人生、对社会、对时代的大爱的情怀去直面、去思辨，因此，他的思考文字一样充满了体温与情感，充满了军旅生涯的特质。譬如，因读宋代英雄韩世忠"男儿仗剑酬恩在，未肯徒然过一生"的慷然豪言，达生而深切感悟"理想是一个人生命的动力，也是人生的精神支柱"。再如，歌词《敦煌》虽仅短短十几句，不足百字，达生却撰写了长达数以千字的评论《宏大叙事的魅力》，立足于艺术规律，而放眼于历史与辽阔的西域地理的特定大背景，大气而开阔，颇具力度。这显示了达生的文化思考情怀。

　　如同这部书从另外一个方面展示了达生今天的人生的丰富色泽与心灵的高度一样，经年之后，我惊讶于达生书法的豪放与秀美的兼容——与当年的笔墨相比，显然早已是另外一番辽阔气象。最近的一次，当我一一品赏了达生珍藏于手机中启功、欧阳中石、沈鹏等的书法精品，且为达生言及大师们的经典作品而沉醉的神态所动，我深深理解了书末附录的《中国武警》杂志专访达生的文章《偷闲泼墨亦风流》中达生发自肺腑的话语："部队的锤炼为我的作品注入了丰富细腻的军人情感元素，我会继续把自己的书法艺术植根于警营火热的生活之中。"我想，书法如此，文字、文学——包括达生笔下的纪实作品、报告文学、散文随笔等，更无一例外地体现了强烈的军旅气息与中国当代军人的大视野、大情怀，达生的此生，属于军旅，属于时代。

4

　　是为序。

　　　　　　　　　　　　　（李龙年，中国作家协会会员，诗人）

目录

第一辑 人物篇

蔡扶欣：热血化干城/3

邹自国：热血写忠诚/7

黄健：大山一样的情怀/11

戴照平：热血铸军魂/18

郑玲：用爱撑起半边天/22

警坛神鹰——孙波/26

汤海保：唤起失落的心灵/29

"黑队长"——文泽波/34

钱队长治鼾记/36

功夫之王——谢彦强/39

夏海峰：搏击最风流/43

"A号参谋"——温载勇/46

天宝的故事/48

韩良顺：一"网"情深/51

陈洋：志愿兵的恋歌/54

罗生春：特级厨师的军旅情结/57

刘文启："大款班长"的带兵故事/63

郭玉宇：平凡岗位一首歌/69

温国煌：原则是颗"定盘星"/73

李尚财：兵作家"叫板"叫到底/75

受欢迎的"大腕"——王宝社/79

赵秀兰：用心歌唱党和国家/82

演出队的女"伯乐"——刘淑清/91

梁慧：行走在作曲路上/93

钟旦萍："警花"原是客家妹/97

江林蔚：艺高胆大"女特警"/105

李艺佳：东北女孩在海西警营的故事/111

橄榄花——袁文婷/119

辛海伟："明星"之梦也能圆/121

2

第二辑　文学篇

哨位旁的那棵枇杷树/129

父爱，装点美丽与永恒/131

一片"兵心"在玉壶/134

山村电影/144

鞋匠与上等兵/147

延平湖畔/150

请客风波/153

又入校园/156

年饭中的"年味"/158

第三辑　纪实篇

八闽利剑/163

八闽铁军/179

"回马枪"失灵之后/184

妈祖故里和谐曲/187

木兰溪畔闻心声/193

咬定"科学"不放松/197

提速警营文化建设/203

"三互"在执勤处突中"亮剑"/210

公正廉洁得兵心/218

"文化大篷车""出炉"记/221

"徐氏黑帮"覆灭记/226

代号"JDB033"/231

冰雪验证卫士情/239

山里兵的爱心承诺/244

丹心炽热守桥兵/250

英魂"落户"小武夷/253

谁不夸咱"园林"好/257

生命之舟踏浪行/261

四都记忆/265

第四辑　沉思篇

宏大叙事的艺术魅力
　　——《敦煌》歌词评析/271

生命和热血献给党/276

以书为镜是种境界/278

"拒礼"更须"明理"/280

莫借"非典"发"横财"/282

公众评说的水平最美/284

"非法"比"非典"更可怕/286

职务低不等于无责任/288

弃恶向善，立身之本/290

未肯徒然过一生/292

让学习成为常态/294

主动心态与成功/296

平心静气抓学习/298

大志向与小事情/300

附录

偷闲泼墨亦风流/翁德财/302

后记/305

兵营往事

4

第一辑 人物篇

蔡扶欣：热血化干城

"人体炸弹"要和他鱼死网破

从入伍的第一天起，蔡扶欣就把"当兵不习武，不算尽义务"、"武艺练不精，不算合格兵"作为自己从警报国的座右铭。数年的艰苦磨炼，他练就了一身令犯罪分子胆寒、让人民群众称道的硬功夫。在一次次惊险的战斗、一回回生命的较量中，他凭一身的本领和大智大勇，一次次克敌制胜。

2002年2月9日下午4时，李某腰捆炸药，闯入港商投资的凯祥公司，以炸毁工厂要挟索要25万元。那时，三十多名女工正在楼内作业，情况十分危急。时任武警莆田支队三中队一班班长的蔡扶欣和战友们奉命迅速赶到现场。见武警突然从天而降，诡计多端的李某心虚了，叫嚷要引爆炸药。在政策攻心、李某亲属劝告无效的情况下，联合指挥部决定将现场警力全部撤离，制造假象迷惑李某，命蔡扶欣带领突击小组潜入楼内，伺机行动。在夜色的掩护下，蔡扶欣和战友们悄悄潜到李某躲藏的房间门口，等待战机。一个半小时后，当沉不住气的李某拉开房门准备观察时，蔡扶欣一跃而起，以迅雷不及掩耳之势踹开房门，一拳将其击倒在地。惊魂未定的李某狗急跳墙，孤注一掷，用打火机点燃了身上的导火索。说时迟，那时快，蔡扶欣以

3

闪电般的速度猛扑上去，把李某死死地摁在地上。

这一切只发生在短短数分钟内，还没来得及反应过来的人质，惊愕得半天说不出话来，只是紧紧抱住蔡扶欣。

马涨山下的殡仪馆

经过几年的警营锤炼，蔡扶欣不仅具备了过硬的军事素质，在把握政策界限和法制理念方面也掌握了适宜的"火候"。在多次参与处突中，他始终牢牢把握政策界限，努力维护着广大人民群众的根本利益。

2002年8月，莆田市政府为了加快市政建设步伐，决定将市殡仪馆从市区搬迁到华亭镇马涨山。少数别有用心之人以风水被破坏为由，煽动几个村庄的数千名群众阻挠施工、堵塞交通、殴打执法人员，工程被迫停工。2003年3月，莆田市委、市政府决定恢复施工，鉴于当时形势，要求市武警支队派出部分警力维持秩序，蔡扶欣所在中队50名官兵受命前往。

4月26日上午，不明真相的千余名群众，在少数人的煽动下，聚集在驻训点对面的山头，随后涌向施工现场。

面对这样的局面，蔡扶欣这位"沙场老将"在短暂的迷惘后，很快冷静下来，清醒地认识到：我们面对的是群众，不是歹徒更不是敌人，对群众的过激行为，要以最大的热忱用法律政策去处理。

他带领所在班按照预案，设置了第一道警戒线。没想到队形刚摆开，人群中就投来了雨点般的石块。蔡扶欣边组织大家用盾牌保护自己，边提醒大家要保持冷静，无论如何不能还口、不能还手，防止授人以柄，激化矛盾。混乱中，蔡扶欣额角重重地挨了一扁担，腰部被石头击中，另外两名战士脸部也挂了彩。受伤的蔡扶欣眼冒金星，身体摇晃起来，但他再三告诫自己：我是班长，是党员，如果倒下了，就会影响战士的情绪，就会造成预想不到的严重后果！血从受伤的额部冒出，但他仍然站在执勤队伍的最前头。

防治"非典"战役打响后，蔡扶欣主动与村委会联系，带领班里的战士帮助喷洒消毒液，清理积压多年的垃圾，还经常到五保户和有困难的群众家中做好事，群众的敌意和戒心渐渐消除了。

四个月后，蔡扶欣与战友们的付出终于有了回报，当地群众由不解到打心眼里理解了政府的良苦用心。在群众的鞭炮声中，一座现代化的殡仪馆在美丽的马涨山下拔地而起。

"火龙"吞噬了他的眉毛

蔡扶欣当兵五年来，在参与抢险救灾战斗中，穿越熊熊烈火、挺立风口浪尖，经历过无数次血与火的考验，用生命书写着忠诚。

2003年8月的一天傍晚，莆田市城厢区华亭镇华侨医院附近山林燃起了熊熊烈火，火光映红了半边天。由于连续干旱，又遇到强风，火势直逼该镇医院。

医院地处偏僻山区，后侧是莆田市唯一的一条内河，前面是一条仅容一辆车行驶的林业公路，两边树高林密，杂草丛生。此时，要转移上百病人已经来不及了。

一百多条生命正面临着死神的威胁！

灾情就是命令！中队赶到火灾现场后，迅速组成了以班长蔡扶欣为组长的突击队。

任务是：切断火源，确保医院一百多条生命的安全。

责任重大！蔡扶欣迅速对火情进行判断，决定在距医院前方不远处树林稀疏的石崖上辟出隔离带，蔡扶欣带领十名突击队员以最快的速度，冒着生命危险攀上陡峭高耸的石崖。

攀上石崖后，蔡扶欣不由得倒吸了一口凉气，抬头前看，前面山头烈火熊熊，火势正快速向医院逼来。转身后看，身后是数十米的深崖，崖下是尖石林立。蔡扶欣清醒地意识到：这是一场没有退路的生死恶战。

他大喝一声："同志们，为了医院一百多条生命，杀出条血路来！"

蔡扶欣一马当先，带领战友们摸着黑，踩在乱石丛中，挥刀朝芦苇、树枝左劈右砍。由于天黑，视力受限，树枝、荆棘从不同方向向他们"袭击"，蔡扶欣和战友们毫无"招架"之功，脸上被刺成花脸，身上的衣服被割成一缕一缕。在转移时，蔡扶欣突然踩进掩藏在藤蔓树枝下的一个暗坑，坑内尖利的枯枝刺穿了蔡扶欣右脚胶鞋，扎进了肉里，他很快感到右脚板黏糊糊的，钻心的疼痛阵阵袭来。蔡扶欣忍着剧痛，带领战友们继续战斗在这个没有枪声的战场。

后来，火势终于被控制了，国家、人民的生命、财产安全得到了保护。

（原载《人民武警报》2004 年 9 月）

邹自国：热血写忠诚

二十多年前，他曾半年内两次与持枪歹徒短兵相接，进行生死较量，驱魔斩妖，名扬八闽。

二十多年来，他从没有把这段光荣历史当做炫耀的资本，在排长、中队长、大队长、支队长的每一个岗位上，踏实行走军旅人生，书写忠诚卫士篇章。

当武警福建总队直属支队支队长的三年多时间里，邹自国带领所属官兵在上百次"处突反恐"和抢险救灾等各种急难险重任务中，出生入死，英勇无畏，书写传奇。

8枚闪闪发光的军功章，就是对他辉煌军旅人生的最好诠释。

二十多年前惊心动魄的战斗

时光追溯到1988年8月的一天夜晚，凌晨2时。

素有"福州市后花园"之称的新店镇结束了一天的喧闹。

一家颇有名气的金店门口，突然闪现两个黑影。一个黑影贴着店门，有节奏地敲着。

"谁啊！"半晌，屋里传来了一个男子的声音。

"我是老板的朋友，从广东进货来了，路上车坏了，耽误了时间。"

店员计信以为真，刚打开半边门，当头挨了一棍，昏倒在地。两个黑影随即入门，快速冲到柜旁，将柜内价值数十万元的金银手镯一扫而光，很快消失在浓浓夜幕之中。

惊魂未定的店主赶紧报警。

"中队迅速派出特战班参加围捕战斗！"支队首长向中队下达了命令。时任排长的邹自国带领两名战士，火速赶到指定区域设卡围捕。

得知排长邹自国是战术能手，指挥部把案犯最有可能经过的路段交给邹自国所带的小组把守。

凌晨6时，街上早已喧闹一片。

彻夜未眠的邹自国没有半点松懈之心，警惕盯着可疑人员。突然，一个衣着讲究的年轻人低着脑袋推着板车进入了邹自国的视线，引起了邹自国的怀疑：小商贩着装体面，面对车流为何要低着头走路？邹自国觉得这个人有问题！

果然，"小商贩"心虚，支支吾吾，邹自国心里有底了。

"小商贩"眼见露馅，突然从怀里摸出乌黑的手枪，朝邹自国头上砸来。邹自国闪身躲过，就在其打开保险的一刹那，猛地抱住嫌犯，两名战士迅速冲上将其制伏，并在板车上缴获全部赃物。

战斗结束不到半年，一场更加惊心动魄的战斗又发生在邹自国身上。1989年1月29日，两名体工（射击专业）出身的歹徒持枪讨债未果，在一家酒店枪杀无辜群众，造成"五死两伤"，制造了震惊全国的"1·29"特大持枪杀人案。

案发后不到半小时，副中队长邹自国受领抓捕案犯任务。面对两位毫无人性、射击技术高超的"杀人魔王"，邹自国意识到：这是一场生死之战！

根据指挥部安排，邹自国带三名战士，作为第一突击队，在案犯可能活动的区域进行抓捕。

一个多小时后，突击队根据线索，基本锁定了抓捕目标。

"杀几个是死，还不如再杀几个。"面对四面而来的公安武警，穷凶极恶的歹徒感到末路来临，要与突击队员决一死战！

在一处民房楼顶，两名持枪嫌犯躲在里面，依托有利位置，与突击队员展开对峙，并向突击队员开火。一阵杂乱而清脆的枪声在福州上空响起。

子弹从邹自国和三名战士身边"嗖嗖"擦过，打在身后的钢板上"当当"作响。

就在案犯喘息的一瞬间，邹自国指挥突击队员调整进攻位置，占领有利地形向案犯射击，最终制伏了两名持枪歹徒。

闪耀在"风王"中的警徽

"桑美"，一个让人熟悉，更是让人心痛的字眼。2006 年 8 月的一天，百年一遇的"桑美"超强台风袭击福建闽东，中心风力达到19 级，创下我国台风风力之最，是名副其实的"风王"。

"风王"所到之处，遮天蔽日，海面巨浪滔天。闽东灾区人民面临空前大劫难。

灾情就是命令！邹自国率五百名官兵第一时间赶赴灾区紧急投入抢险战斗，出现在人民群众最需要的地方。

他们刚转移两百名学生，还没来得及喘口气，一声百姓的呼喊，又让他们风雨兼程。

"石头壁港有几十名渔民不愿撤离渔船，请武警兄弟救救他们！"两名百姓上气不接下气喊着。

邹自国随即挑选二十名官兵，驾着五艘船艇，在翻滚的海面上下颠簸，穿过汹涌的大浪，朝渔船疾驰而去。

经过一个多小时艰难跋涉，终于靠近在海上飘摇的渔船，一个个数米巨浪有如催命阎王疯狂地扑向渔船！

渔民被眼前的巨浪惊呆了，在绝望中看到了浪中翻腾的橄榄绿，眼里涌动着对生命的渴望。

"不要着急，有我们武警在，一定让你们安全上岸！"邹自国驾着船艇，朝惊慌失措的渔民大喊。涌动的人群安静下来，很快一个一个被接上了生命之舟。

半小时后，一股更强的台风袭来，巨浪瞬间"长高"了十几米，渔船全部沉入海底。

数字是枯燥的，却也是最具说服力的。几年来，邹自国共带领部队参加抢险救灾二十余次，转移救助群众四千八百余人，挽回经济损失八千余万元，他用对党和人民的无限忠诚为八闽大地的和谐安定撑起一片灿烂晴空。

（原载《警坛风云》2009 年 2 月）

黄健：大山一样的情怀

　　闽北巍峨的群山跌宕起伏，苍茫无际。腹地深处一座人迹罕至的绝壁峡谷之中，国家广播电视总局某电台和武警南平市支队九中队结伴而居，相依相存。一方日复一日进行着电波发射的作业，一方默默无闻地守卫着电台的安全。

　　电台台长黄健，是 20 世纪 60 年代毕业于哈尔滨军工学院的高级工程师，广电总局评出的"全国优秀台长"。他面色红润，眉宇间透出一股慈祥和儒雅，走起路来大步流星，让人难以看出他已是年近花甲的老人。他把一腔情爱倾注给了守卫在深山中的一茬茬官兵，那份水乳交融的感情，酽如武夷岩茶。

一

　　黄健刚从繁华的省城调到这座大山沟里当台长，便冒着霏霏细雨到九中队看望官兵。

　　清风凛冽，雾气轻寒。清晨，战士们或蹲下或站在雨丝中，在涧水边洗漱。

　　黄健捏捏这个战士打湿的衣衫，又摸摸那个战士冻红的脸蛋，问他们："冷吗？"

　　战士们一面吸溜着鼻腔里的清涕，一面回答："报告首长，不冷。"

中队长刘健跑步而来。他让刘健带他看看中队的营房。一排土头土脑的平房,古拙简陋。钻进去,光线黯淡,潮气袭人。

"没个洗漱的地方?"

"没有。"

"厕所呢?"

"在那。"刘健指着稍远处一座"碉堡"样的建筑,说:"现在还好,只是冷点,今年夏天有两名战士夜里上厕所遭蛇咬了。"

黄健的心紧缩了一下,自言自语道:"战士们钻进深山帮我们守电台,不该让这些孩子遭罪啊。"

广电总局的领导来了,黄健非要拉着他们到武警中队看看。他边看边说:"战争年代我们让战士这样子生活没话说,可现在我们用兵单位完全能给他们一个更好的生活空间啊!"

很快,电台环境整治工程拉开序幕,中队的营区建设也同步进行。黄健带着勘测人员马不停蹄地选址、设计图纸……

一幢功能齐全的两层楼房,在峭壁下拔地而起。接着,修建了擒敌场、障碍场、队列场等,安装了闭路电视、热水器、电风扇……

乔迁新居这天,黄健台长外出开会,战士们从旭日东升等到斜阳西坠,为的是让他来亲手点燃那串象征着吉庆的鞭炮。一粒粒爆竹包裹着官兵们的欢乐点燃炸响,余音在空旷的山谷萦回缭绕……

黄健每天要到中队转上一圈,心里才会踏实。一天,他看到战士宿舍几盏日光灯管坏了,马上吩咐中队干部让文书到电台仓库领几盏换上。可是,仓管员老黄像一扇门板堵在那里:没有出库单,针头线脑也休想从他的指缝间溜走。

"咱们和九中队都是为了电台的事业这一共同目标走到一起,九中队的事我们要给他们包下来。"黄健说。电台办公会议形成了一致的决议:在用车、水电维修、发放办公用品等工作生活保障上,把九中队当成电台的一个部门来对待;在过年过节、医疗等福利上,官兵享受电台职工相同的待遇。

二

"当兵进山沟，最怕三六九。"武警南平市支队战士中流传着这么一句顺口溜。

"九"，自然就是九中队了。九中队不光驻地偏僻，教育管理工作也落后，已连续多年没沾过"先进"的边。

兵，都不愿意分配到这里来。

黄健驱车两百多公里，来到新兵训练大队。面对数百张朝气蓬勃的面孔，讲起了开场白："我曾当过六年的兵，我的心与你们是相通的。"

他滔滔不绝地讲起了当兵的经历，搞电台工作的体会，电台工作的重要性、守卫电台职责的光荣。磁性的声音，穿透进青春躯体，让流淌的热血澎湃沸腾。

新兵刚来中队报到，黄台长就来看望他们了，并送给每人一支钢笔、一本笔记、一句话。说："把当兵两年的经历都记上，这是你们人生道路上一笔不可多得的宝贵财富。"

新兵许俊阳，下中队第一天，半夜三更肚子痛，疼得在床铺上打滚。

班长秦华良背上他，就往电台医务室奔。

电台只有一名医生，平时住在家里，职工夜里生病就去他家。

秦班长背着小许，径直来敲黄健的门。

黄健探出头来一看，马上对秦华良说："你快背他去医务室，我叫上医生随后就来。"

两名战士刚到医务室，黄健穿着睡衣睡裤，和医生也赶来了。

第二天一大早，黄健又来班里，看看小许病好了没有。

战士的家长来队，黄健总是安排他们免费住进电台招待所。每逢过节，台里分鸡鸭鱼肉，也总少不了中队的那份。五一节提来了粽子；中秋节送来了月饼……他像一位慈父关爱着远离父母故乡的战士。

黄健胸中勾画着一幅"警台"共建的蓝图，他提炼出的四句话让电台员工和中队官兵们铭记心头：政治上是保卫电台安全的生死战友，思想上是言无不尽的知心朋友，生活上是互敬互爱的手足兄弟，行动上是比学赶帮的竞赛伙伴。

在深山里工作，业余生活实在枯燥。黄健把电台所有的文娱体育场所都向官兵们敞开。工作之余，一警一民经常组队，举行登山、长跑、篮球等比赛活动。

电台和九中队虽然各居于一个院落，但在心灵的深处，已经没有了那堵围墙。

这天，黄健看到几个兵正用小棍拨弄着山里的一种大蚂蚁，逗引大蚂蚁打架。他找到台里几位领导，谈了自己的设想：不能让山里的兵越当越傻，电台人多半是技术专家，要利用优势提高官兵的文化素质。

经过一番酝酿筹备，电工电焊、家电维修、微机应用，一个个两用人才培训班在大山沟里的警营红红火火开张了。官兵们跟随着一股股电流、一道道电波，翱翔在现代科技知识的殿堂。

支队准备举行军事比武，官兵们每天都超强度地进行着军事训练。官兵们告诉黄健：他们的目标是扛回"第一名"的锦旗。

"好。你们光荣，我们高兴。"

他当即指示电台政工科长陈光明，每天给每名官兵送一袋牛奶，补充体力上的消耗。

黄健陪着参赛官兵，阔步走进了支队的比武场。

第一天五公里越野比赛，参赛的战士就将其他队甩出上百米，捧回了单项第一名的奖杯，第二天射击对抗赛，又拿了个第二名。

可是，关键时刻，比武主将、士官班长王映方的脚韧带拉伤了，中途换将已来不及了。

王映方忍着剧痛，在比武场上一步一挪地拼搏。黄健站在观众席上，挥臂为他加油。

可九中队在二十多个中队的角逐中，只拿了个第六名。

王映方抱着黄健失声大哭。

黄健动情地说："今天，我比你们拿了第一还高兴，因为我已经看到了闪耀在你们身上的精神。"

这年年底，九中队终于被评上了"先进中队"。

三

有一段时间，中队长刘健像条霜打蔫了的茄子，无精打采。黄健从其他中队干部那里很快了解到：刘健最近与女朋友闹崩了，因为刘健是独生子，他父母害怕刘健一辈子留在这大山沟里。

哪里的疙瘩在哪里解。黄台长抱着电话，苦口婆心做刘健爸妈的工作，终于让他们坐火车从几千里外的湖北来了。

黄健又找到小刘的女朋友，自然又是费一番口舌。

几下里一撮合，他亲自下厨炒了几样小菜，把几个人召集在一起。

刘健女朋友是中学老师，长得靓丽，也知书识礼。相处几天后，刘健的爸妈便欢喜得不得了。

一对险些被棒打散的"鸳鸯"，终于走进了婚姻的殿堂。

隆重的婚礼上，一对新人拜完父母来宾，双方父母一致提议，让这对新人认黄健为干爹。

与黄健犹如父子般感情的不止刘健一人。

从安溪县入伍的战士小林，是个孤儿。

黄健关心着他的成长成才。小林性格自卑，黄台长经常来开导他，教导他怎样做人，还买来许多科技书送给他。

小林要退伍了，面对今后的生活道路，觉得一头雾水。

黄健与他一起分析了安溪县的经济情况，鼓励他外出去开"铁观音"茶叶店，并把东北的朋友介绍给他。

小林脑袋里装着黄台长的教导，千里迢迢到东北去开茶叶店，很快就打开了局面。茶叶生意红红火火。

九中队的退伍老兵，都会给黄健写信或者打电话，批批如此。

四

乌云沉骤，雷霆万钧。一场罕见的大暴雨冲破天际，倾泻而下。

山洪如万马嘶鸣般爆发了。电台四周顿时成了汪洋泽国。

三号目标的电机就要被洪水吞没，一旦浸泡，就将报废。

"马上把电机转移到安全地带，中队有没有问题？"黄台长在电话里焦急地发问。

"我们保证完成任务！"

用不着中队干部作更多的动员，在战士们心中，电台的事，就是自己的事。官兵们手挽手涉入激流中，凭脚的感觉摸索着道路，艰难地向三号目标区域前进。

他们将数百公斤的电机卸下，脱下雨衣包裹起来，肩扛手抬着，在水位上涨之前，转移到了半山腰的安全处。

恶劣的天气似乎有意要考验一下官兵的意志。

这天深夜，电台 35 千伏的高压电缆频频迸发出电火花。突然，一道电弧光照亮了整座山谷，电台发射作业区爆发出"噼噼啪啪"的爆响。

八吨多重的一台变压器烧毁了！

一条两百余米长的高压馈线外皮成了焦炭！

必须马上更换。电台设备科的人员连夜驱车进城，去拉馈线。

天刚放亮，碗口粗的高压馈线拉回来了。

官兵和员工们都顾不上喘口气，每人相隔五米，像抬着一条巨大无比的蟒蛇，在呈 60°陡峭山坡的茅草荆棘中穿行……

官兵以台为家，爱台如家，用无私的奉献，回报着黄健台长和电台员工给予他们的大山一样的厚爱。

山里农副产品供应不易，官兵们为电台开垦菜地、挖掘鱼塘；节假日，他们扛上铁镐扫把，将电台院子的角角落落清扫得干干净净；孩子们放假了，中队主动为他们办起了夏令营……

闽北的水光山色奇异秀丽，这处深山密林中的警与民沐浴着同一缕阳光，喝着同一条溪水，播撒着同一片深情。

大山之韵美丽而神奇。

在战士们的眼里，黄健就像一座大山。

（原载《闽北日报》2002 年 8 月）

戴照平：热血铸军魂

　　火球一样的骄阳悬挂在天空，茫荡山下的一丛丛竹林、芦苇，把射击训练场裹得密不透风，不足百平方米的平地，潜伏着二排的官兵，汗水浸透迷彩衣，挂上了条条"白霜"。

　　抗热耐暑训练检验着军人的体质与意志。这种满负荷的严格训练，是武警南平支队机动部队的"家常便饭"。时任该中队中队长的他就是如此"酷"过了三年。全支队没人不知他的大名，尽管他离开中队多年，官兵仍感到他身上那股"熬"气就是机动部队的写照。

　　在他担任机动中队队长以来，便认准了一个理：艰苦的环境、严格的训练，是提高部队战斗力的砥石，一名带兵人在和平时期应注重创造实战性的恶劣环境，磨砺官兵手中的剑戈，培养官兵坚强的意志和顽强的作风。

　　体能训练是军事训练的基础，只要新兵一到中队，队长一定要"做文章"，开始他的训练计划：体能训练增加一倍，把百米障碍变成四百米障碍，坚持每天一个五千米越野，每天做俯卧撑五百下。

　　在每次军人大会上，队长总反复说：当和尚就要剃光头，武警战士就要有强健的体魄和过硬的擒敌功夫。在机动中队当队长三年，光头也"跟"了他三年。因此他又有"光头队长"的绰号。

　　蒸笼般的训练场上，官兵在直冒热气的地里瞄准练习，一小时、两小时过去了，许多士兵的脸色蜡黄，嘴唇干裂，一位见习排长和一名战士几乎晕厥，就这样也没人动一下，因为他们身边还有巨大的力量在支撑着他们——队长同战士一样，趴在地上纹丝不动，迷彩衣、脖子、脸上也一样挂满了"白霜"。

支队领导到训练场上检查，看到他们训练的情景，感动地说：透过竹叶林，仿佛看到烈火烧身、双手插入土中的邱少云形象。

个头一米八二，体重八十千克的一班长宋孝忠，常因为自己的大块头而骄傲。没想到在队长这里，大块头恰恰让他苦不堪言。每次进行军事考核，对于一班长宋孝忠来说，都是一道难关。他最怕单杠、障碍、越野。一次队里组织四百米障碍比赛，宋班长急了，生怕抽到自己，半开玩笑提出：队长照顾一下"重型坦克吧"！队长两眼一瞪："你一个带兵的，有啥价钱好讲。"

宋班长那次碰了钉子之后，知道在队长麾下当兵，军事不过硬，班长迟早被免职。这位凭借省武警总队散打冠军牌子当上班长的宋孝忠心一横，豁上了。他每天早起晚睡，登山、做俯卧撑，不到一个月时间体重下降了八千克。嘿！竟也过关了。

队长认为：强将手下无弱兵，要求将要更强。强将产生于严格训练、严格要求之下的"武艺通"。

走进机动中队，随处可见战士们在搞体能训练，战士们在进行散打对抗，相互观摩，足令你领略军营男子汉的阳刚之气。

队长喜欢从十千米武装越野中找"感觉"，而且训练质量从不让掺水分。他认为训练偷懒是亵渎军人的人格，决不让哪位战士以"丢盔弃甲"的狼狈相到达终点。一次，二班的一名战士途中实在受不了，偷偷叫老百姓摩托车带上一段，结果被队长发现了。队长二话没说，喝令这位战士从原地返回，成绩扣一等。班长急了，过来求情："队长，下不为例吧！""不行！"队长没有半点商量的余地。二班长只好带上这位战士返回原地重跑。

克服训练上不搞"下不为例"，队长的见解颇有道理："你对他搞下不为例，久而久之，它就成了惯例，再纠正就难了，不如打它个立足未稳。"

副队长提醒他："训练别过严，别把兵给吓跑了，出现训练损伤还得我们负责。"队长却坚持："武警官兵担负着维护社会稳定的任务，决定了严格训练不会贬值。"

队长常说："中队干部的威信，既不是靠惩罚出来的，也不是靠骂出来的，带兵，首先要对自己严格要求。"

队长是擒敌、散打、射击、驾驶课目的好手，都获过这些项目的等级证书，是个老"四会教练"。在 1985 年、1986 年、1987 年的总队散打比武场，他就得过冠军。支队选送了二十名代表参加总队大比武，机动中队的选手就占了一半。射击、散打分别荣获团体第一名。从军二十年，他始终没有忘记自己作为一名军事干部的职能，在各方面给部队官兵做出榜样。

20

——俯卧撑，与血气方刚的年轻班长旗鼓相当，一口气能做 120 个以上。

——散手对抗，两拳生风，出手如闪电，令与之对抗的不少年轻战士倒吸凉气。

——练射击，站在射击场上，如一尊雕塑，纹丝不动，成绩都在良好以上。

队长是典型山东大汉，勇敢与刚直是他的人格秉性，在部队，他是带兵人的偶像；在地方，他同样威名远扬。十多年前，三名歹徒在胜利街口用匕首劫持一老板，勒索其钱财，队长途经此地，大喝一声："放下匕首！"声若洪钟，有人高喊："武警队长来了。"歹徒早已闻队长大名，慌得扔下匕首拔腿便跑。队长喝退歹徒的神威不胫而走，成了百姓心中的传奇人物。

谈起现已是大队长的他对自己的严，在体能训练中得到了更充分的体现：论年龄，他早过"达标"的年龄杠杠，可跳木马、400 米障碍、引体向上他都带头"达标"。去年总队军事干部集训，他过 2 米高墙时，双肘都磨出了血。

建阳人民永远忘不了那 1998 年"6·22"特大洪水带给人民的深切灾难。还记得一位佩戴中校警衔的警官，三次只身跃入洪流抢救三位被激流冲走的老人吗？他就是本文的主人公武警南平支队二大队大队长——戴照平。

敬礼！为部队军事技术训练作出贡献的带兵人。

（原载《闽北日报》2001 年 9 月）

郑玲：用爱撑起半边天

"既然两个人有缘走到一起，就应该给对方坚定的支持和充分的理解……"每当想到妻子郑玲的话，武警莆田支队支队长钟石生心里总会荡起对爱妻的无限感激。结婚十五年来，钟石生先后三次荣立三等功；郑玲也从一名银行普通职员走上了领导岗位，分别被福建省妇联、福建省公务员局、福建省人力资源开发办公室表彰为"福建省三八红旗手"、"福建省十佳好警嫂"。

我要无愧于"军嫂"二字

结婚时，就有人说她是"娶老公"，这是因为两个人虽然同在福州工作，但是丈夫在机动支队任职，几个月难得回家一次。办喜事时，从布置新房、购买婚礼用品到招待亲朋好友，都是郑玲一个人在操办；怀孕时，因为丈夫不在身边，郑玲挺着肚子忙着上班、做家务；生孩子时，有人说她"没人疼"，因为丈夫在外执行任务没有回来。

结婚十五年来，郑玲不知道什么是风花雪月，但从没喊过苦、叫过累。她要用实际行动证明自己无愧于"军嫂"这个光荣的称呼。

他们的儿子刚出生那会儿，体质较弱、经常生病。为了给孩子看病，不管是白天还是晚上，郑玲总是独自一个人带着孩子在医院和家之间奔波。频繁地输液导致孩子的血管变硬，每次输液，头、手、脚都要扎个遍，孩子哭，她也哭……

那时，钟石生正集中精力忙着参加总队参谋业务比武，时间紧、任务重，不能随便离开，尽管部队离医院只有十多千米的路，郑玲怕给丈夫增添过多的心理负担，咬着牙，一个人默默承受着一切。

孩子断奶后，寄放到了姥姥家。郑玲每天都要赶十五千米的路回家陪孩子，风雨无阻。她觉得，孩子总是见不着爸爸，不能再让孩子总也见不着妈妈……"

爱他，就要支持他的事业

2002年7月，由于工作成绩突出，钟石生走上了直属支队参谋长的岗位，那时，支队上下正紧锣密鼓地为争创先进支队做准备。

作为总队唯一的机动支队，军事工作无疑是评先创优的重要考评内容。钟石生没日没夜地扎在工作中，几个月都没回趟家。

为了让钟石生能够安心工作，郑玲主动放弃了作为后备干部到学校深造的机会，白天忙单位里的事，晚上操持家务，经常到深夜一两点才睡觉。

就这样，半年多过去了。

"郑玲，我们支队终于评上总队先进支队了！"当钟石生把喜讯告诉郑玲的那一刻，夫妻俩沉浸在成功的喜悦之中，而半年多来所经历的辛酸苦辣郑玲却只字未提。因为，她深深地知道：自己热爱部队，所以选择了军人；自己深爱丈夫，所以必须全力支持他的事业！

2008年年初，钟石生到莆田支队任支队长，而郑玲却在中国建设银行福清支行上班，儿子钟山在福州市区上小学，一家人由两地分居变成了三地分隔。这一年，儿子处在小学升初中的关键阶段。

为了让钟石生省心，郑玲白天忙着银行里的工作，晚上驱车从福清赶回福州照看儿子，帮他辅导功课。

有一个晚上，郑玲在单位加班，母亲突然打来电话说："孩子发高烧，怎么办？"她立即放下手头上的工作，边往家里赶边给钟石生打电话，结果得到的回音却是："对方已将电话设置为来电提醒。"事后，钟石生回电告知，部队要准备赶往三明执行抗冰复电任务。郑玲拿着话筒，到了嘴边的话又咽了回去。

那段时间，郑玲每天都在密切关注着灾情，并向灾区群众捐了款。2月18日，在网上看到了钟石生所在部队救灾的新闻报道，影像中钟石生正与战友们一起扛着电线扛上山，看着他那吃力的表情，郑玲除了心疼，更多的是感受到了军人的崇高，军嫂的骄傲。

后顾之忧理应由我来扛

2005年3月，郑玲把公公、婆婆从江西瑞金老家接到福州生活。公公早年得过严重的肺结核，肺被切除了三分之一，身体非常虚弱。刚到福州，二老不会讲普通话，郑玲也听不懂江西话，加上钟石生常不在家，所以老人家有了回老家的念头。

可是，公公身体不好，老家生活条件又差，回去只会让钟石生更加分心。于是，郑玲一有空就跟两位老人加强沟通交流，并用手势配合表达。饮食上，老人喜欢吃什么，她都尽可能去做，还买来菜谱学做江西菜，本不吃辣的她被呛得眼泪直流；为了避免老人开销不便，郑玲专门备了一个盒子装零用钱，老人家花了多少郑玲就补进多少……

五年过去了，公公、婆婆在郑玲的悉心照料下，身体硬朗了许多，简单的普通话基本上都会说了。家庭的温馨和睦让二老笑得合不拢嘴，常常对老乡和邻居说："生个好儿子还不如娶个好儿媳！"

面对街坊邻里一片赞誉，郑玲却说："石生工作比我忙，后顾之忧应该由我来担……"

从不认输的性格，使郑玲不仅把家庭照顾得暖意融融，同时在工作上，郑玲也取得了骄人的成绩。

1995 年 6 月，郑玲从教育系统调入银行工作。她在繁忙的工作之余，挤时间钻研业务，加强珠算、点钞、微机应用以及存贷款利息计算等业务技术学习。晚上，在安顿好老人、孩子后，自己就抱起专业书钻研起来，一学就到深夜两三点。

功夫不负有心人。1998 年初，郑玲顺利通过了经济师考试，逐渐从一个普通职员成长为业务精通的银行干部。

家中一杆秤，家庭事业两平衡。郑玲一次又一次用行动诠释着军嫂的内涵，谱写了一首又一首爱的赞歌。

绿色彰显了军人的风采，担当显示了军嫂的情怀，雪莲之所以美丽，是因为它在雪山上绽放，军嫂之所以坚强，是因为她依傍的是军人那如山的胸膛！

（原载《人民武警报》2011 年 7 月）

警坛神鹰——孙波

    2004 年是孙波入伍的第十二个年头，在他身上已印下了浓重的"兵记"，足以令犯罪分子不寒而栗：脸庞黝黑，虎背熊腰，目光如炬。他当特勤中队长的两年里，先后参与处置各种突发事件 26 起，亲手抓获不法分子 36 人，缴获海洛因 15 千克、冰毒 18 千克，缴获各种凶器 22 把，以实绩打造出了忠诚卫士形象，为八闽大地编织出一片幸福安宁的蓝天。一位与之合作的外籍警察官员，称赞他是"东方的警坛神鹰"。

打 造 队 伍

    2002 年 6 月，因业务突出，被武警福建总队上下公认的"高参"孙波被一纸命令推向了特勤中队长的岗位。

    临报到前，一位支队领导紧紧地握着他的手说：特勤中队是我们机动部队的一张"王牌"，技术含量高，任务极其险重，需要你这位"高参"来掌舵，一定要把这支精兵带得更精、更强！一番意味深长的话，使他深深感到了肩上的重担和沉甸甸的责任。

    两年来，他始终习武不辍、精武不止，无论是个人技能还是组织指挥，无论是军事动作还是军事理论，都达到了相当高的境界。

    在特勤中队，自身军事素质好，就是一个无形的权威。孙波明白这个理，却更清楚：兵熊熊一个，将熊熊一窝。把兵带强带精远比培养"领头雁"强，威力也要大得多。

强将手下无弱兵，特勤中队两年来经过孙队长的全力打造，全部官兵会熟练运用高新技术武器，军事课目成绩全部超过军事训练大纲要求，支队一半以上训练纪录被他们打破。官兵在战场上更是骁勇善战，次次圆满完成任务，特别是在处置厦门远华走私大案和 2004 年"猎狐行动"中屡建奇功。仅两年时间，中队共抓获各种犯罪分子142 人，缴获各种凶器 112 件，并荣立集体二等功。

生擒"毒王"

2004 年 5 月 16 日，孙波受命带领 20 名官兵赶到省公安厅集结待命，并受领任务。

这次行动代号为"猎狐行动"，抓捕对象是以王坚章为首的跨国贩毒团伙。由于犯罪团伙人数众多、行踪诡秘。公安机关对这一伙犯罪团伙进行了长达一年多的跟踪监控，待时机成熟一网打尽。

如今终于等到摧毁"王氏"毒品犯罪集团的时候了。

孙波带着 5 名能征善战的战士，在公安禁毒总队蔡总队长的带领下，直奔王坚章犯罪团伙的老巢——福州市王庄某小区。

到达指定位置后，孙队长立即按照预定作战方案，将该小区 10 层秘密包围。

时间一分分地过去，由于天降大雨，潜伏在暗处的官兵已被浇成落汤鸡。队员们全然不顾，始终全神贯注地注视着目标的一举一动。

19 时，"毒王"终于返回。天边的夜幕刚落下，参战官兵按照预定方案，运用平时练就的特技功夫，如壁虎一般紧紧地贴在 10 层楼窗口旁，不露声色地将该层控制起来，等待最后的命令。

20 时 50 分，"猎狐行动"总指挥下达了实施抓捕的命令。

孙波带领小分队如离弦箭般跃出埋伏位置，冲向目标。

房门紧锁，士官陈友吴迅速用准备好的撬门器"开路"，锁脱落的响声惊动了"毒王"。门刚打开一条缝，守候在门口的孙队长抬腿一个正蹬，坚硬的铁门"咔嚓"一声倒在地上，还未等"毒王"站稳，孙波一个箭步冲上前去，一个"击腹别臂"将其牢牢控制。

与此同时，其他战斗分队也传来捷报……

（原载《福建通讯》2004 年 5 月）

28

汤海保：唤起失落的心灵

这是在闽江源头的一个深夜。

武警南平支队二中队三十多名战士噙着泪水向我们提出一个恳求：写写我们的汤队长吧！

战士们的评价是公正的。汤海保在中队任职四年来，中队党支部连续被总队评为"先进党支部"，连续两年被南平市委市政府评为"扫黑除恶"先进集体。中队从一个总队帮扶的落后单位，一跃成为连续三年跨入基层建设先进中队行列。

为兵分忧就是为党添彩

五年前，由于种种原因，二中队的建设一直在低层次上徘徊，被上级确定为重点帮扶单位。

汤海保走马上任，支队领导意味深长地对他说：二中队管理难度大，但只要你把心放在了战士身上，就能赢得工作的主动权。

汤队长对此刻骨铭记在心。上任的第一天，郑重地在自己的理论学习本上写上：一定要把全部的真诚和爱献给中队官兵，带出一流的中队、一流的兵。

2000年2月的一个深夜。战士陈沛翻来覆去无法入睡，悄悄起床，蹑手蹑脚拿着准备好的行李，正要从后门溜出去时，一束刺眼的手电筒灯光如一道屏障"堵"在了门中间。

"小陈，这么晚了去哪?"

"队长，我……"小陈惊得半晌说不上一句话来。

"小陈，有什么事想不通的呢，难道你不相信我们中队干部吗?"一番话，说得小陈心头一热，两行热泪滚落下来。

"来，我们边走边唠。"汤队长擦干小陈的泪花，拉着小陈的手走出了营区。此时，小陈再也控制不住，把多日积郁在心里的事一股脑儿地倒了出来。

原来，入伍前，小陈在家是一家汽车修理厂的小老板。临走时，厂子交给了姐姐及其男友经营。由于经营不善，厂子倒闭了，姐姐男友提出要和姐姐分手，暗地里却将厂子里的大部分设备私自变卖，小陈的姐姐一气之下离家出走。愤怒的家人要小陈速回家"摆平"此事。

听完小陈抹着泪说完家事，汤队长的心头一阵阵酸痛，他关切地对小陈说:"你们的家事，我们都很同情你，可是你回去不仅'摆平'不了他，还会害了自己，只有依靠法律才是解决问题的唯一办法。"

第二天，中队党支部将小陈家的事向当地政府做了反映，汤队长还隔三岔五打电话询问当地政府对此事的处理情况。

不久，小陈家里来信了。看完信，他抱着中队长激动地说:"我姐姐回来了，事情也解决了!"

唤起一份自信就能激活一颗心灵

小黄是在全部队出了名的"阿混"战士。

汤队长主动要下了小黄。他相信，只要真心付出，石头也能点成金。

小黄调到中队没几天，果然就给汤队长下"马威"。

一天深夜，汤队长查夜勤，看到小黄军装穿得不整齐，子弹袋随意地挂在身上。直觉告诉他，小黄睡岗了。

汤队长来到中队几年来，半夜查勤无数次，从未发现睡岗的现象，他气得恨不得给小黄两个耳刮子。但他克制了情绪，心想小黄的表现绝不是一两天所致，背后一定有"难言之隐"。

果然，汤队长私下找小黄的老乡了解得知，小黄在新兵大队时由于军事素质不好受到班长和老兵的嘲弄，下中队后仍然被班长瞧不起，心想在部队就是干得再好也是白搭，从此产生了"破罐子破摔"的心理。

弄清原委了，汤队长觉得要"啃"这个"硬骨头"，关键要把小黄自信心树起来。此后，汤队长主动同小黄交朋友，只要发现他有一点进步，汤海保就及时鼓励和表扬；小黄生病了，汤海保亲自送他到卫生队就医，并把病号饭端到他的床前……

一个月过去了，小黄慢慢地走出了自卑的心理阴影，工作越来越起劲。一次执行重大处突任务中，他冲在队伍的最前面，掩护战友抓获了一名罪犯。从此，周围的战友也改变了对他的看法。

小黄年底就要退伍了，可是汤队长却着了急，因为小黄文化底子太薄，退伍后怎么在社会上立足呢？

于是汤队长买了课本，抽出时间为他补课，起初，小黄打不起一点兴趣，说：年底就退伍了，回家种地学不学都没关系。

汤队长掏出了心窝子说："你文化低也不全是你的错，现在是经济时代，没文化啥都吃亏，多学一个字都会有好处。"

于是离退伍前的半年时间，小黄认真当起了学生，买来了一些科技致富的书，一有空就钻研学习。退伍的那天，充满自信的小黄已是判若两人。

一年后，小黄凭着实干精神和科技头脑当选了村长。

小黄的改变，使汤队长更加认清了一个理：没有带不好的兵，只有不称职的干部，唤起一份自信，就能激活一个心灵。

干部公道正派，直接影响战士的人生观

入伍前经过商的战士小张下中队后，在一次训练中被汤队长批评了。他想不通，就准备了一个小本子，希望能抓住汤队长的"把柄"。他想中队长虽然官不够大，但权力不小，不可能没有破绽，谁知记了一年多，把柄没抓到，却记下了一串串令他心里佩服的事。

中队有两个学技术指标，一名上级领导指定要关照平时表现一般的战士小张。

按原则办事，汤海保的前途命运一定会打折扣。如果"个别照顾"则伤了大伙的心。

汤海保思想开始斗争起来，最终，多年的组织培养和教育让他认准了一个理：得罪领导，失去的也仅仅是个人利益；而得罪了群众，失去的是党员干部的形象，也会对小张产生更大的负面影响。

最终，小张没能去成。

2002年底，中队分到转改五个士官的指标，一时各种电话、条子纷纷涌来，一些平时表现不错的战士也向家里要钱，准备"活动活动"，见此情景，汤队长在军人大会上发了火：丁是丁、卯是卯，谁过硬，谁过关，谁也别动歪心思。

一位已转业的老上级打来了电话，请他关照一下他亲戚。汤队长诚恳地说：在关系到战士前途命运上的问题，我这个当队长的能做的只能给大家创造一个公平竞争的环境，要不然我这个队长没法当。老领导不甘心，又请机关的一名领导打电话说情，没想到，汤队长当即拒绝：对不起，这个人已经被战士"评"掉了。

结果，五名选改上的战士全是高素质、中队上下服气的骨干。

目睹这些，记小账的战士小张再也忍不住了，他红着脸把本子

交给汤队长。本子上写了这样一句话：队长，你使我们懂得了什么叫浩然正气。

如今二中队成为名副其实的大学校，战士入伍即入学，退伍即毕业，一批批的战士带着从中队和汤队长身上学到的公平理念走上了社会的广阔舞台，找到了自己的人生支点。

四年来，二中队先后有十三名战士考上了军校，三名战士提了干，三十五人荣立三等功，其中一人被评为全国武警部队优秀班长。

（原载《闽北日报》2003 年 8 月）

"黑队长"——文泽波

1999年10月，武警福建总队南平支队军事大比武临时增加了一个项目——"队长健美赛"，目的是促一促干部的训练，也让个别不参加训练的干部出一出"丑"。

在比赛T型台上，所有中队军事主官一个个赤裸上身亮相，最后文泽波以黑得发亮、健壮如牛的身材获得8个评委的全部满分。支队领导在宣布获奖"冠军"时说：当队长的白嫩干瘦，中队训练能上得去吗？看看十三中队长文泽波，你们回去应该知道怎么做了！

从此，"黑队长"的名字传开了。

文泽波，身高1米75，黑黑的脸上都是疙瘩，两手像锉刀似的。毕业于福州武警指挥学校后勤专业的他当时可是个细皮嫩肉的文弱书生。被任命为副队长后，他下了决心：只有军事过硬，说话才能掷地有声。训练对他来说真是苦不堪言：每天天不亮起床开始5公里长跑，成绩从最初的26分钟缩短到18分钟。还有每天"6个100"的必修课：拉力器、扛铃蹲举、引体向上、俯卧撑、蛙跳、马步直拳等项目，都要完成100次。然后再一课不落地随战士们训练。

1999年初，文泽波到十三中队走马上任当队长。这个中队是总队的帮扶对象，干部不安心，战士们没干劲。一上摔擒课，班长就带着战士找沙土和草地。

他把部队重新集合起来："从现在开始，我怎么做，大家就怎么做!"然后把队伍从草坪带到了晒谷场上,叫出值班班长配合,把当天的训练动作干净利索地做了一遍,摔得地板直响,看得战士都傻了眼。

见新战士练得腿伤臂肿,有人建议减轻训练强度,文泽波不肯:不行,心软是带兵的大忌。不摔出一身的伤疤,绝对练不出一身过硬的本领!

2000 年 4 月,一位将军来十三中队检查工作,正赶上中队进行体能训练。看到战士一个个身上隆起的肌肉和三角形的腰身,以及一张张黑不溜秋的脸,将军高兴地说:这个标兵中队,肯定有战斗力,不会有水分!

的确,有统计数字为证:支队、大队的各种比武,每次站在领奖台上最高位置的都是"黑不溜秋"的十三中队的兵;支队这两年的"执勤能手"、"特等射手"、"擒敌能手"等,60% 是十三中队的战士。十三中队两年荣立集体三等功,成为先进中队和标兵中队。

(原载《福建日报》2000 年 5 月)

钱队长治鼾记

钱中队长最怕在集体宿舍睡觉，不为别的，只因他的呼噜声太有"杀伤力"。他的呼噜声如洪水咆哮，如雷霆万钧，隔了数间房子，仍可以感受到余威。

战友们管他叫"钱呼噜"，是支队公认的"第一鼾"。战友怕同他一起出差，怕和他住一个房间。他为此烦恼过，曾跑过多家医院，拜访过民间医生，但都未奏效，呼噜声依然不减往日之勇。他穿上那身帅气的警服，倒也不失潇洒，令他烦恼的是，三十好几的人了，至今光棍一条。这一定是呼噜出的问题。

有一次，支队领导为他介绍了一个对象。一次约会，由于连续数天参加抗强台风战斗，身心疲惫，未同对象说声"晚安"，便坐在石凳上昏昏入睡了，很快鼾声大作，吓得姑娘如惊鹿般跑回家。第二天，姑娘抛下一句话："本姑娘心律不齐，挡不住你那'隆隆炮火'。"以后再没音讯。

他明白了，要得到渴望已久的爱情，最终解决的根子就是要让呼噜变哑，不变哑变小也行。他只要有空就研究"治鼾"，甚至回家探亲时也打听"灭鼾"药方。一次探亲，他的舅舅给他的"治鼾"带来了启示。

他虽人称支队第一鼾，但与他舅舅相比却是"小巫见大巫"，舅舅是县城里公认的"呼噜王"。听母亲说，舅舅住在临街四楼，大街上的人都能清楚听到他的呼噜声。回家的第二天早晨，他来到一河之隔的舅舅家。未进门，舅舅的呼噜声便穿过几道门，似狮在吼。舅妈说："把你舅推醒。"这时，他认真地观察起了舅舅打鼾的样子，看到呼噜声是从嘴里出来的，嘴张时"惊雷滚动"，嘴合拢时就没声了。

看到此景，他突发奇想：要是把嘴给"封"了，呼噜声不就解决了吗。他决定晚上进行实验。上床睡觉前，他用胶布封住嘴，刚开始时觉得有点难受，翻来覆去没法睡，但折腾了几个小时后，也睡着了。第二天，家人好奇地问：昨晚怎么变哑巴了？他诡谲地一笑：惊喜吧，这是我"研制"的良方。

回到部队后，正好支队政委到中队蹲点，由于战士家属来了，客房满了，政委与他同睡一间。政委早有准备，带来了几本书看。一夜下来，自始至终听不到呼噜声，政委还以为钱中队长为了不干扰领导硬撑呢。次日发现，他精神饱满，不像是熬夜的样子。这一下政委纳闷了。

一天半夜风大，钱中队长受凉了，打喷嚏就把胶布给撕了，鼾声又大作起来。这回，政委才发现他原来是把嘴给封了。钱中队长的秘密，让政委心动。尽管久违的鼾声又起，政委却不想制止他。奇怪的是，晚上虽有"巨雷"伴睡，政委竟然睡着了。

第二天，钱中队长醒来时，嘴上的胶布不见了，翻遍了床铺就找不着。再瞅瞅政委，他正神秘地微笑着看他，这让他有些不知所措。

政委不紧不慢地从枕头下拿出胶布，严肃地说："这是你的，干什么用？"钱中队长有些语无伦次，脸"刷"一下红了。

"别给我装了，这胶布是从你嘴里吹出的。"见"秘方"露馅，他垂头丧气地说："政委，我再治不好呼噜，咋对得起几十号兵。再说，我都三十好几了，还想找个对象呢，上回的教训太大了。"

"你的做法大家可以理解，可是长期这样用胶布让嘴闭着，恐怕更麻烦的病要出来了!"政委意味深长地说。

第二天,政委领着他到市药厂,向厂长说明了来意,厂长压根儿不相信这种方法能出奇效,但厂里还是为钱中队长生产了一种没有任何化学物质的胶布。

就这样,粘在钱中队长嘴上的特制胶布换了一条又一条。一个月后,当胶布不再用时,他睡觉时彻底变"哑"了。听说,不久前,支队领导又给他物色了一个对象,正谈得欢呢。

(原载《人民武警报》2001 年 3 月)

功夫之王——谢彦强

惊心动魄，扣人心弦，牵动着亿万观众的首届国际搏击大赛已落下帷幕。回忆这次比赛，人们不会忘记，赛场上一名"无名小卒"用神速的霹雳"边腿"将两名身高马大的外国选手劈倒在台上，一名与之决赛的外国选手在惊呼"神腿"声中"甘拜下风"，最终取得了76公斤级冠军。场内观众和外国选手一致认为：谢"神腿"没有祖传功夫，也一定经过名师指点。

孰料，这位"神腿"冠军，既无名师指点，也无家传秘方，靠的是执着和顽强的韧劲，在警营大学校里"土生土长"起来的。他就是来自福建总队的选手谢彦强。

熟知他的人都明白："神腿"成功的背后是一曲曲酸甜苦辣交织的五彩乐章。

"神腿"的由来

谢彦强，安徽阜阳人，今年24岁，身高1.75米，由于体格棒、资质深，在第二支队新训大队新训期间就崭露头角，一次散打训练课，从未有练武经历的谢彦强竟用双腿将在场的几位老兵全部打"趴"。新训中队长慧眼识珠，集训一结束，便将他推荐到总队散打队。尽管小谢素质好底子硬，可到了人才济济的福建省武警总队散打队，腿功失灵了，与老选手对垒，没有几回合就给打倒。可他生性不服输，对教练说："一年后，我一定将他们全都打趴下。"每次训练都自己加大训练强度，别人仰卧起坐做 450 次，他坚持 600 次。别人踢沙袋 2000 次，他坚持踢 3000 次。这一切早已被教练看在眼里，更令教练欣喜的是：散打队训练强度已经很大了，很多刚到队里的新兵都吃不消，而他刚到中队就给自己的训练强度加码，在新队员里是很难看到的。对于此，教练萌生了"个别培养"的念头，开始关注起这个与众不同的新兵，对他"情有独钟"起来，对他展开了特殊的训练。谢彦强的腿功主要在于速度快、爆发力好，但柔韧性不足，如果这方面能得到弥补，杀伤力将大大增强。为此，教练对谢彦强采取了近乎"残忍"的训练方式，四名队员把谢彦强"五花大绑"，由教练扛着左右腿往头部压去。每次压腿都钻心的疼，谢彦强咬紧牙关，不吱一声，两周后谢彦强便能把腿举至脑后，三块五厘米的木板，三个边腿就"咔嚓"断成两半。每次训练手脚肿了，皮破了，他便扎上纱带继续练。战友们都说：这小子，练散打，简直玩命干。在散打队里，敢把腿当"鞭子"往水泥柱子甩的没几个，可谢彦强来部队头一年就具备了这样的功夫。那年底，全队举行了一场散打自由对抗，他一下"放倒"了三位战友。1998 年底，他作为技术骨干转了士官，担任了散打队的主教练。

谢彦强疾恶如仇，一身功夫特别是那双有力的"边腿"常常是邪恶势力的克星，令不法分子闻风丧胆。有一次他回乡探亲，在县城南街看见四个染着金发的男子对一中年男子拳脚相加，周围虽然围了许多群众，但谁也不敢上前相劝。谢彦强见状，二话不说，拨开人群上前喝道："住手！"四名男子自恃人多势众，并没有把他当一回事，从四面包抄上来，其中两名青年亮出匕首狂吼："做掉这个当兵的。"围观的群众都替他捏了一把汗。面对穷凶极恶的暴徒，谢彦强泰然自若，突然一个闪电般的"后边腿"将两名青年的匕首打落，还未等他们回过神，又连续两个"边腿"，将两青年劈倒在地。另两名青年见状，一起猛扑上来，想抱住谢彦强的双腿将其摔倒。谢彦强迅速用两肘将其按在地上。被劈倒的两青年爬起来后，拾起匕首企图再次行凶，谢彦强一个箭步两个连环腿将两人踢出数米外，重重地摔在地下，再也爬不起来。随后赶来的"110"干警一起将四名不法青年擒获，街道两旁的店主们大多受过这帮恶少的欺压，目睹此景，无不拍手称快。都说："这功夫只有电影里才能看到，武警功夫叫咱们开眼界了！"

从此，"谢神腿"的美誉便不胫而走。

"神腿"的新起点

"神腿"也有失灵的时候。2003 年 10 月，在浙江慈溪举办的全国武警部队"小苗杯"散打比赛中，尽管谢彦强获得亚军，但他一点也高兴不起来。在比赛前，谢彦强多次同别的总队和省内高手较量过，都靠腿功不费"周折"取胜对方，战友们都预测谢彦强在这次夺金比赛中稳操胜券。比武一开始，虽连连摆平对手，但每次都要打满回合，一次比一次费劲。进入决赛时，论技术水平谢彦强要比对手稍强一些，但决赛一开始，尽管谢彦强全力以赴，但对方好像摸透他一样，专打他的薄弱部位，腿功无法施展开，几个回合下来，谢彦强便处于下风，屈居亚军。

"山外有山，人外有人，仅靠腿功定乾坤的时代该结束了。""小苗杯"比赛结束后，他和战友们一起进行了反思。认为心理素质差，拳脚结合不强是比赛失利的主要因素。散打队重新为他制订训练计划。他一边按照新的训练计划进行严格的训练，一边开始潜心钻研各国搏击高手的打法，主动与省外几位搏击高手过招切磋。为了提高心理素质，他主动找平时敬畏的大队、中队干部大胆过招，在心理上树立"竞赛场上只有胜利者才是强者"的观念。此外，他加大训练强度，由平时的每天 8 小时增至 10 小时，主要是加强拳脚结合的训练，不断增强杀伤力。功夫不负有心人，一个月下来，谢彦强的综合素质得到很大的提高，战技方面更是突飞猛进。11 月初，他在总部预选赛中连挫 6 名高手，顺利入围首届国际警察搏击大赛。

夏海峰：搏击最风流

顺威差，是泰国"泰皇杯"金腰带得主，曾取得 32 场连胜的战绩。在 2003 年 10 月举行的中泰警察搏击大赛中，本想一回合"放倒"中方选手的顺威差，却被一名貌不惊人的中国选手连着"放倒"了三次……

"放倒"顺威差的中国选手就是来自武警福建总队的夏海峰。

不久，夏海峰在武警部队第五届散打大赛中又创佳绩，帮助武警福建总队获得团体总分第三名，自己也入围了 2004 年第二届国际警察自由搏击大赛名单。走下擂台，回到福州的夏海峰向我们讲述了自己在搏击台上的故事……

12 岁就爱上散打

我今年 19 岁，身高 1.72 米，山东滨州人。初中一年级时，我就和散打有了第一次亲密接触。

一天，父亲的朋友，在市散打培训中心当教练的李士升到我家做客，一眼就看中了我，当即表示要收我为徒。于是 12 岁的我就成了市体工队一名特殊的散打队运动员。经过暑期近一个月的训练，我不仅掌握了散打的基本功，也深深地爱上了散打。从此，散打占据了我每天生活的重要部分。春夏秋冬，风雨不辍。在一次次的摔打中，我的技术也日渐成熟。

一分耕耘，一分收获。2000 年 9 月在滨州市第十四届运动会上，我获得 56 公斤级冠军。

警营淬火锤炼

命运仿佛是为我安排的。2000 年 10 月，我参军被分配到武警福建总队二支队，进了散打队。但武警部队是一个藏龙卧虎的地方，要想"出头"，一切都得从零开始！以后每次训练我都主动给自己加大训练强度，别人俯卧撑 500 次，我坚持 600 次；别人踢沙袋 2500 次，我坚持踢 3000 次。

由于根基不错，加上我训练刻苦，几个月后，中队干部把我分到重点班，由素有"神腿"之称的班长谢彦强执教。在高手的"点拨"下，我技术逐渐成熟，多次参加对外比赛均取得好名次，其中在浙江慈溪举办的武警部队"小苗杯"散打比赛中取得 66 公斤的第三名。在 2003 年底进行的国际警察搏击大赛中，我又击败了众多高手，取得了 65 公斤级的第二名。

"放倒"泰国拳王

参加中泰警察搏击大赛，是我从武 8 年来最艰苦的一战。说句心里话，开始我压力很大，能不能打败凶狠致命的泰拳，心里实在没底。

2003 年 10 月 10 日，中泰警察搏击争霸赛在广州天河体育馆开幕。相对队友而言，我抽签的运气似乎"差些"，对手是泰方 2002 年"泰皇杯"金腰带得主顺威差，他放出风来说要一回合就把我"放倒"。

顺威差的确太狂妄了，压根儿没把我放在眼里，比赛一开始，就贴近我旋风般地用膝肘猛攻，妄想"一招制胜"。我没料到他出手如此之快，连挨两肘，几乎被击倒。好在我很快清醒过来，改变了战术，连续用两个"鞭腿"迅速劈向他，将与他的距离拉开。随后，我用一个漂亮的"高鞭腿"，劈中顺威差脸部，将他击倒在地。

第一局失败后，顺威差改变了战术，试图攻击我的左大腿内侧；但被我瞅准战机，闪电般地以一个右摆拳猛击他左下颌，一拳将他打倒在地。裁判员数到 6 秒时，顺威差才爬起来。这时，顺威差犹如被激怒的雄狮，发起猛烈的攻击。我多次被其膝、肘击中，头部撕开了血口子，右小腿与他小腿相撞时，肿起了一个大包，钻心的疼。我强忍住疼痛，采取了防守反击战法，尽可能避免近身对打，减少体力消耗，并多次抓住战机，利用腿法攻击得分，又取胜第二局。

第三局一开始我就主动进攻，始终没有给顺威差贴身上来的机会，在他起左腿进攻时，以快制快，以一个接腿涮摔，将他重重摔倒在地，最终以三局全胜的战绩结束比赛，夺得了本级别的冠军。

（原载《福建日报》2004 年 8 月）

"Ａ号参谋" ——温载勇

在武警福建总队福州支队，上至上校下至列兵，都公认支队通信班长、二期士官温载勇是"Ａ号参谋"。

奇了，兵能当参谋，还是"Ａ号"！

翻开他的小档案，就见怪不怪了：年仅24岁的他，取得了计算机操作四级证书，获福州市"青年杯计算机网络竞赛"二等奖。在警营表现更是不俗，参加第五届总队军事大比武获得3个项目第一，是支队"开网元勋"，参加大大小小演习不下6次，次次建奇功。

1998年11月"Ａ号参谋"温载勇以每分钟30个字的速度，作为电脑技术人才，引进到机关当了打字员。初进机关，小温埋头打印文件，整理文件，不到两个月打字速度每分钟增至150字，把5年"老字号"的老兵给拉下来了。

几年的时间里，他先后自学完成了计算机专业本科课程，自学了计算机多媒体创作、非线性编辑和网络构建等高新技术，2002年初获得国家计算机操作三级证书，具备了基于 DOS 和 WINDOWS 操作系统下开发各类软件应用程序的能力。对于软件设计、网站管理、局域网架设、使用非线性编辑软件、视频文件，进行后期剪辑合成和特技处理等，许多电脑专业人员难以拿下的技术他拿下了。

林参谋长服了，还没等小温再次请求，便亲自找上门，口头命令：温载勇为司令部兼职"参谋"。

当"参谋"后的头一次实战考验，便是在 2000 年 11 月参加总队组织的"闽盾 00－11"大型实兵演习。在战场上，他将娴熟的电脑操作技术运用于网络之中，将"敌方"牢牢控制住，多次出奇制胜，掌握住战斗主动权。"闽盾 00－11"演习，小温一炮打响，用战绩证明，自己是一名合格的兼职"参谋"。

（原载《中国武警》2003 年 10 月）

天宝的故事

天宝，闽西人，我的战友，打从新兵到老兵就一直待在来舟铁路大桥旁的一座军营里。营区门前，有两亩空地种满了番茄、甘蔗、白菜，天宝的任务就是侍弄这两亩菜地。

天宝是读完高一当的兵，管理菜地的老兵退了伍，菜地眼看荒芜了，农家出身的天宝第一个报了名，队长执拗不过，天宝便成了这菜园的主人。

天宝像对待孩子一样，格外细心侍弄着屋前的两亩菜地，不出半年，地里又满目青葱，绿油油的一片。

每当夜幕降临，熄灯号吹响，除了虫鸣啾啾，富屯溪流潺潺，偌大一个营区只有哨兵迈着轻悄的步子在巡逻。劳累了一天的战友早已进入梦乡，唯有天宝不能入眠，心里挂念的就是那两亩地。碰上暴风雨，天宝抓起手电筒，就往菜地冲。自从天宝当了"菜头"后，中队的蔬菜已是自给有余，一半自个兵吃，一半拉到市场去卖。中队干部见天宝勤快，认定了他是致富能手，没和天宝"商量"就在营房后不远的山脚下，盖起了四间猪圈，买了26头小猪。队长找到天宝在他肩上一拍："天宝，这猪交给你了。"天宝正嫌侍弄二亩地不过瘾，现又兼了个"猪倌"，二话不说应允下来。

一天早晨，天宝见猪圈旁放了一束红艳艳的山花。以后，这里的花从未断过，红的绿的，挺招人喜爱。天宝心里乱将起来，未敢往深处想，天宝有好多事情要做。

初春的一天，天刚蒙蒙亮，村里不时传来公鸡的叫声。天宝未等起床号吹响，便披衣起床，他想揭开"花"谜。悄悄地躲在猪圈后，不一会儿，一位姑娘悄然而至，红色上衣，蓝色裤子，清秀的脸上嵌着一双水汪汪的大眼，脑后还弯着两条羊角辫子。天宝从猪圈后走了出来，姑娘发现了他，羞涩得不敢抬头看天宝一眼，没搁下一句话，扭头便跑。天宝没有追过去，他没这胆量，也不知道追上后说个啥。

傍晚，天宝又挑着一担猪食，晃晃悠悠地走到了猪圈。日落西山，满天的彩霞格外灿烂。天宝看到了送花的姑娘就站在离猪圈不远的土堤上，像是在等着他。天宝没敢看她一眼，自顾着将猪食往猪桶里添，心里却扑扑直跳，好一会儿壮着胆儿向土堤上望去时，只见姑娘往远处亮着灯光的地方走去。

数月后的一天清晨，天宝依旧来到猪圈。空气湿漉漉的，有几分清新。天宝发现猪圈旁空空的，一连几天不见花的影子，天宝心里不踏实起来。

转眼间到了满目萧瑟的初冬，又一批小猪成了这里的主人。一天中午，日头暖洋洋的，猪圈前聚着一群小娃娃，小娃娃们手拉着手围成了圆圈，忘情地唱着跳着，孩子的脸像五月的花，领头的"阿姨"就是数月前送花的那个女孩。这回她不再扎长辫，一头秀发垂到肩上，像是天使，天宝总感觉脑子里、眼眶里有片迷雾。

女孩手持铜铃，铜铃发出清脆的铃声，见到天宝，也不再扭头跑了，而是落落大方自报家门。女孩叫秀贞，南平人，幼师毕业后分在与中队一里之远的宋丹村当了一名教师。

秀贞看到天宝，轻轻说道："两年前来到这里，刚来时听到蛐蛐声都觉得鲜奇。可如今，变着法子打发时间，同来的老师都进了城，可自己……"

秀贞欲言又止，眼睛很大很亮。秀贞问天宝军营生活枯燥吗？

天宝说习惯了。秀贞又问军人也要养猪种菜吗？天宝说这是给战友改善伙食。秀贞若有所思，领着一群山娃娃飞似的消失在田野中。天宝与秀贞就此相识了。

　　一晃又是一年的严冬来临，小猪又变成了大猪，大猪又换成了小猪，又有两批猪出栏了，天宝当义务兵也画上了句号。天宝上火车的那一刻，秀贞采了几束山花插在精致的花瓶里，飞似的从站外跑到站台，望着踏上归乡路途的天宝，两行泪水挂在脸庞。天宝眼里也盈满了泪水，一句话都说不出来，两手使劲地从衣兜里掏出了用弹壳制成的、擦得晶亮晶亮的小飞机，递给秀贞说："这是给你的。"

　　此时，天宝真想说，秀贞跟我回闽西老家吧，我会给你幸福的。但天宝家穷，他觉得秀贞跟了自己会吃苦……

　　退役后，天宝跟舅舅去了深圳打理生意。说是天宝有能耐，也可说是天宝运气好，八年后，他驾着豪车来部队看我，一看那派头，就知道天宝发了。我们还没说上几句，天宝就问及秀贞情况。我告诉他，自从天宝退役后，秀贞一直打听消息，但五年过去了一点音信也没有，三年前嫁给了铁路钳工，儿子现在都两周岁了。我说，事情都过去了，就别再当回事了。天宝不依，非见秀贞一面不可。无奈之下，我找到抱着儿子的秀贞。一见面，两人眼神里的对方已变得陌生起来。秀贞说天宝变得不再是当年的可爱"猪倌"了，天宝说秀贞不再是纯情的送花姑娘了。

　　分别后，各自谈了自己的"感受"。

　　两人都说：时间真会冲淡一切。

（原载《福建日报》2003 年 6 月）

韩良顺：一"网"情深

在武警福建总队士官韩良顺家里，墙上挂着的三张三等功喜报和一张"武警部队科技先进个人"证书，常让妻子姚惠贞无法掩饰心中的喜悦。

小两口过去都是空军基地的战士，小姚2000年底退伍后，在家乡小镇当了名组织干事。2001年5月，刚转二期士官的韩良顺与小姚确定了恋爱关系。

家境好、又属干部编制的小姚，对家境一般、肩上挂着"红杠杠"的小兵"高看一眼"，是因韩良顺身上具有的积极进取的人生态度。韩良顺入伍后，预感到计算机技术的重要性，先后自学了非线性视频编辑系统及影视后期制作、三维动画制作等应用软件技术。入伍不到三年，他熟练掌握了计算机维修维护、网络设计开发、影视编辑制作和网站架设及安全的基本理论，多次在各种大型军事演习中担任"主网手"，在部队已小有名气。

在空军基地大显身手的小韩，后被武警福建总队"挖"了过来。面对新兵种、新工作、新环境，小韩心里直打鼓，小姚也暗暗担心小韩能否在新单位站得住脚。得知总队要组建宣传文化网，小姚利用出差机会，捎来《网站知识大全》和《网络管理技术》等书籍供小韩学习。

总队政治部领导考虑把组建宣传文化网的重任交给小韩。这时，有人提出了疑义：组建网站工程科技含量高，工作量大，一名士官能担此大任吗？还是请专业人员保险。最后，领导为慎重起见，决定从其他部门找来负责网络工作的干部，与小韩一决高低，并宣布：半月后，各拿出具体方案，让实力说话，谁方案佳，就让谁上马。

小韩已被"逼上梁山"，没有退路。这时，小姚来电话"打气"了：你是军人，前面就是刀山、火海也得冲上去。未婚妻的一番话为小韩注入了力量。然而，光有信心是不够的，组建网站需要大量的信息资料和软件系统知识。小韩先后十余次到省里有关部门、部队机关取经求学，悉心讨教。半个月后，政治部请了有关专家对两份方案进行了综合评估，结果，小韩制作的方案以设计合理、科学胜出。此后，小韩跑遍了福州市大小书店，购买了十几种网络书籍，主动拜在福州一家网络公司两位博士门下，对网络开发进行艰苦的摸索和实践。

功夫不负有心人。被认为至少要半年才能"开网"的计划，他仅用三个月就完成了，并率先依托总队三级网将总队政治工作信息网络向基层中队覆盖。从此，基层部队向书本要教材的时代成为了历史，向网络要教育资源的时代到来了。小韩以实力证明了一位士官的能量。这一年，总队给小韩记三等功一次。

2003 年，两位有情人走进了婚姻的殿堂。妻子考虑到小韩的工作科技含量高，岗位重要，为使丈夫专心部队工作，她把远在百里外的公公婆婆接到了家里，一边工作，一边承担起赡养公婆的义务。有人对小姚说：小韩只是一名士官，干得再好也是个兵，何不趁着年轻、有技术，早到地方找条路，也好照顾家里。小姚却没这么看，她总是跟人说：军人的事，我清楚。

在妻子期盼的眼神里，小韩感受到了爱的力量。他们结婚第二年，总队决定组建政工网。在创建政工网的日子里，韩良顺几乎没有休过一个完整的周末。妻子原计划来部队探亲一周，可是三天过去了，丈夫没陪她上过一次街，尽管心里也有些怨气，但她能理解。第四天，小姚留下一封信，悄悄返回了家。

2004年6月，总队政工网终于"开张"。由于内容丰富，时代气息浓，贴近基层部队工作生活，很快成为基层部队官兵最喜爱的局域网站，点击率居全国武警同级别网站之首。

政工网开通后，总队又着手在机关实行网络智能办公计划。小韩又提出了整体建设方案，并自告奋勇负责系统的开发、调试和应用推广。两个月后，总队机关又爆出信息化建设的"猛料"：总队机关网络智能办公系统模拟人工智能全面开发，实现了办公自动化，机关开始走向无纸化办公，此项建设走在了全武警部队的前列。

艰苦磨砺，终闻梅香。这几年，韩良顺先后获得了国内机构颁发的"信息安全专业认证工程师证书"和国际机构颁发的"CISCO网络支持工程师证书"。在探索网络技术的道路上，他还在不断开拓、进取。

（原载《人民武警报》2004年12月）

陈洋：志愿兵的恋歌

陈洋是程家洲农场里的看押兵，入伍第三年回家探亲，相了一个对象，这姑娘有模样，有身段，是小学幼儿教师，老爸还是县里任要职的官员。陈洋虽然爱中有忧，到底还是喜欢这姑娘。

恋爱三年，当兵的历史也唰唰到了第六年，陈洋转了志愿兵，他俩仍始终书信频频，情意绵绵。陈洋每个星期都要对姑娘来信整理一番与情书"会餐"。

可有一星期，中队通信员只交给他一封信。一种不祥之兆笼罩陈洋心头，他心里直犯嘀咕。果然，姑娘给他亮了"黄牌"："望你在部队能转干，要不，咱俩很难在一口锅里吃饭。"这可难坏了陈洋。他掂了掂自己的"硬家伙"：一个三等功，三个嘉奖，一次优秀士兵。这等本钱，在支队千余名士兵可以抖出一串，提干指标每年顶多两个，哪轮得到自己提干的份。但为了心爱的姑娘，只得向组织申请报考军校，并给姑娘下了军令状：上不了警校，我们就拉倒。

谁知，八月份公布招生结果，以六分之差榜上无名。

要命！这不把老婆给刷了吗？可陈洋犟劲一来，信誓旦旦向女友保证："再给俺一次机会。"女友还算理解他，又等了他一年。这一年，陈洋由后勤班长升为代理司务长，开局不错，是否能"再接再厉"。他复习得异常刻苦，看得出来他是胸有成竹。真是祸不单行，临考试的那一天发起高烧，连续数天都是如此，考试成绩比去年还差。他自叹命苦，还没等女友探个究竟，自个儿写了一句话：算我不争气，咱俩拉倒吧。"先发制人"寄到姑娘手中，而后，跑到中队山坡上哭了一阵。待陈洋恢复"元气"开始"乐"时，战友们开玩笑：文化程度高的女孩就是要不得，这回烧糊涂了吧？陈洋不服气：这回丢了中专生，下回我非得找个大学生给你们瞧。

丢了女朋友，陈洋工作干劲并未受到影响，任务完成得一样出色。一次他到镇里购物，遇见两名歹徒抓着一个精致的皮包朝自个方向狂奔，后面是一名妇女失魂落魄的呼喊声：抢劫啊！他见状，二话不说，毫不犹豫冲了上去，运用他熟练的擒拿动作，将两名歹徒制伏。搏斗中，右臂被歹徒用刀刺伤，半边袖子全是血糊糊的。翌日，他的事迹见了报，接着又在电视里露了脸，很快上级为他记了三等功，立功喜报送到家，一传十，十传百，传到了邵武市的一所中学。一个绣球抛到了程家洲，砸在了陈洋头上。

抛绣球的姑娘叫叶晓平，中学外语教师，果然是个大学生。陈洋虽然夸下海口，要找个大学生，但栽过一次跟斗胆子变小了，面对绣球，欲接不能。最后，他用一句后勤兵的行话回信说："好菜配不得孬师傅。"

这算啥话，还能不砸！你猜姑娘回信说啥？真是好运来了赶也赶不走，陈洋是个一点就透的人，高兴地唱起了"你从哪里来，我的朋友……"

后面说啥悄悄话，战友们就不知道了，直说叶晓平到中队结婚，调皮的几位老兵预先准备好了几手，要扎扎实实逗逗乐。哪知见了端庄、秀丽、落落大方的小叶一下蔫了。只有一名"勇士"考了一下新娘："陈洋退伍扛锄头，一天能锄几亩地？"新娘说："不管他锄几亩地，我把茶水送田里。"一句话引得全场掌声雷动，新郎呢？乐得嘴巴差点错了位。

婚后一年，他们生下了小宝宝，取名平军。那一年闽北闹了一场百年不遇的大洪灾，他在洪水中救过十二条人命，翻山涉水几十公里磨烂了双腿给战友们送来了救命粮。鉴于他的功绩，上级又给他记了一次三等功，年底正好一名志愿兵转干指标下来，领导几乎异口同声：提干指标给陈洋。

战友们羡慕陈洋运气好，陈洋说："什么运气不运气，只要好好干，就有机会找上门。"

（原载《人民武警报》2004 年 8 月）

56

罗生春：特级厨师的军旅情结

在福建南平市，有一位闻名军地的年轻特级厨师，他就是武警福建总队南平支队机关炊事班长罗生春。

他带出来的炊事班，人人都是国家等级厨师，武警部队一位领导赞叹道：这在全国基层武警部队中，独一无二！

带领全班为战友提供"星级"后勤服务，罗生春感到幸福。当高收入、爱情与信念产生矛盾时，罗生春选择的是信念。

罗生春，有着深深的军旅情结。

"火头军"首先是军人

八年前，19岁的罗生春兴奋地穿上了橄榄绿军装，从赣南来到了武警南平支队。那时，他最渴望的就是当一名战斗班长，实现军人的真正价值！

可他做梦也想不到，新兵集训结束，他被留下来分配到教导队当了一名炊事员。

天啊，参军一回，却成了"火头军"！罗生春伤心至极，偷偷躲到军营后面的山林中哭了一回。

然而，警营生活很快就让他明白过来："火头军"，首先是一名军人！

那是他到炊事班不久的事。那天，是他值班，由于思想不通，情绪低落，这天罗生春下厨迟了些，不料，切菜手忙脚乱，偏偏柴火又湿，忙了个满身大汗，集训的排职干部们饿到晚上七点才勉强吃上晚饭。结果，原计划的夜间捕歼训练也被取消了。

受到严厉批评后，教导员找到了小罗。那一夜，教导员谈得很多、很多，使小罗终生难忘。尤其教导员说的"火头军，先是军人"这话深深地烙在小罗心田。他想：自己要对得起这身军装！

这以后，煮饭烧菜，钻研烹饪技艺，几乎成了小罗生活的全部。他挤出微薄的津贴，订阅了《中国食品》《烹饪技术》等有关刊物，潜心钻研。

不久，罗生春被调到支队机关炊事班。班里的老兵，有的是二级厨师，有的是三级厨师，而小罗却一无所有，这更激发了小罗学习进取的热情。

除了向书本、老炊事员学习外，罗生春还自学雕刻，他买了水果、萝卜，晚上关起门来练习；为了掌握名菜"袋子鸭"、"葫芦八宝鸡"的制作方法，他设法利用周末到一家酒楼义务"帮工"，剔了30多只鸡，终于掌握了要领。

小罗到机关炊事班不久，正赶上"八一"建军节。他自告奋勇："八一"会餐，他来试试！当罗生春使出"十八般武艺"后，那一道道色、香、味俱佳的菜肴，令干部、战士们大饱口福。兵营里轰动了：警营里出了个大厨师！

这年"八一"聚餐，官兵们印象至深！

小罗崭露头角了。有战友告诉他：咱闽北为数不多的三星级宾馆闽北大饭店的厨师长也是军人出身，还是闽北为数不多的特级厨师，要能拜他为师，你准有大长进！

星期天，罗生春请了假就赶到闽北大饭店。他大胆地径直来到了厨房，真巧，一位中年厨师正在做"绿叶红梅"（炒腰花），这是闽北一道著名的风味菜：菜叶翠绿，腰花鲜嫩若红梅，色彩爽目悦人，口感滑嫩清香。小罗潜心练习了多次也未能做成，今天可赶上了！小罗目不转睛，心中默记，不知不觉地比画开了……

小罗入迷的样子引起了这位厨师的注意。他正是闽北大饭店的厨师长。从此，小罗有幸成了他的弟子，学到了许多"高招"。不久，经严格考试，小罗领到了三级厨师证书。

后来，支队又送罗生春到闽北大饭店学习三个月。这三个月里，罗生春白天跟班，晚上练习，天天到深夜。军人出身的厨师长对这个战友也特别关照，每天下班后单独为他讲授闽北菜的制作方法。三个月下来，罗生春掌握了数十道菜的制作方法，他的冷拼、热菜和雕刻技术都得到业内行家的好评。

几年下来，罗生春不仅熟练地掌握了闽菜、粤菜、苏菜等菜系的各种烹调方法，还能做 64 种艺术拼盘，精于 48 种花草景物的雕刻。

罗生春在南平也颇有名声了。

1999 年，福建烹饪协会数年一次的全国烹饪大赛在南平市举行。作为唯一的一名军人选手，小罗格外引人注目。他从容不迫，展露技艺：六道菜自选，全是高难度的，但他全都提前几分钟完成，而且每道菜都堪称精品。尤其是一道"爆竹春花"，溶精湛的雕刻、烹饪技术于一炉，色彩亮丽，造型生动，博得现场观众的热烈掌声。一位省烹饪协会的领导得知小罗是来自军营的炊事员时，激动得当场拨通了部队的电话，向支队领导祝贺说：部队真是出人才，藏龙卧虎，了不起，了不起！

这年，罗生春因为大赛中获得优异成绩，被破格晋升为特级厨师，成为武警福建总队唯一的一名特级厨师。

特级厨师"特级服务"

罗生春现在是"名厨"了，许多酒楼开张，都慕名请他去"动动手"。出场做一两道菜，就可拿到一两千元的"红包"。

但罗生春从来不去，作为军人，他最关心的，就是为战友服务。

"大锅菜"难做，没"名气"，但罗生春却以他"特级厨师"的技艺把"大锅菜"炒得色香味俱全，许多菜成为战士喜爱的"名品"。他做的红烧肉，又酥又醇又香又不腻，大家最爱吃；他调理的肉包，馅香皮薄，晶莹爽目，香气诱人，最受战士欢迎。有回加餐，罗生春带领全班战士奋战到半夜1点多，为400名官兵包好了2000多个肉包子，他和全班战士也累瘫了。

每年新兵一来，罗生春都主动要求到新兵训练大队为新兵服务。因为他知道，新战士家长都担心部队伙食差，不少条件好的家庭，还为战士备了几百甚至数千元的存折，让孩子改善伙食。

因此，每年在新训大队负责伙食的罗生春都花样翻新，让南方、北方的新战士吃得可口、满意。

一次，一位家长出差到南平，拎了一大包食品、补品来看儿子。这位新兵却不"领情"：爸爸，新兵营的伙食比咱们家好多了！

在炊事班墙上，贴着一张训练计划：周六上午，挑花操作；周日上午，练习拼盘……小罗作为班长，他希望班里的每个战士都有出色的技艺。

如今，全班战士中，有一名特级厨师，两名一级厨师，一名二级厨师，两名三级厨师，堪称"满堂红"！

武警部队一位领导肯定地说：这在全国武警基层部队中，独一无二！

如今，小罗培训过的"火头军"不下60人，其中52人取得了等级厨师证，有 26 名厨师退伍后被地方高薪聘用。

让战士挺立的，永远只能是"军魂"

几年前，罗生春出名后，就不断有人找上门来，许诺以高薪，要他前去工作。

成为特级厨师后，慕名找上门的更多了。有的大酒店许诺每月数千元薪水；一位朋友提出他出机票，包办护照等一切手续，请小罗到国外酒店主厨；一家大银行以分配大套住房、安排为正式员工等优厚条件，希望小罗退伍到银行工作。

然而，罗生春却婉言谢绝了这些好意和盛情。他热爱这身军装，热爱军营，他有深深的军旅情结。

他忘不了，八年前，他参军时，母亲拉着他的手千叮万嘱：儿啊，到部队，一定要为家乡争气！

他忘不了，每次他把立功的奖章寄回家时，父母亲和弟弟那分骄傲、自豪的真情！

他忘不了，部队各级领导对他的支持和关心。一次，他生病发高烧，从昏睡中醒来，眼前是探视他的支队长、政委。那目光，犹如慈父。

他忘不了，1998 年，闽北遭受特大洪灾，正当他和全体官兵奋战抗洪抢险时，他收到家中数封急电，报知母亲病危！小罗藏起电报，悄悄向师傅借了 1000 元寄回家，又投身到抗洪救灾中。不久，领导从同乡小罗口中知道了情况，了解到小罗母亲已病瘫，家中因此负债一万多元，连唯一的一头老黄牛也被卖了时，部队领导被震撼了。很快，支队上下捐款 3000 余元，中队也给了补助。领导捧给小罗这笔钱，逼着他踏上了回家探亲的路……

小罗的舅舅曾多次劝小罗，快退伍回来吧，你回来，整个家的日子就红火起来了。

但是，小罗坚定而深情地说，我的一切都是部队给的，我爱部队，部队需要我干多久，我就干多久。

父母亲，弟弟和舅舅也理解了小罗的情感和信念，全力支持他。

放弃高收入、丰厚的待遇，拒绝为酒楼开业典礼"献礼"，因此虽然是闻名军地的特级厨师，绝技在身，但罗生春始终是普通一兵。

进入龙年，小罗已经28岁了。去年师傅为小罗介绍了一位当会计的女朋友，姑娘对小罗很满意，但姑娘的父母提出，只要小罗脱下这身军装，这门亲事就成。这事自然没了结果。今年，热心人又为小罗介绍了一个姑娘，姑娘的条件也是要他脱下军装。结果当然又可想而知。有人说小罗"傻"，放着大钱不赚，放着套房不住，放着"爱情"不要，偏偏痴心于那身军装，当个平头小兵。

小罗笑呵呵地说：只要部队需要，我愿意永远这样"傻"下去！

执着与付出有了回报。罗生春在三尺锅台上"炒出了"他的绚丽人生：三次荣立三等功，两次被福建省武警总队评为"优秀共产党员"，所带的班连续三年荣立集体三等功。

（原载《时代潮》2000年5月）

刘文启："大款班长"的带兵故事

"破烂王"走出生活阴影

小黄和几十号士兵聚集在中队楼顶晒衣晾被。见李玉明从外边走来，他"嘘"了一声，说："我把这双鞋扔进鱼塘，看'破烂王'会不会捡。"边说边把一双挺新的解放鞋扔下楼。

列兵李玉明向楼顶扫了一眼，便向鱼塘走去，用竹竿挑起这双解放鞋。李玉明家在广西博白，战友们扔的脏袜子、旧衣服，他都一件件捡回来洗干净，积攒后打包寄回家，被战友起了个绰号——"破烂王"。刘文启还发现，他每月45元津贴费花不了10元，大多也都是寄回家。凭直觉，刘文启知道他家的生活相当困难。但每次问，小李头勾在膝盖上，像一个"闷葫芦"。

刘文启从小李手上夺过那双裹满污泥的解放鞋和他一起来到水龙头下刷洗。

刘文启说："我家老少三代8口人，挤在两间土屋子里。我小时候穿过的最好的衣服，是妈妈用碎布拼缝的一件百衲衣。因为穷，放学后哥哥就带我到海边帮人家搬土块垒虾池，搬一块赚一毛。那时日子真苦啊！"

李玉明感到与班长的心灵距离接近了，产生了强烈共鸣，便红起了眼圈说："班长，我苦啊。"

"闷葫芦"终于打开了"话匣子"。原来，李玉明兄妹5人，父母身体都患有疾病，3个弟妹辍学在家。父母举债买了辆拖拉机，想让李玉明的哥哥挣点运输钱。哪知不争气的哥哥偏迷上赌博，不但输掉了拖拉机，三间土房还做了抵押。

刘文启说："穷不丢人，生活逆境其实是一笔宝贵的人生财富。你有兴趣，有空咱们就探讨探讨这个话题。"

送走李玉明，刘文启把楼顶上的战友喊下来，虎着脸讲述了李玉明家里的情况，接着说："你们觉得那是破烂，可李玉明的弟弟妹妹就有衣服穿了，咱们不能饱汉子不知饿汉子饥，以后都不许再叫他'破烂王'了。"

士兵们心灵受到极大震动。当天，刘文启把李玉明的家庭困难向中队做了汇报。中队支部研究决定，从生产费中拿出一笔钱，资助小李的弟妹复学。

刘文启成了李玉明心目中最信得过的人。他主动来找刘文启，缠着班长解答"穷怎么是一笔财富？"刘文启便讲了他和哥哥为了摆脱生活困境，怎样研究市场，立足实际，开发家乡养殖海产品的"资源"优势，用200元资金起步，一点点打开海鲜品市场的"滚雪球"经历。

接着，刘文启又帮助李玉明考虑起了家庭的经济发展问题。

中队旁有养山鸡的农户，供应酒店，生意很火。刘文启听说小李家乡也有很多山鸡，便利用周末带他去参观学习。养山鸡没有太多技术，也不需要太大成本。他俩一起把这个信息和养殖的技术写信告诉了小李的父母。小李家也在院子里养起了山鸡。

李玉明家里的生活条件逐渐好转起来，赎回了抵押的房产，弟弟妹妹也高高兴兴地走进了学校。

校正"大款兵"的处世哲学

新兵谢怀的爸爸，是一位在大西北创业的福建籍建筑商。谢怀从小口袋里装着花不完的钞票。他背着一大堆高科技"装备"来到班里。看谁正写信，就把手机一丢说，写啥信，给你随便打。熄灯后，别人睡着了，他躲在被窝里看带液晶显示屏的掌中 DVD。

还有更离谱的事。中队组织野营训练，以班为单位埋锅造饭。野炊锅刚支好，一个微胖的中年人颤颤地来了。谢怀自豪地对刘文启说："班长，这个酒店的厨子是我花钱雇来的。"

一天，谢怀的爸爸坐着锃亮的奥迪车来看望儿子。

刘文启问他："叔叔，你为什么送谢怀来当兵？"

谢怀的爸爸说："这孩子被惯坏了，没法管，送到部队收收性子。"

刘文启说："我保证给你管好，但他那些手机什么的，你得带走，今后不征求我的同意，也不要给他寄钱。"

谢怀在南平市有个姑姑。过去每到周末，姑姑便来把他穿脏的衣服收走。

这条"路"也被刘文启堵上了。

谢怀自有办法。他举着一张百元大钞在洗漱间喊："市场经济，洗一件衣服 5 元钱。"

刘文启趁小谢去执勤，开了个班务会，让那名为他洗过衣服的战士做检讨。

小谢见班长处处跟他过不去，心想是自己没有把他"摆平"的缘故。这天趁没人，他甩出一叠钱给刘文启，说："没别的意思，希望班长今后多给点'阳光'就行。"

刘文启问："这是多少钱。"

小谢说："不多，整一千元。"

刘文启说："我知道你爸爸给你不少钱，但一年能不能给你十万元？"

小谢被问得莫名其妙，随口说："哪有这么多。"

刘文启说："我做生意时，一年少说也赚十万元。"他话锋一转："可你知道这钱怎么赚来的吗？"

小谢又摇摇头。

刘文启神秘地说："那我晚上告诉你。"

凌晨两点多，刘文启带哨回来，把谢怀叫醒了。走出营门不远，是农民的菜地。初春的寒冷中，菜农们打着手电，正在收割当日进城去卖的蔬菜。

刘文启说："看到了吧，所有的钱都是这样一分分挣来的，钱的价值，是劳动的价值啊。"

小谢变了，再也不是从前娇生惯养的那个谢怀了。

当小谢的爸爸又来看儿子，看到他身体变壮了，有礼貌了，一开口就欣喜地说："这孩子变了，真变了。"

引导"私人保镖"当忠诚卫士

一次，中队组织队列会操，战友们跃跃欲试，准备扛回"第一名"的小红旗。

可是，刚从外中队调到班里的士兵朱金辉，在训练场上故意捣乱，再简单的动作，也弄得洋相百出。

战友们气得要"修理"他。

这话被刘文启听到了，晚上开班务会，他为朱金辉解围："小朱昨天生病了，是我硬让他参加比武，结果出现差错。要论差错，我做检讨。"

拧着个脖梗的朱金辉，一听这话低下了头。

朱金辉在外中队是有名的"刺儿头"。导致小朱"刺儿头"的原因在哪里？刘文启打电话到小朱原来的中队，找到了谜底。小朱从小跟着舅舅练武术，入伍前是个私人老板的保镖。可是，一次几名地痞来捣乱时，他被打趴下了。为了练武，他便报名参了军。可是，到部队一看，老兵们那几招擒敌拳，比自己武功差远了。中队干部天天让大家在操场上立正、稍息、踢正步。对这样的训练他便有了抵触情绪，到中队个把月，就把班长和一个大个子兵打得鼻青脸肿，结果挨了处分。

小朱从此自暴自弃。

刘文启曾试着找小朱谈心。小朱说："我就是我，反正再给我个处分挑着不显沉。"

刘文启知道小朱的对立情绪很大，说什么也听不进去，便寻找劈开"死疙瘩"的时机。

小朱花钱大手大脚，常常津贴费发下几天，就花光了。这天，中队组织给"春蕾计划"献爱心，小朱始终耷拉着头坐在角落里。刘文启知道，此时他想献爱心但囊中羞涩，便悄悄替他捐了。中队贴出红榜，小朱看到榜上自己的名字，既惊奇又高兴。他从司务长那里一打听，知道是班长替他交的，红着脸找到刘文启说："你这人讲义气，以后用得着我，你这个班长就是'新老板'，我继续当'保镖'。"

刘文启见引导他的"火候"已到，便说："不管以前是老板还是保镖，现在咱们是战友了，关系平等。不过，假如两个机会让你选择，一个当私人保镖，一个当国家卫士，你会选哪个。"

朱金辉说："那还用问，卫士责任大，多神气！"刘文启说："其实咱们已经在当卫士了，你怎么不珍惜？"

一句话，把朱金辉问"噎"住了。

不久，一名在歌舞厅持枪杀人被全国通缉的恶魔流窜到南平。

据通报,他的枪子弹上膛，腰上捆着炸药。支队下达了擒获这名恶魔的作战命令。

朱金辉听完战前动员，摩拳擦掌，对刘文启说："你说得对，过去我当私人保镖，现在我是保卫社会秩序的卫士，真正考验我们的时候到了。"

刘文启听出他话里有冲动的味道，特意嘱咐他，到时一定要听从统一指挥，千万不能鲁莽。

可是，当朱金辉看到这名恶魔来到眼皮子下，早把刘文启的嘱咐忘到脑后，大喊一声，就迎面猛扑上去。

犯罪嫌疑人惊讶地看着他，迅速拔出枪来，黑洞洞的枪口对准了他。

危急关头，一名战友迂回到歹徒身后，将犯罪嫌疑人制伏。

这匹桀骜不驯的"野马"，终于自觉走进了训练场，在刘文启指导下，一招一式地训练战术动作。

不久，支队组织军事比武，朱金辉成了支队真正的"武状元"。

（原载《时代潮》2002 年 12 月）

郭玉宇：平凡岗位一首歌

3月初的一天，武警福建总队莆田支队机关礼堂内座无虚席、掌声如潮，一场以"传承雷锋精神，提升当兵价值"为主题的身边典型事迹报告会正火热进行中。

入伍以来连续13年被评为优秀士兵，3次荣立三等功，多次被评为优秀共产党员、红旗车驾驶员，多次荣获总队汽修技能比武第一名……四级警士长郭玉宇的事迹报告让现场官兵心中荡起层层涟漪。战友感叹他是学习雷锋的楷模，领导称赞他在平凡中追求非凡，他却朴实地说自己只是在本职岗位上踏踏实实地干了一些应该干的事情。

郭玉宇手记："一次次的不懈努力，一个个难题的攻克，让我懂得热爱和勤恳是成功的砝码。"

1998年4月，新训结束不久，郭玉宇因会一些修理汽车的技术被分到支队警勤中队汽车班。

一次，支队一辆车在外执勤时发生故障，郭玉宇受命赶到现场抢修。可是检测了一遍又一遍，就是查不出问题根源，最后只好将车辆拖到附近一家地方汽修厂修理。这次挫折让郭玉宇心里很不是滋味，连续几天寝食不安。他知道自己原有的那点技术不够用，在日记里写下了一句话："努力学习，我会有成功的那一天！"

他自费买来《汽车电路分析与故障检修》《汽车维修工程》《汽车检测与维修技术》等书籍，如饥似渴地学习起来。在紧张的工作之余，他研究车辆构造，潜修专业理论，遇到棘手问题就向老班长、老师傅求教。日积月累，他的技术水平突飞猛进，写下了 10 余万字的汽修笔记，成为汽车修理的行家里手，并获得 A 类驾驶证，拿到了大专文凭。

修理汽车是个不断迎接困难挑战的工作。郭玉宇勇敢面对，并在这个过程中享受到了快乐。一天，支队一辆越野车在执行任务途中突然抛锚。郭玉宇检查发现车的发动机缸体开裂漏水，导致发动机温度过高而停止工作。这种越野车使用的是价格昂贵的进口发动机，旧机器也需 8000 多元。为了省下这笔开支，郭玉宇查阅了大量资料，到 4S 店请教，得知可以通过焊接修补。但是这种焊接技术要求高，讲究火候，费工费力，许多专业维修店都不受理。郭玉宇艺高人胆大，在领导的支持下连续 4 天 4 夜进行焊接试验，终于将发动机的裂缝修补好。尽管非常疲惫，但想到为部队节省了近万元钱，他咧开嘴乐了。

多年来，郭玉宇勤耕在汽车修理岗位上，维修车辆 1300 多台次，为部队节约经费近 80 万元。

郭玉宇手记："甘于平凡，不计得失，从身边小事做起，做一颗不生锈的螺丝钉。"

一个知恩图报的人，才是天底下最富有的人。对部队多年的培养，郭玉宇满怀感恩之情，并以此为动力安心工作、不辱使命。经过多年的历练，他的汽修技术在部队和驻地都有了名气。一些地方汽车修理厂老板慕名前来，以月薪过万元并赠送一定股份的优厚条件请他加盟，都被他婉言谢绝了。郭玉宇说："我能够取得现在的成绩，都是部队培养的结果。只要部队需要我一天，我就要干好 24 个小时。"

他虽然是一名普通的士官，但强烈的使命感督促着他在平凡岗位上追求不平凡的成绩。近年来，他看到部队的机动任务不断增多，便主动强化责任意识，希望通过自己的努力为部队提高执勤处突能力做出贡献。

2008年2月13日，支队接到开赴闽北参加抗冰复电战斗的任务；按照命令要求，15台车辆要在出发前全部检测完毕。郭玉宇当时正值休假，在医院照顾发烧近40℃的女儿。听到消息，他叫来妻子简单交代几句后就急忙动身归队。他回到部队时，已是晚上20时15分。时值隆冬，寒气逼人。郭玉宇二话没说，带着两名战士就忙活起来。从电源线路到发动机，从驾驶室到车底，郭玉宇和战友们顶着凛冽的寒风一台台车辆反复调试，直至次日凌晨5时终于完成全部检测工作，确保了部队的按时开进。

2009年7月中旬，支队官兵奉命奔赴400多公里外的闽西北抗洪抢险。由于驾驶员不够，郭玉宇在担负保障修理任务的同时还当起了驾驶员。有一天，他受命运送冲锋舟到重灾区顺昌县宝庄村，车开到距村庄3公里处时，路边的山坡突然崩塌了下来。高度警觉的郭玉宇眼疾手快，稳住方向盘，踩足油门，驾驶车辆飞驰而过，保证了人车安全。这一路上，郭玉宇凭着过硬的驾驶技术，克服滂沱大雨、山体滑坡等险阻，圆满完成了任务，为抢险救灾赢得了宝贵时间。

郭玉宇手记："当别人需要帮助的时候，你的付出会换来彼此的快乐。"

2009年年底，郭玉宇在一次执行任务中意外摔伤住进了医院。"郭叔叔，你怎么样了？腿还疼吗？"一个小女孩突然出现在病房里，让他又惊又喜。

小女孩名叫林艾，是郭玉宇长期资助的贫困学生，两人相识已经5年多了。2005年6月，一次长途拉练途中，部队临时驻扎在仙游县菜溪乡。训练之余，郭玉宇随助民小分队到附近村庄慰问特困户，去的第二家就是小林艾家。听村干部介绍，自父母在前年的一次火灾中不幸双双遇难后，小林艾就与60多岁的奶奶相依为命，日子过得非常艰苦。小林艾上小学二年级，成绩在班里数一数二，被评为"三好学生"，可是由于生活所迫，目前已辍学在家。

回到临时驻地，郭玉宇彻夜未眠，脑海里浮现的是小林艾可爱的模样。拉练结束回到部队后，郭玉宇依旧挂念着小林艾，便利用休假时间独自来到菜溪乡，找到小林艾的家，给她送来了书包、文具和500元钱，并向村干部表示要长期资助小林艾上学。看着小林艾背起新书包兴奋的样子，这位七尺男儿流下了泪水。一诺千金，郭玉宇的助学行动一直坚持到现在。直到小林艾这次闻讯来看望郭玉宇，部队领导和战友才知道他的助学义举。

在战友们眼里，郭玉宇是位助人为乐的老大哥，看到别人遇到困难，他总会给予真诚的帮助。对于这一点，驾驶员郑智忠的体会最深。2009年8月，小郑参加支队驾驶员复训，由于心理素质问题，考试成绩不理想，面临被淘汰。面对苦闷的小郑，郭玉宇主动利用休息时间为他开起了"小灶"。在高温逼人的三伏天，郭玉宇带着小郑钻进没有空调的教练车，从心理状态调整到把控方向盘，一遍又一遍不厌其烦地提醒引导，一次下来就要两三个小时，结束时全身都被汗水湿透了。8天过去了，小郑终于克服了心理障碍，可以单独开车上路了，但郭玉宇却因疲劳加中暑住进了卫生队。

郭玉宇的故事很平凡，但平凡的故事也能打动人。业余时间，郭玉宇爱好文学创作。在战友们热烈的掌声中，他朗诵了自己写的一首诗歌："青春/一生的珍贵/我的青春/夹裹在橄榄绿的色彩里/宛如一首悠扬的歌/唱着绿色的梦/化作一叶轻舟/奋力前行/驶向理想的港湾/青春之火/在神圣中燃烧/即使平凡/也能绽放出庄严的光芒/即使短暂/依然令人神往/我愿/化作一团烈火/燃烧永恒。"

（原载《人民武警报》2010年5月）

温国煌：原则是颗"定盘星"

作为营房助理员，原则性稍有松懈，就会使部队利益蒙受损失。武警福建总队南平市支队营房助理员温国煌恪守职业道德，在营房建设施工中科学筹划，严格把关，4年中完成工程建设17项，项项被总队评为"优质工程"，还为部队节约开支近百万元。日前，南平市支队党委为其记了三等功。

南平南平，地势难平。支队筹建教导队训练场，因为找不到平地，只好选址在一个荒山包上。按照工程院设计，需要清理土方一万多方，清走每方土需要25元，一万多方就需要近30万元。温国煌心痛这30万元白白打了水漂。他来到工地现场，盯住与训练场相连的一处农村的荒沟地动起了脑筋。很快，一个新的方案摆在支队领导案头：用10万元将这片荒沟地征过来，山头上的土就近填入荒沟，这样可以把低的建成队列场，高的建成田径场。支队领导采纳了这一科学方案，结果花了同样的钱，训练场的面积却扩大了两倍，设施、功能成为总队最齐全的。

南平市支队过去的营房设施陈旧落后，4年来支队先后投入1300多万元，新建了9个中队的营房，翻修改造了8个中队的营房。温国煌心系官兵冷暖，牢记自己的职责，处处维护部队的利益。三中队营房结算时，新的结算规定出台了。按照新标准，塑胶水管包含在配件这一栏的预算中，不再另行计算。但原来的合同上，承包方开列了

3万多元的塑胶管清单，他们希望温国煌能向有关部门说明合同是新规定出台之前签订的，这样他们就可以拿到这 3 万元，并表示不会亏待他。温国煌坚决不出这张损害部队利益的证明，坚持按照新标准进行结算。

温国煌把每项工程都看成是百年大计，为了工程质量严防死守着一道道的工序关口。有个中队的宿舍楼施工时，他发现二楼大梁的受力主钢筋焊接头不符合规定，要求施工方拆掉重焊，施工方嫌麻烦，以种种借口拖延。温国煌一遍遍向包工头讲解这样焊接受力强度降低，有可能带来隐患的道理，并使出"杀手锏"：不重新焊就不在下一道工序的开工单上签字，终于让施工方对这个焊接头重新焊接。

"安得营房千万间，基层官兵俱欢颜。"温国煌恪守营房助理员的职业道德，每时每刻都把原则作为自己行动的"定盘星"，给基层官兵送去了欢颜。

74

（原载《人民武警报》2002 年 3 月）

李尚财：兵作家"叫板"叫到底

两年前，年仅 20 岁的"兵作家"李尚财就以其细腻饱满的随笔、锋芒尖锐的评论，在福建省和武警部队小有名气。有位军旅作家预言：尚财小子，要能在文学大染缸畅游，必"悟空出世，腾云驾起"。

这位作家预言虽豪气了些，但其判断不乏眼光。参军入伍来到武警南平支队，不久又被借调到省武警总队工作仅两年的尚财，刚"锋芒一阵"便被武警部队《中国武警》《橄榄绿》两家杂志社"挖"走，来到文人云集的地方——首都北京。

尚财人小、胆大，这在部队出了名，在总队时就和总队的一位文学硕士叫过板。可到了京城，"钻进"文人堆里，胆子变小了，为啥？虚呗！不是吗？一个杂志社，竟然有三人是鲁迅文学奖获得者，你说晕不？

没办法，尚财得"夹紧尾巴"过一阵子，不为别的，只因身边的老师水平太高，你得服，待时机成熟再说吧。

毕竟是尚财，时间不长，耐不住寂寞，壮着胆与大作家们开始"叫板"。不过，"形势所迫"，如今的尚财不再是冒失的愣头青，而是富有心计的成熟男子。每回"叫板"之前，都会认真准备一番，把各种应招办法都想得足足的，由于水平差距太大，尚财虽使出浑身解数，抵挡几个回合后，就败下阵来。

当然，作家们被他死缠烂打之时，也有受"刺激"的时候，于是中了尚财之计，也操起了"看家本领"同尚财小子较量一番。当然赢的肯定是老师，最后，又往往是尚财一声多谢"老师赐教"，宣告"叫板"结束。

思想的刺激，最能激发灵感的火花。灵气十足的尚财似乎与生俱来就是"斗"才能增长智慧。他16岁时担任了校报的社长，18岁进军营后，屡发颇有影响的散文及评论，据说也是一路"斗"过来的。在此之前，谁也想不到，他汲取知识营养的最佳渠道竟是"叫板"，当他意识到这一"特异功能"就是学习的最佳方法时，便不断运用这种"斗争"的方式，提高创作水平。只要能找到水平比他高的人，便会想尽一切办法挑战对方，与之"叫板"。

坦白地说，北京的作家难对付，要是准备不充分，"叫板"便会"熄火"。因此，在此之前，尚财必定先给脑里"充足电"，没有把握，轻易不出击。

"充电"是要花上大精力的。李尚财的办法是攻读当今文坛声名鹊起的大作家作品，古典文学评论，如《文心雕龙》、别林斯基的文论以及时下先锋评论家余杰、谢有顺等的评论。当然，他能从实际出发，把准角度，花更多的时间了解军旅作家的作品。武警部队重量级的作家都在杂志社，在全国名气颇大，信手拈来都是精品。尚财把他们的作品收集了一大摞，在尚财的宿舍里，摆着上千册书籍，尤以评论居多。

有人问：尚财，这么多书能看得过来吗？没问题，这小子看书，能一目十行，大致内容，掌握八九不离十，厚厚的上百万字的长篇，不到三天，就给"解决"了，有的精彩章节竟能一气背下来。

有位战友听说他有这等"特异功能"，决定试他一把，将两本厚厚的书限他三天看完，又悄悄地在有关章节上作了记号。三天过去了，这位战友考他做记号的章节是啥内容时，他毫不含糊，几乎完整无缺对上了，这位战友惊讶称：神了，神了！

一位伟大的文学家说过：天才不勤奋也会变成蠢材。尚财是明智的，表面看他"活"得很，八小时之外却"静"得奇。虽然进京一年多了，偌大一个北京城却没能吸引他，除购书、办公事外，几乎没上过一趟街。

虽置身在大都市的日子里，尚财没有寂寞、不会孤单，因为他对友人、对战友、对亲人的思念，常常化作开启思维的心灵，在键盘中"敲"出了一篇篇梦幻般的生活随笔，打发走寂寞和孤独。

"叫板"的日子总是有限的，大部分的时间需由自己支配，寻求有限的学习空间，于是图书馆、电脑房、办公室几乎成为生命中最重要的组成部分。

也许，正因为尚财敏锐的思想，对文学的痴爱，以及坦荡、直率、真诚的为人，尚财学习方式虽有些"异样"，甚至有些让人心烦，但杂志社的作家们从未小瞧过只扛着"一条弯杠"的年轻士官，还博得了偏爱。只要有时间，作家们都乐意同这位小后生"碰碰电"。时间长了，这些文学长辈们，把他当做了自己的小弟，有的甚至把他视为一面镜子。许多作家将其收入门下，有的还倾其所学，给予"点拨"。尚财也在作家们的"点拨"中，创作的灵感不断折射出新的光彩。

应该说，勤奋加灵气是尚财最真实的写照。也许这就是作家们最喜爱之处。在不到一年时光里，周围拥有备加呵护他的著名诗人和作家：王久辛、温亚军……

一盏盏明灯为尚财点燃新的起点、新的航向。如今的"兵作家"似乎更"牛气"厚重了许多，一篇篇有沉重感的随笔和评论开始喷薄而出，先后在《中国青年报》《人民武警报》《北京晚报》《中国武警》《橄榄绿》等报刊以大篇幅发表。

不久前，在一次作家的笔会上，尚财喊出了《使命要照亮生命》的军旅文学批评观，他说：如果我们军队作家存在的意义不是站在军队神圣的使命立场上进行创作，那么人类的军队就不需要所谓的军旅作家了。此言语惊四座，成为这次笔会讨论的一个"焦点"。

尚财的名气虽还不大，不过有专家预测，不久的将来，有一个新锐评论新星诞生于现代文坛。

（原载《福建日报》2003 年 5 月）

受欢迎的"大腕"——王宝社

由于《独生子当兵》《让你离不成》等几部喜剧的创演成功，担任编剧兼导演的武警总部政治部文工团艺术指导王宝社已成为国内知名剧作家。不久前，他来到武警福建总队基层，以一腔为兵服务的热忱受到官兵的欢迎。

画龙点睛显功力

6月的一天，晋江中队的几名文艺骨干正在俱乐部赶排节目准备参加"七一"活动。谁也没注意，一位文职干部在支队政治处赖主任的陪同下走了进来，在一旁悄悄观看起他们的排练。几分钟后，赖主任打断了他们的排练，兴奋地向大家介绍说："这位就是《独生子当兵》的编剧、导演王宝社老师，今天他专门来辅导你们排节目。"惊喜的官兵报以热烈的掌声。

王宝社点评了一下大家的表现后说：要多从身边的人和事中找闪光点来进行创作，这样的作品才能打动战士的心灵。之后，他对节目的关键处进行了改动。战士们一试，感觉上来了，效果明显提高，每个人都进到了戏里。在一旁观看的赖主任等不由得赞叹王老师的功力之高。

电话开导"疙瘩"兵

武警南平支队列兵小高来自沿海富裕地区，入伍到闽北山区后一直因部队条件艰苦不安心工作。中队干部给他讲了许多艰苦奋斗的故事，希望他能在对比中"知足"。但小高却认为：比闽北更艰苦的部队大家谁都没去过，干部说的是大道理！

要是能找个去过艰苦部队的人来个现身说法就好了！就在中队干部发愁之际，王宝社来到总队调研的消息让他们顿时眼睛一亮："王宝社在创作四幕喜剧《让你离不成》时，曾在艰苦的阿克塞生活了近3个月，能不能请他来中队讲讲呢？"中队指导员试着联系上了王宝社，王宝社听罢情况后当即表示同意。但由于路途远且归队时间已迫近，王宝社再到闽北已经来不及了，于是他提出与这位战士进行电话沟通。

电话沟通能解决问题吗？中队干部将信将疑。得知《独生子当兵》的编导要与自己通电话，小高简直不敢相信自己的耳朵……电话那头，王宝社讲起在戈壁沙漠包围中的阿克塞工作生活的官兵的艰苦，讲起了在那里奋斗18年的"中国杰出青年卫士"、指导员蔡忠宝的故事：那年老兵退役期间，蔡忠宝的母亲去世，两件事儿赶在了一块，回家给母亲送终来不及了。那天晚上，蔡忠宝买了一沓红纸，含着泪给老兵扎临行时佩戴的红花。然而第二天一早，得知消息后的老兵们站在凛冽寒风中，个个都戴着自扎的小白花，悼念蔡指导员的母亲……故事讲到这里时，小高哭了。放下电话，小高写了一封决心书交给指导员，表示今后一定努力工作，向阿克塞的战友学习。

"功夫茶"治好排长"病"

在闽南各中队的接待室里,大多摆放着一套茶具用于接待客人。王宝社来到武警泉州支队三中队采风时,得知中队有一位排长军事素质过硬,但脾气不好,与战士关系不够融洽。王宝社听后看看摆在茶几上的茶具,心里有了主意,让中队干部喊来这位排长一起喝"功夫茶"。王宝社亲自煮水,然后慢条斯理地开始表演泡茶的十八道工序。几分钟后,不知有什么事的排长悬着的心落了下来。王宝社这时开始点化:心里发急时就泡杯茶喝喝,因为茶可以使人的心静下来,从而把该做的事做好。人应做到境随心移,"不以物喜,不以己悲",可事实上大多数人都心随境迁。不少年轻人总爱说"走自己的路让别人说去吧",可一听到不利于自己的话语就急得直蹦高。我们带兵人要是能境随心移,事情就好办多了。

王宝社的一席话,使排长豁然开朗,他拍着脑门说:"您的话让我受益匪浅,我一定要把身上的'毛病'治好!"

(原载《人民武警报》2006 年 7 月)

赵秀兰：用心歌唱党和国家

有人说她像武夷山上的兰花，清香悠远，常开不败；

也有人比喻她似武夷山上的青竹，栉风沐雨，刚强挺立。

八月的一天，在武警福建总队礼堂内，著名军旅歌唱家赵秀兰原创的"军旅歌曲演唱专辑"首发式，让人们再次领略了她的风采。

党的十七大胜利召开的日子里，笔者采访了这位用"心"歌唱党和祖国、歌唱人民军队的国家一级演员、女共产党员赵秀兰。

武夷山下爱唱歌的小姑娘

"三十三秀水清如玉"、"六十六奇峰翠插天"，这是对国家著名风景名胜区——武夷山的评价。优美的山水景观，厚重的历史文化，不断孕育出优秀的武夷儿女。赵秀兰，正是出自武夷山的歌手，也是无尽的武夷精英中的一个代表。

赵秀兰的父亲是军人，20世纪50年代随部队来到福州。在她两岁时，父亲转业安置在福建省茶劳山（今武夷山与江西交会处）农林垦殖场。整个农场里上百名干部职工，孩子有二十几个。那时，垦殖场只有一栋木头办公楼和几排破旧的家属宿舍。为了解决职工最关心的孩子上学问题，农场领导在食堂边腾出一间房子来做教室，所有的孩子集中在一起学习。

农场地处偏僻，文化活动单调，整个农场能透出文化味的，就是挂在电线杆上的广播喇叭。每天早、中、晚，广播都会定时播放新闻、音乐和戏曲，给这个小农场增添几分生气。

谁也没注意到，有个六七岁的小姑娘，在每次广播响起时，都会静静地聆听，"哼"着广播里传出的美妙音乐。那时播放的音乐节目并不丰富，经常重复播放一些歌曲，时间一长，小姑娘能把所有歌曲给"哼唱"出来，虽然大多时候并不知道歌词的内容，却也乐此不疲。广播不响的时候，她就当起了农场的"第二广播"，走到哪唱到哪，时间久了，人们都知道农场里有一位爱唱歌的小姑娘。

1970年，农场撤了，小姑娘随父母迁到了县城，上小学二年级。城里条件比以前强多了，每天都可以听到各种音乐。小姑娘和以前一样，每天除了上课，就是跟着广播唱着喜欢的歌。

三年级时，小姑娘学习成绩一直保持领先，唱歌的天赋也更加显露出来，她开始参加学校的各种演出，到了四年级，已成为学校的文艺骨干了，一台节目里有她参加的节目竟然近半。一次在县教育局组织的演出中，几位福州军区前锋歌舞团招收小演员的考官们，被小姑娘高亢清亮的声音深深吸引了，有位考官兴奋地找到老师，说"前锋"现在正在招小文艺兵，这小姑娘天赋极好，已列入他们招收范围，请他们说服小姑娘父母，让她当兵。

后来，听校领导说，招考老师考虑到姑娘的年龄太小，担心生活难以自理，最后改变了招收她的意见。

五年级时，她作为县演出队唯一的儿童演员，参加了地区的歌咏比赛，虽没拿到奖，但她的歌声已走出了校园，唱遍了整个崇安城，成了武夷山下的小歌星。

1975年春节，是她迈向艺术道路的第一步。她听说县文工团招收小学员，便瞒着父母赶到考场。到现场后才知道报名时间已过，主考官一看是县里的小歌星，破例同意她参加考试，并没费多大周折就被录取了。

回到家，她并不敢把这事告诉其父母，直到人们的议论风起，她父母才知道，怕她不能继续学业，严厉训斥了她一顿。班主任也来到家里劝说："她是三好生，学习成绩好，不读书太可惜了。"由于哥哥正高中毕业，眼看着要去农村插队，这时，父母考虑她身体不太好，担心以后也去农村，最终同意了女儿选择。

父母怎么也没想到，女儿迈出这一步，从此竟一发不可收：她从此活跃在八闽大地，歌声唱响大江南北。

走到哪儿都闪光的小珍珠

扎着两根羊角辫的时候，赵秀兰经常看到家里有许多标有大写数字的生活用品，她觉得十分好奇，妈妈告诉她：那是以前爸爸所在部队的代号。她又问军人是干什么的呢？妈妈说，就是保卫祖国的战士。妈妈拿出了两本《解放军画报》，在内页和封面分别刊登了身着绿色军装、配着鲜红领章的爸爸带领一群年轻军人刻苦训练和执行任务的照片。她的潜意识告诉她：爸爸就是保卫祖国的战士，是个英雄！

特有的绿色军营情结，就这样早早地深扎在她的心灵。

1979 年，县文工团改编为越剧团，不少演员因专业不对口纷纷"跳槽"，赵秀兰也提出了改行申请，县委宣传部为了保留人才，专门买了一台"双鸽"打字机把她留下让她当打字员。期间，赵秀兰多次代表县演出队参加地区及省级文艺会演，每次演出她都担任主持、独唱、二重唱和表演唱多种角色，还经常为其他人的舞蹈伴唱，并屡屡获奖。没多久她就成了闽北文艺界瞩目的焦点、福建省音乐舞蹈节上的"八闽新秀"。这期间她有幸得到地区群艺馆杨慕振老师悉心指导，使她在艺术道路上走得愈发坚实起来。在县委宣传部工作期间，领导和同事对这位聪慧而又能唱歌的赵秀兰十分喜爱，经常鼓励她多读书，不少同事还买书送给她。

尽管如此，但机关工作严谨有序，不允许她纵情放歌，这让她十分苦恼。于是每天下班后，她常常跑到河边和树林放声歌唱，一有时间就去广播站和书店购买唱片和歌本，以此提高音乐知识和扩大艺术视野。

1981年8月，她又自费到福建师范大学向戴如修老师学习声乐，这期间南平市正组建南词剧团，杨慕振老师将她引荐给剧团。团领导对她的艺术天赋早已熟知，当即向市领导做了汇报，之后市委常委会特批了一个"集体转全民"的指标，将赵秀兰调入南词剧团。

到该团不久，便有幸参加了全国性大赛，1982年她参加文化部举办的第二届全国曲艺优秀节目会演，并获得表演二等奖。1984年5月，作为建阳地区的代表，参加了首届青年歌手电视大奖赛福建选拔赛。经过一次次的评选，最终于同年10月和著名歌唱家葛军一起参加了央视的首届青年歌手电视大奖赛，获得了第十名（当时未分唱法），这是个标志性的台阶，从此以后她就成为福建歌坛一颗耀眼的新星。1985年应邀在福建省音像出版社出版发行首张演唱专辑《孟姜女》，之后演出邀请络绎不绝，前锋歌舞团和省歌舞剧院均发出商调函。但南平市有关方面就是不肯放人。赵秀兰是走到哪儿都闪光的小珍珠，他们舍不得啊！

1985年3月，武警福建省总队文工团组建，要招兵买马，杨慕振老师看到这一消息后，立即将招考消息捎给了赵秀兰。从小对绿色军营向往的赵秀兰，做出了人生的重要决定：报考武警文工团，决不失去既能当兵又能从事专业的机会！

命运垂青于她。通过严格的考试，她凭着扎实的演唱功底，赢得了部队领导和考官们的赞赏。经过艰难的说服，南平市委领导被她的执着精神感动，终于同意了她的请求。于是她穿上了军装，走进了橄榄绿方阵，开始了她难忘的军旅生涯，书写新的人生艺术篇章。

颂英雄、唱军歌、用歌声宣扬先进，鼓舞士气，培养基层文化骨干、丰富活跃基层文化生活，是军旅歌手的主要任务。穿上军装的赵秀兰深深认识到军旅歌手的职责所在，她一往情深地为军营的战士们服务，为自己的兄弟姐妹们唱着歌！在二十多年的部队生涯里，她记不清多少次下部队慰问演出了，经常是一去十几天，行程近万里，有时一天要到两个以上单位演出。不管天气酷热，还是风霜雨雪，只要上级有任务，官兵们需要，她会毫不犹豫地出发，履行部队文艺工作者的责任，把慰问部队的任务放在首位。

每逢节日，省里各个有关单位也总是要组织一批文艺骨干深入基层部队和农村慰问演出。作为艺术界重要骨干，赵秀兰每年要随同省文艺慰问团跋山涉水到边远山区、乡镇和海防部队、深山哨位为民为兵放声歌唱。

赵秀兰的歌声优美而亲切，仿佛是心灵的呼唤，她不倦地唱着，唱出了战士们的情感，战士们太喜欢她了，只要有赵秀兰来部队演出，战士们都会感到特别高兴。

有一年春节，赵秀兰随团到基层部队慰问演出，快到武警南平支队时，在距城数十公里的地方抛锚了，这时天空乌云密布，为了赶在下午给官兵表演，他们向南平支队求援，由于地处偏僻，电话信号接收不到。她同战友爬上了几百米高的山头才打通电话。一到新兵训练大队，顾不上休整，立即搭台演出。

演出时，下起了小雨，寒风夹着雨水，拍打着现场的每一个人。可战士们的热情却十分高涨，丝毫没有离开的意思。此情此景，让文工团的同志们感动不已，赵秀兰充满激情噙着泪水，一连唱了五首歌。

"军营百灵鸟"是怎样起飞的

音乐是什么？音乐是天籁！有人说音乐是上帝的声音，没有国界，没有民族，是人类的共同语言。

赵秀兰不仅爱听爱唱，更深知玄妙的音乐需要厚实的文化底蕴来支撑。

每次参加全省、全国声乐大赛，她都当做学习的机会，从中寻找不足，如饥似渴，学习充电。她清楚：机会是给有准备的人准备的！有一副好嗓子是必须的先天条件，但仅仅满足于此是不够的，只有给自己插上知识的翅膀，才能在艺苑的星空里翱翔得更远。她要实现的目标还很遥远——她要当一名真正的歌唱家！她为此不放过任何学习的机会，无论公费还是自费，长期还是短期，只要工作允许她都积极争取。由于对事业的强烈追求，家庭生活受到了影响，结婚十年没要孩子……

1991年初夏，赵秀兰了解到军队艺术的最高学府——解放军艺术学院要向武警招收学员时，她不假思索就报了名。由于当时武警福建文工团已解散，改在支队工作的她并不符合报考的条件。

赵秀兰并未因此放弃，多次找到领导申请报考，得到组织破例支持。当录取通知书寄来时，有人不相信这是事实，认为赵秀兰从小就参加工作，文化科目学得并不多，该不会是虚的吧？当在她的家里看到翻得快烂的书和多本记得满是文字的笔记时，终于相信这位在艺坛上行走多年的赵秀兰因努力而创下的奇迹。可以说为了这一天，赵秀兰付出太多，也难怪接到通知书后，她兴奋得几个晚上都没睡好。

大学校园比军营生活少了几分严谨，多了几分自由；少了几分热烈，多了几分安静。圆舞曲并非浪漫，舒展的舞蹈里有汗水也有紧张。两年的时间里，她把两天的课程并作一天来读。教室、琴房是她最常去的地方，听坏了两个录音机，积累了一大摞的音乐资料。毕业时她获得了主科分名列第三名的好成绩，并被评为"三好生"。两年过去了，这所军队最高艺术学府给了她丰富的音乐理论基础和丰富的实践经验，为她后来走进更高的艺术殿堂，奠定了重要基础。

她在军艺的学习，让她成为一个能够驾驭多种唱歌技巧的歌手，也打牢了她在歌唱艺术方面的理论基础。

艺术之花盛开在闽江边

赵秀兰的嗓子天生甜美，音域宽而广，对音乐具有独特的理解力。在音乐圈内，许多同行和作曲家都对此有高度评价。当然这一切属于她的"独特"都体现在她的演唱中。

自 1990 年开始，她先后多次参加了全国高规格的歌手大赛。先后获央视全国青歌赛三等奖、中国音协全国青歌赛金奖、全军第六届文艺会演声乐二等奖、央视首届音乐电视大赛铜奖、全国"益通杯"青歌赛第一名、文化部第五届全国群星奖银奖、中央电视台与建设部联合举办的音乐电视大赛金奖。1999 年，在文化部第九届群星奖比赛中，她是唯一重复参赛选手，获得了"两金一银"的成绩……

舞台实践自身价值，演员的生活在于舞台。赵秀兰倾心为兵服务的同时，目标放在八闽的最高舞台，甚至在全国的舞台上。她除了自己的演唱会以外还参加了福建音乐界许多活动的组织与策划：

1992 年在福州举办"杨彼德、赵秀兰独唱音乐会"，参加中央电视台"名星艺术团"赴香港演出；1993 年和 1998 年两次参加中央电视台春节联欢晚会演出；1996 年分别于厦门、福州成功举办《海上共明月——赵秀兰独唱音乐会》。2001～2006 年多次担任东南电视台"银河之星大擂台"评委；1999 年组织策划了"1999 年七月风"大型音乐会；2000 年组织策划了福建省第九届音乐舞蹈节声乐大赛……

2001~2005 年，她多次担任福建省青年歌手电视大奖赛组委会工作，为福建省歌手冲刺央视大赛积极工作，多次为电视剧音乐风光片演唱主题歌。她个人的成绩也蜚声省内外，先后出版《孟姜女》《谜》《六月茉莉》《月儿谣》等个人演唱专辑，先后拍摄了《渔家姑娘在海边》《孟姜女》《山外的世界》《惠安女工匠》《月儿谣》《爱心呼唤》等多部音乐电视作品。

她演唱的《孟姜女》《月儿谣》《渔家姑娘在海边》这些脍炙人口的旋律，飘荡在福建的山山水水间；赵秀兰的名字，也从此在八闽人民心中亲切而熟悉。

进入 21 世纪，赵秀兰的艺术又进入新的春天，在她所唱歌曲中，不少具有时代特色、时代气息和现代情感的作品，被人们所传唱和喜爱。

《离不开你》《我是你肩上的一颗星》，她都用成熟而美妙的歌声，把作品表现得委婉动人，情感丰富，唤起了人们无限遐想，多少人听后心灵受到震动而热泪盈眶。

为了表达对部队的感激之情，在中国人民解放军建军 80 周年到来之际，她推出了福建省首张原创军旅歌曲演唱专辑。8 月 17 日上午，武警福建总队礼堂热闹非凡，福建省音乐家协会主席、福建省政协副主席王耀华，福建省文化厅厅长宋闽旺，福建省音乐界知名艺术家，还有武警福建总队的领导和官兵，共同参加了赵秀兰纪念建军八十周年《行走歌谣》原创军旅歌曲演唱专辑首发式。

鲜花送给勤奋者。二十多年的军旅生涯，三十多年的艺术历程，赵秀兰把自己艺术的根深深地扎在民族声乐土壤里，用坚实步履迈出了艺术人生的辉煌和灿烂。她先后当选为全国青联委员、中国音乐家协会会员、中央电视台特邀演员、省政协委员，为福建省艺术事业的发展作出了积极的贡献。她捐助了近三十名学生，还是骨髓干细胞捐献志愿者，为白血病患者组织募捐义演，担任省、市环保活动形象大使,2002年还被聘为福建省"特奥爱心大使"。

她的歌声像一泓山泉,奔腾着、跳跃着奔来,自然、清冽、透明。

她的爱心也一如盛开的山茶花,火红而热烈。

(原载《海峡姐妹》2006 年 7 月)

90

演出队的女 "伯乐" ——刘淑清

7年前，刘淑清是红透八闽歌坛的实力派歌手，曾多次拿下大奖。

1997年6月，福建总队业余演出队重新组建，刘淑清担任副队长。她走马上任的第一个任务，就是组建队伍。

当时，演员连同领导加在一起仅6人，应聘者了解演出队的规模后，个个把头摇成拨浪鼓。刘淑清并未灰心，拿出了"看家本领"到各大院校巡回演出，硬是以实力征服了一个个艺术新秀。不到半年时间，这支队伍扩充至30多人。

刘淑清"招兵买马"可谓独具慧眼，"三顾师大"请孙砾当兵的故事，成为福建艺坛的一段佳话。2000年5月，刘淑清作为评委参加了厦门举办的全国大学生声乐比赛。当她听到福建师范大学孙砾的男中音时，一下子被吸引住了。赛后她鼓励孙砾到总队演出队来，没想到已有两所国外院校让孙砾出国深造。刘淑清觉得良才不可失，三次到师大说服孙砾。孙砾到演出队后，如鱼得水，进步极快，2002年在全国青年歌手电视大赛上夺得美声唱法第一名。

选人不易，留住人才更难。刘淑清以自己的人格力量做出了表率。作为沿海开放地区的歌坛"大腕"，她脱警服去发财的机会实在太多了，但她没有被金钱利益所驱动，始终忠实地履行部队文艺工作者的职责。2003年初，总队在福建礼堂举办大型拥政爱民晚会。

刘淑清连续几天带病组织演出排练。演出一结束，她就被送进了医院。政委王启勇感慨地说："刘队长的敬业精神，带动了全体演职人员安于本职，乐于奉献。"

7年来，刘淑清多方吸引人才、培养人才，先后选送24名骨干到艺术院校深造。省里和武警总部的许多艺术家都被她请到队里上过课。这些措施，终于打造出一支享誉八闽大地的高水准艺术队伍。队里有12人得到省、武警部队各类文艺奖，18次从军内外捧回各种团体奖牌。刘淑清本人也两次荣立二等功，2000年被评为武警部队"巾帼建功"先进个人。

（原载《人民武警报》2003年3月）

梁慧：行走在作曲路上

音乐圈内大多认为，作曲的腕儿们几乎是清一色的男性，这是令艺术界纳闷的话题。然而，武警福建总队文工团创作员梁慧的出现，改变了这个看法。大家熟悉的电视连续剧《鉴真东渡》的剧中配乐和片尾歌曲的编配就出自这位姑娘之手；2006年，中央电视台《魅力中国》和《感动中国》两场颁奖晚会的音乐创作与制作有她的名字。一位资深艺术家风趣地说：想不到这几个"大块头"作品竟然出自黄毛丫头之手。

出生书香门第

梁慧是武警福建总队政治部文工团的音乐创作员兼 MIDI 制作员。她来自江西鹰潭，出生书香门第。外婆是解放战争时期活跃在江西的知名作家，母亲是江西小有名气的作家，其家族里产生了作家20多人。还在小学时的梁慧，作文多次在刊物上发表。老师们都认为，这孩子有很高的写作天赋，只要坚持朝写作的路上发展，一定会成为新锐作家。家人也希望她在写作中有所成就，成为家族新生代的继承人。初中毕业后，梁慧考上当地的师范学校，作家之梦却从此在她身上渐行渐远，取而代之的则是艰辛的音乐之旅。

与音乐结缘

可惜了，好端端的作家不做，偏搞什么音乐，这孩子真不争气。家人知道后，纷纷反对。

只有一个人没有投反对票，她就是梁慧的母亲。她心里明白：虽然梁慧有着写作天赋，但她对音乐的潜力更足。看着女儿在音乐路上越走越欢，母亲庆幸当初对女儿的支持。

那是梁慧读三年级的一天，母亲带着她经过市文化馆时，梁慧被优美的手风琴声吸引住了。一群学生在老师的指导下，正全神贯注地拉着曲子。梁慧不由地驻足观望，任凭母亲怎么劝都不走，一直等到学生们把曲子拉完才依依不舍离开。

回到家，小梁慧吵着要学手风琴，母亲拗不过都，第二天就把九

岁的梁慧领进了老师的家。

这次不经意的选择，改变了梁慧的人生方向，也改变她的命运。

一年后市里举办少儿手风琴比赛，梁慧竟然获得了第一名。第二年参加福建省少儿手风琴比赛，她又获得了第二名。梁慧的表现让母亲着实惊喜了一番。母亲发现她对音乐有着极高的天赋，一首新曲在她手里，不到半天就可以熟练地弹奏出来，还能对曲子的风格提出一些独特的见解。

就让梁慧走自己喜欢的路吧！母亲做通了家人的工作，全心全意支持她学习音乐，让她拜鹰潭市艺术团团长朱庄儿学手风琴。在师范学习期间，她更是独自一人去广州，跟随广州军区战士歌舞团手风琴演奏家曾健学习手风琴。毕业后又拜在南京军区前线歌舞团手风琴演奏家惠培峰的门下。

毕业两个月后，正逢福建省武警政治部文工团招收战士演员，梁慧毅然报名，并以优异成绩被录取，成为该团一名专业手风琴演奏员。

来到专业团体后，梁慧可谓如鱼得水，艺术的道路彰显辉煌。1998年获得了福建省手风琴比赛青年组银奖；2001年又获得了福建省音乐舞蹈节手风琴比赛银奖。

行走在作曲路上

2000年5月，梁慧改编的手风琴曲《瑶族舞曲》，获得第五届"武警文艺奖"创作三等奖。此后，梁慧开始尝试作曲，学习MIDI音乐制作。2002年，由她作曲、编曲的舞蹈音乐《砺》，获第七届"武警文艺奖"创作二等奖，同年又担任了由福建省宣传部组织的福建省庆祝中国人民解放军75周年文艺晚会《八闽鱼水情》的音乐主创人员；2003年创作的歌曲《出发吧！向着春天》荣获"东风汽车杯"武警部队文艺调演创作一等奖。

流行音乐因为时尚、新颖，深得年轻人的青睐与喜欢，这与年轻的梁慧身上透出的灵气十分吻合。渐渐地她把主创目标放在民通和流行音乐上。一首由她作曲、编曲的歌曲《飞吧》获得2004年由中央文化部主办的"哈尔滨之夏"中国流行音乐新人选拔赛创作三等奖。同年，此曲又获得由福建省委宣传部主办的"放歌新世纪"歌曲创作比赛"十佳"优秀创作作品奖。而由她作词、作曲、编曲、混音的歌曲《你永远是我的吗》又获得第三届华夏七夕情歌大赛的创作二等奖，《爱走了》获得了创作三等奖。

为了更好地提高创作水平，系统规范地掌握创作方法，她向团里申请外出深造的想法，得到了上级支持。2005年9月，她前往中国音乐学院进修作曲创作。

北京是中国的经济和文化中心，聚集着当今一流的音乐艺术人才，对于求知欲强的梁慧来说太重要了。大都市特有的大文化氛围，开拓了她的思路，打开了她的眼界。在北京学习期间，在作曲方面，受到了羊鸣、孟庆云、刘琦等一批老艺术家的指导；在编曲方面，又得到了捞仔、陈彤、林海等国内一线音乐人的指点，她还自筹资金购买了国内最新的一套苹果系统的音乐制作设备。艺术家的指导和新的音乐理念，丰富了她的创作路子，提升了创作质量，一件件作品从这个电脑屏幕上跳跃出来。

2004 年是梁慧的收获季节，由她作曲、编曲，代表武警部队参演的舞蹈《天路兵浴》，获得了全军业余文艺调演一等奖。由梁慧编曲，南京军区代表队参演的小舞剧《兵丫》，也获得全军业余文艺调演一等奖。这年 8 月，还参与完成了第三届草原文化节《吉祥·鄂尔多斯》大型歌舞晚会的音乐创作、制作，为著名音乐人李进、韦嘉、蒋舟担任专辑编配工作，还为我国著名歌唱家蔡国庆、谭晶、汤灿、张燕的个人单曲进行音乐编配。

艺术的辉煌也给她带来了政治上的荣耀，入伍以来，梁慧先后荣立三等功 3 次，嘉奖 7 次，两次被评为优秀共产党员。

音乐创作之路是艰辛的，我们相信，凭着梁慧执着坚韧的奋斗精神，荆棘之路总会变得平坦起来。

年轻的军中作曲之花，愿你绽放得更加鲜艳灿烂！

（原载《福建音乐》2005 年 2 月）

钟旦萍："警花"原是客家妹

如果不是穿一身戎装，你很难想象她是一位具有 6 年军龄的少尉警官，还以为是哪里的校花还是名模哩！钟旦萍 15 岁进省武警文工团，身高 1.72 米，皮肤白皙，脸庞姣美，既有东方女子的娴静腼腆，又有西方女性的高贵典雅，其实她是客家妹子。虽然她在文艺圈"小荷才露尖尖角"，但她成长道路上还颇耐人寻味……

巧合机缘当"小兵"

2002 年 5 月的一天晚上，"龙崆洞旅游节"在闽西中心城市——龙岩市体育馆隆重开幕，由全省几个知名文艺团体联合演出的大型晚会，正向闽西红土地的每个角落现场直播。一位身材高挑的女孩在群舞"美丽梦想"中格外抢眼，引起了观众一片赞美。女孩的不凡表现和特有的气质，引起了同台演出的省武警文工团团长刘淑清的注意。演出一结束，刘团长来到后台，找到这位才貌出众的女孩。了解到她叫钟旦萍，来自福建龙岩的最西部武平县，曾作为县城文艺新秀考入龙岩艺术学校，是当地有名的县花。

就在这时，演出现场和在钟旦萍的家里发生了戏剧性的一幕。在演出现场这头，刘团长用欣赏的目光瞅着小旦萍，问："小钟，你想当兵吗？"女孩一时觉得突然，怯生生地说："这事得由我爸妈做主。"

在家看着这场晚会的钟旦萍的父母看完刘团长的演出后，也被她的歌声深深吸引，情不自禁发出感慨：要是咱女儿能被刘团长看中，那可真是丫头的造化了！命运就是这样青睐这个幸福的家庭，没过半小时，家里的电话铃响了："是钟旦萍父亲吗？我是省武警总队文工团的刘团长，我们看中你家丫头了，你们同意让她当兵吗……"没等刘团长说完，这对中年夫妇激动得差点落了泪，直说："同意！同意！"就这样，两个月后，钟旦萍通过了一番严格的考试，穿上了军装，走进了橄榄绿方阵。

初入警营练真功

军营生活既新鲜，又紧张，处处散发着青春的活力。年仅 15 岁的小旦萍，为能当兵感到兴奋，更为小小年龄能走进军营而庆幸。令她惊讶的是与她同龄的"小兵"在这里不在少数，她们虽然年龄小，却对个人生活打理得井井有条，特别是在业务上，都能独当一面。在艺校里，她的专业是拔尖的，每次演出都是领舞，但到了文工团后，面对一个个强劲实力的演员，钟旦萍第一次感到"人外有人，天外有天"。然而，钟旦萍在事业是从不服输的人，她认为，再好的钢也是炼出来的，只要下决心，能吃苦，就一定能把业务上的"短"补上去。

此后，她开始从舞蹈技巧到内涵的理解，从个人动作到对整体动作的编排，一点一滴地钻研，在不到两个月的时间里，舞蹈动作和编排都上了一个台阶。

正当为自己的努力小有成就而感到满足时，小钟被上级派来的舞蹈编导给点"醒"了。2003 年 2 月，武警部队开展文艺调演，一批文艺专家来总队观看文工团的汇报演出。大家都没料到，平时实力最强的舞蹈，这次却受到专家不客气的"点拨"。专家说：舞蹈不仅需要"形在"，也要"意在"，形给人外在美的享受，意是给人内在美的享受，两者要兼有，这才是舞蹈的精髓所在。此前，常有人讲，舞蹈节目要求不高，能把肢体表演到位就可以了，内涵再好观众也看不出来。但专家的点拨，使她清醒的同时，陷入思考，并渐渐明白：艺术需要追求厚重，不是表面，更不能浅薄。厚重就是追求内涵，内涵需要从生活中吸取真谛。此后，她一方面追求"形"的同时，更注意作品内涵的理解，并且注意从生活中间挖掘素材。

2003年5月，百年不遇的超强台风"桑美"袭击了福建省闽东沿海，素有"铁拳部队"之称的武警直属支队800名官兵，奉命前往灾区执行抢险救灾任务。路过宁德时，上空乌云翻滚，沿路树倒枝折，海浪滔天。为了在第一时间抢救重灾区，把人民生命财产损失减少到最低限度，官兵们冒着车翻人亡的危险，赶到目的地。参战官兵谁也想不到，这场超强台风最高风力达到17级，12级超强台风在福鼎上空徘徊了十几个小时，房屋倒塌无数，数以千计的群众被困其中。在这次行动中，官兵们共救出和转移群众5000多人，连续十几个小时未进一滴水，一粒饭，有20多名官兵不同程度受伤。

一名少妇抱着不满两个月的孩子，被困在倒塌的房中。准备回老家当新郎的三级士官林强，二话不说钻进随时都可能倾覆的房屋营救这对母女，在历经半个小时的营救后，少妇和孩子救出来了，可林强右脚被倒下来的水泥柱压成两截，成了残障人士。林强未婚妻的亲友劝她断了这门亲事，她说什么也不同意，当她来到部队听说林强的英雄事迹后，感动得泪流满面，更坚定了与林强成婚的决心。那一天，在北峰山下的一座警营里，这对有情人举行了特殊的婚礼。

这个真实故事传到文工团后，演员们感动了，团里组织了所有舞蹈演员以这支部队抗灾为主题，编了一个"抗灾曲"的群舞。而钟旦萍更被这个新娘所感染，她向导演建议舞蹈结束时加上林强与新娘相见的场面。钟旦萍自告奋勇演这个新娘，在整个演出中，钟旦萍同时扮演了两个角色，最后演新娘沉浸于对英雄丈夫的爱时，竟演得泪流满面，在场的演员也被她的情绪所感染而忘我进入角色之中，通过舞蹈艺术再现了武警官兵舍生忘死，把人民群众的生命高高举过头顶的悲壮画面，在部队和地方演出后，引起极大反响。

敢于争锋验实力

一位老艺术家说，演员的最大幸福就是在舞台上找到属于自己的艺术支点。多才多艺的钟旦萍对自己的艺术发展方向十分清楚。生在客家地，听客家山歌长大的她，拥有良好的音乐天赋，从小就在声乐方面发展。14 岁那年，就已多次参加闽西歌手大赛，捧回了不少奖。

进入文工团，她一边参加舞蹈表演的同时，悄悄把主攻方向瞄准声乐，定位民族唱法。钟旦萍选对了，在几年的时间里，就多次参加了央视电视歌手大奖赛，由于种种原因，虽未进入央视舞台，却在上海、福建等地有着不俗的表现，深为声乐界看好。

2003 年 4 月，年仅 16 岁的钟旦萍参加福建赛区的选拔赛，这是她第一次参加省级歌手大赛，也是历届民歌组最年轻的参赛歌手。通过四轮的激烈角逐，组委会陆续淘汰了二十几位来自全省的歌手，最后她以第二名的成绩进入央视复赛。幸运而又不巧的是，6 月份，钟旦萍参加武警部队全军院校考试，被武警指挥学院音乐系录取，由于央视大赛正好在上学期间，最后只得放弃。

2005 年 3 月，上海市进行央视歌手大奖赛选拔，上海市是我国文化和经济前沿阵地，不乏出色歌手，能进入决赛圈十分不易，部队 6 位歌手只有两位歌手进入复赛，钟旦萍是其中一位。当时指挥学院的一位副院长亲自带着她参加市选拔赛的最后一战，面对众多高手，小钟压力很大，这位副院长对她说：好好比赛，上海的武警都是你的后盾。最后的决赛，她胜出了，得分牌清楚地显示，钟旦萍获得上海赛区民族歌手的银奖。几个月后，当她披挂前往央视大赛时，因为同组的一位歌手发挥失常，总分受到很大影响，上海歌手失去了参加最后决赛机会，就这样她又与央视歌手大奖赛失之交臂。一位资深声乐界专家听过钟旦萍唱歌，得知上海组失利，本人未能参加决赛时，惋惜之余，仍给予很高评价：年纪极轻，音质极好，前景极佳！

面对军营大舞台

军旅歌手的真正价值不是在大赛舞台，而是在战士中间。这是她下部队慰问演出的切身感受。

上海在世人眼里是个现代大都市，处处流光溢彩，青春勃发。在这样的一个大都市，武警的执勤目标一定在人海包围之中。然而并非如此，远离上海市的武警执勤部队不在少数，在距上海市三百公里，海拔一千多米的高山上，驻扎着仅有一个建制班的执勤点。这些所谓令人羡慕的"上海兵"，却长期与大山为伴，有的几年没到过上海市区一趟。

有这样的地方吗，有！2004年冬季的一天，学院组织一批演出小分队到这支特殊的部队慰问演出，钟旦萍就是其中一位。演出队乘车从早上出发一直到下午3点才到达目的地，汽车仅绕山路就行走了两个多小时。一下车，一阵刺骨的风袭来，浑身立即打起哆嗦。山上的战士早已知道演出队要来的消息，高兴得像是过大年，全班的战士齐刷刷站在路口列队欢迎，一名少尉排长边放鞭炮，边抱起冻得红彤彤的双手表示热烈欢迎。

带路的支队副主任介绍说，这些战士都是自己志愿来这里的，哨卡有 8 名战士，有两名战士 3 年多没到过上海，前次支队专门指派一名干部带着车要把这几名战士拉到上海市区逛逛。可战士们怎么也不去，坚守在这方圆数十公里没有人烟的地方。多执着淳朴的战士啊，听完这位副主任的介绍，演员们顿时眼圈红了起来。大家来不及喝口水，就给战士们演出，一个小时过去了，演员们来回表演各种各样的节目，谁也没有感觉到累。细心的钟旦萍发现，所有的战士眼里饱含着泪珠，一位老兵激动地说：几年了，第一次看到活生生的演员与我们面对面演出。

不知道谁说了声，到哨位给哨兵歌唱。一呼百应，可是哨位距营区有 30 分钟的路程，来回得一个小时，去了恐怕今天就下不了山了，山上只有这八位战士的床，连睡觉的地方都没有，再说，晚上山上与山下的温度差很大。副主任说，别去了，我们把你们唱的歌录下来，等哨兵回来后，我们放给他们听。

战士们在这里执勤不容易，既然来了就不能拉下一个战士亲眼看我们演出，领队的江队长说，大家也纷纷要求去哨位。

这是一条仅容 1 人行走的陡峭山路，约半小时后，当看到在山顶的哨位时，演员们情不自禁高喊起来，可谁也想不到一场险情就要发生了，这时，走在中间的钟旦萍突然被凸起的石块绊倒在地，人连手风琴一起掉入山崖，大家正惊骇之时，一个碗口粗的松树挂住了钟旦萍，好险！

救命树啊！带队的副主任倒吸了一口冷气，大家齐心协力把小钟拉了上来，这时大家看到，她的右腿被刮开了个口子，鲜血往外直冒。到哨所做了简单的包扎后，钟旦萍顾不上疼痛，加入演出行列。哨兵看到演员们冒着生命危险上山专门为他一人演出时，泪水顺着脸颊像是断线的珍珠落进雪地里。钟旦萍也注意到哨兵通红的脸有些青紫,嘴唇干裂，挂着上等兵警衔的他看似有 30 多岁的模样。看着满脸沧桑的年轻哨兵，小钟心里很不平静，含着眼泪一连唱了 5 首歌。离开哨位时，哨兵行起庄重的军礼一直目送到看不见她们为止。

到了班里，由于天色已黑，无法下山。当晚 8 名战士说什么要让演员睡他们的铺，8 名战士在门口架起一堆沟火，围坐一起，屋里屋外都烤得暖烘烘的，其实这一晚，演员们也没睡着。

这次进山慰问演出，给在校的钟旦萍心灵震动很大。军队文艺工作的崇高使命是什么，军旅歌手的价值在哪里？高山之行，使她心里有了坚定的答案！

客家妹子美名传

在大家眼里，明星特别是年轻歌手总是与高傲气派联系起来的，然而，钟旦萍一身"平民"打扮，显得落落大方，楚楚动人。与时下穿得"劲爆"的年轻歌手相比，多了几分淳朴自然。知情人明白，她之所以"自然"，是因为来自客家，传统朴素的客家民情，深深地影响着她。不管外面世界多精彩，多时尚，她心里有自己的处世标准。

她不仅外表自然真诚，在舞台上，也秉承客家人的传统美德。"不要牌子，讲究信誉，倾力演出"，这是在龙岩数场演出后，举办方给她这样的评价。去年 7 月省委宣传部在龙岩市隆重举行"纪念红军长征胜利七十周年"大型文艺晚会，她作为闽西籍歌手受邀参加。接到通知后，要求演员提前 3 天到达现场彩排，几天来，晚会导演发现，每次先到场的总是这个从省城来的歌手，一般来说，从大地方来的歌手总是有些架子，这似乎才合常理。这位从省城来的武警歌手的表现着实让这位导演眼睛亮了一番。很快钟旦萍的表现赢得了市委和宣传部领导赞赏，一位领导甚至说：要在全市文艺界学习小钟这种秉承客家传统美德的精神。接着钟旦萍又连续参加省老年协会、省运会开幕式，市投资贸易会文艺演出。在省运会开幕式和闭幕式上，钟旦萍以实力和青春靓丽的形象担任了主题歌演唱。

2007年1月，省聚集了十几位重量级歌手参加选拔省委省政府新春团拜会演出，几天后，经过几番角逐，钟旦萍在众多精英中脱颖而出，成为唯一参加演出的歌手。有人预言：福建歌坛上，会从武警升起一颗新星。

（原载《海峡通讯》2004年6月）

104

江林蔚：艺高胆大"女特警"

一不小心当了"男兵头"

1998 年 7 月，年仅 15 岁的江林蔚以优异的成绩从宁化第一中学考入福建艺术学校三明分校。高挑的个头，扎实的舞蹈功底，使她在三明艺校显得出类拔萃。

一个偶然中透着必然的机会，让她到武警福建总队文工团当了一名女兵。

入伍后，她被分配在女舞蹈班。过了两年，作为业务骨干转了士官。这时领导要她当男舞蹈班的"兵头"。这在文工团建设史上还是头一遭。

团党委这一安排，在官兵里掀起了不小的波澜。在团里，男女舞蹈班向来在交往上有原则，有人说："女兵能管好男兵，猪都会上树。"

她的任务是负责男兵班的业务训练。刚开始，男兵不服气，经过团领导动员，思想虽然统一了，可心里仍有疙瘩。

江林蔚在校时是出名的泼辣妹，同学们都敬她三分。管理女同学对江林蔚说自然不在话下，但面对业务素质都不错，个头年龄都比她大的男兵，心里没底。男兵虽觉不快，但军人以服从命令为天职，面子上还得接受。刚开始，双方在小心地磨合，不久，几个调皮的男兵向她出招了。

一次排练抗洪的舞蹈，剧中有一个抗洪官兵扛着沙包在数秒内踩过十来米人梯的情节，由于这个动作要求快，技巧性高，几名男兵还没踩过一半便倒下来。如此连续数次，江林蔚急了，扯开嗓门训斥，几位男兵也火了，一屁股坐在地上，不演了。

这情景让江林蔚措手不及，她来不及细想大喊一声："看我的！"扛起沙包，越上十几名男兵肩膀叠成的人样，还没走到一半的她，几名男兵故意摇动肩膀，把她重重地摔了下来。

看着幸灾乐祸的男兵，江林蔚心里明白了怎么回事，她强忍住已溢出眼角的泪水。

晚上，她趴在被窝里哭了一场。

这时一位老兵告诉她说：要管好男兵，就得有"杀手锏"。什么"杀手锏"，这位老兵没告诉她，只是说，根据实际情况而定。她想了三天，终于琢磨出自己的"杀手锏"：练出本事，让男兵服气。

自从几位男兵给她下马威后，心里也忐忑不安，担心她给他们穿小鞋。没想到，当她出现在他们面前时，丝毫没有"修理"他们的意思。第一句话就让男兵们感动不已："我带兵方法有不对的地方，以后请大家多提意见，我们一起把男兵的业务抓上去！"

此后，江林蔚学会了如何与男兵沟通，男兵更是为这位大度的女班长报以感激之情。

打铁需要自身硬。江林蔚明白这个道理，平时除了带兵外，其余的时间都投入到训练场。本来功力扎实的她，业务基础突飞猛进。在训练场上，只要是对手戏，总会亲自做示范，有时为了讲解一个动作，常常摔得青一块紫一块。

慢慢地男兵被这位女班长的精神所征服，业务水平也扶摇直上。

2006 年 7 月，全军开展 4 年一次的基层文艺调演。武警总部在基层文工团选一批优秀节目参加全军业余文艺会演。时任宣传部副部长的凤一飞在福建总队调研时，被江林蔚的艺术思想和热情的工作干劲感动，于是把一件反映基层官兵信息生活的作品交给了江林蔚，说这是件好作品，现代感强，但难度很大，限定她在 10 天时间，完成编排任务。

看完本子后，江林蔚犯难了：这是一件既要重新构思，又要在录音、排练和舞美找到新突破的作品……

仅仅 10 天，能来得及吗？

再难也要拿下，男兵班信心十足。

男兵的决心给了江林蔚信心。她反复与剧本原作者沟通，与演员们探讨研究，把突出"基层兵味"作为创作方向，并在两天内完成了节目的构思。

对道具的制作又是一个考验。她请了专业人员设计网页，喷绘后，又找到福建省歌舞剧院的舞美老师设计了电脑框架，在制订换布景方案时，她用手工的方法，完成了高达两米的显示屏的屏保切换，仅两天时间把这个难关攻克了。

接下来就是排练的问题。可是演员的素质参差不齐，7 名演员中有 3 名刚入伍，且没有一点表演基础的战士，要在短时间做到边唱边演，难度可想而知。

她和男兵都豁出去了，每天 5 点起床，下半夜睡觉。每次江林蔚亲自在场，在排练中逐个讲解角色的特点，手把手指导每一个形体动作。就是在这样一次又一次枯燥的排练中，节目排下来了，在规定的时间如期完成。

当武警总部宣传部领导看完这个节目后，感到十分惊讶，凤一飞副部长说：超出想象，"女教头"不简单。

节目参加大赛后，获得武警部队二等奖，这是男舞班有史以来最好的成绩！

演兵场上胜须眉

在一些官兵眼里，生活在歌舞声中的文工团演员在舞台上独具魅力，在训练场上却只会花拳绣腿，然而，江林蔚带的女舞班以事实改变这种看法。

武警福建总队在条令学习月期间，总队组织直属分队和机关共9个代表队举行队列比赛。江林蔚被指定为女舞班指挥员。接到通知后，在家休假的江林蔚匆匆赶回部队。

文工团官兵平时主要进行业务训练和演出，队列基础不好。

领导给大伙打气：别让人说我们文工团只会演戏，练出个样子给部队看，证明练兵场上咱们也是好样的。

团里专门请了教练，规范两个班的队列动作。从没当过队列指挥员的江林蔚第一要过关的就是指挥口令。看着开始连口令都叫不清楚的女兵班长，一位外单位的干部预测说：文工团队列比赛非垫底不可。

这可惹恼了文工团男女两个班，江林蔚和女兵们主动把训练时间从每天的6小时，增加到8小时。

由于训练时间长，天天扯开嗓门喊口令，江林蔚发起了高烧，练队列的女兵有的也生病了，有的两脚磨出血泡。

所幸，教官是个"老队列"，给她制订了一套科学方法。按照这个方法，她和全班人员很快渡过了适应期。特别是江林蔚几次带病组织训练的精神，带动了全班战友，大家主动克服困难，做到轻伤不下火线，队列动作日渐走向成熟。

功夫不负有心人，20多天后，女兵以协调整齐的队列动作，在政治部会操中取得第一名，赢得参加总队比赛的入场券。

总队比赛的时刻终于到了。

这一天，总队领导、机关干部和参赛的数百名官兵云集基地训练场，九个代表队分别以良好精神面貌接受检阅。

女兵班一出场，让官兵眼前一亮：饱满的精神充满着自信，整齐一致的动作彰显女兵风采。

最后，评委们一致打出了场上的最高分，以绝对优势夺得第一名。

"文工团女兵能拿第一？"很多官兵不相信这是事实。

事实是不容怀疑的，她们的确用自己的实力打败了所有男对手。以致很长一段时间"文工团女兵班拿第一名"成为武警总队议论的话题。

也有人形容江林蔚是"穆桂英"，领着女兵上演兵场，胜了须眉，大获全胜。

"女特警"原是文艺兵

自从参加全国"CCTV"电视小品大赛后，江林蔚被不少人认为是"女特警"。在春晚节目审查时，著名小品艺术家蔡明曾认真对她说："女特警也参加春晚节目审查来了，不简单啊！"

作为舞蹈演员的江林蔚怎么会同女特警联系起来呢？

话还得从她演的一个小品说起。2006 年 6 月，著名编剧、导演王宝社应邀来福建采风。在厦门支队，随行的文工团曲艺队长单柏林，在王导的指导和授意下，创作了以厦门支队反劫机中队打破默契实战训练的情景。为了增强喜剧效果，作品中安排了一个女特警队员与男队员对打的戏。

通过一番挑选，江林蔚作为最佳人选担任女主角"雷敏"。

女主角的要求就是要有过硬的武打功夫。演好这个角色，头一个需要解决的就是武打问题。

导演请了总队特勤中队的士官班长当教练，他一人徒手对付过5个小偷，曾参与擒获特大毒枭刘招华。

教练说，要把散打练到家，得花上三五年时间。

而导演给江林蔚学会散打的时间是5天，与对手配合默契，戏要演足！

起初，江林蔚被摔得遍体鳞伤，疼得受不了，戏也上不来了。经过一段时间的摸索，导演和教官找到了让江林蔚短时间内成为"雷敏"的窍门。根据戏中情节，安排了20多个戏中能用的散打动作。

第一天训练苦，但新鲜，不觉得累。第二天，当江林蔚起床时，坐不起来了，两腿似有千钧重。一到排练场，教官要她绕着排练厅跑上几十圈。此时，她连走路都不行，怎么跑？教官似乎并不理会，大喝："跑！"江林蔚被教官架势给吓了，腿才迈开一步，就听"吧唧"一声，趴在地上了。教官一把拽起她来说："再跑！"她摸着磨破的膝盖，像是受委屈的孩子，眼泪忍不住落了下来。

跑完后，酸痛的两腿恢复正常了，这时江林蔚才明白了教官为什么要她多跑的道理。

这一天她不仅学会了对打动作，还利用自己软功好的特长，设计了几个配套动作，让导演和教官吃惊，导演禁不住竖起了大拇指："丫头好样的。"

两个月后，他们参加央视春晚节目的审查，导演又请来北京特警学校的教官专门辅导了半个月，这时江林蔚的武艺大为长进，俨然像个武打明星。最后，审查节目时，央视的一位大腕惊喜地说："女特警"上舞台来了，表现不错。

回忆起这段经历，男对手傅国栋说："江排长受苦了！"

（原载《海峡姐妹》2006 年 8 月）

李艺佳：东北女孩在海西警营的故事

多少女孩想当女兵，几个能美梦成真？当上女兵的又有几个能成为美丽潇洒的文艺兵？成为文艺兵的又有几个能夺得全军一等奖？李艺佳做到了——这位亭亭玉立的东北女孩，在海西警营书写着动人的故事，成为军内外颇有知名度的"铿锵玫瑰"。

"十八岁、十八岁我参军到部队……"这是福建省武警总队政治部文工团女兵班长李艺佳从小最喜欢听的军营歌谣，想不到后来能穿上军装，更没想到，仅5年兵龄的她，两次荣立三等功，2009年还被评为"总队优秀共产党员"，所带班荣立集体三等功。闪光的军功章，是警营对她的褒奖，也是她用心血和汗水铸成……

冰雪阻不断对战士的深情

2009年春，我国南方遭受了1954年以来冰冻范围最广、持续时间最长、影响程度最严重的低温雨雪冰冻天气。闽西闽北地区几百个乡镇，数百万人受灾。低温严寒，电力中断，道路堵塞，群众受阻……

灾情就是命令！根据福建省抢险救灾指挥中心和总队首长指示，武警福建总队数千名官兵，以雷霆万钧之势，破冰开路，奔赴抗灾战场。为激励一线官兵斗志，总队党委决定由常委带着文工团骨干演员深入到灾区慰问演出，李艺佳等一批优秀演员奉命参加。

一到灾区，艺佳就被眼前的惨景刺痛了心，道路、河流、山川处处白雪皑皑，竹林被毁，树木折断，在崇山峻岭中，蜿蜒起伏的高压电线杆像多米诺骨牌一样全部倒塌。

由于天气寒冷加上连续奔波，李艺佳患了重感冒，发烧、咳嗽、头晕。领导多次劝她休息，被她谢绝。

"首长我能坚持，我能坚持，我要为战友演出。"艺佳在生病的几天里，说得最多的就是这句话。凭着一股执着的毅力，她挺过来了。十多天的时间，李艺佳随总队首长辗转一千多公里，深入一百多个单独任务点，把一个个充满力量的激情舞蹈送到冰山上，送进了战士的心窝里。

在闽西的一个自然村演出时，听到直属支队邱善添政委介绍说，还有一个小分队在一百多公里外的寨里乡执行任务时，李艺佳请求带队领导，把节目送到最后一个小分队。

文化大篷车在大山中艰难行驶两个多小时后，终于到达寨里乡，由于通信信号中断，根本和执行任务的官兵联系不上，只好到当地电力部门和乡政府去求助，政府值班人员告诉大家说，离战士执行任务的地方还有二十多公里，只能徒步进去。

"爬也要去，战士们能到的地方我们就能到。"带队领导被李艺佳的精神感动了，同意了她的建议。一路上顺着战士们抬电线杆开出来的路，连滚带爬地向任务点接近，四个小时后，终于听到了战士们抬电杆的号子声。

这里是一片银色世界，冰块铺满了沟沟坎坎，战士们全是趴在陡坡的地上，将一吨多重的电线杆慢慢挪上高山，眼前的情景，让带队领导和演员落泪了，李艺佳像孩子一样哭了出来。

看到面容憔悴、嘴唇干裂的李艺佳等战友们出现时，十几名官兵都惊呆了：鸟都飞不进来的地方，女文艺兵居然来了！

李艺佳内心受到了强烈的震撼，她把敬礼握手改为拥抱，深情的拥抱十几位脸上手上长着冻疮、手上裂着口子的战士，此时，她觉得她所有的付出都是值得的，战士们的微笑就是她的幸福。

初试显功力，大校考官为她带头鼓掌

艺佳初到警营的故事还颇有戏剧性。2003年底，一个偶然的机会，刚从学校毕业的李艺佳得知武警福建总队文工团特招歌舞演员，便只身从遥远的东北来到福州，参加应征考试。

刚出火车站，一位"好心人"迎上来说是帮忙拿行李，可不到3分钟，此人便在人流中消失得无影无踪，包里放着的一千多元钱就这样莫名其妙地丢了。

这包行李是艺佳初出远门的全部家当，更重要的是里面放着艺佳准备参加考试用的所有资料和服装，连电话本也丢了。没有了这些东西，就意味着失去这次考文艺兵的机会。在举目无亲的偌大个福州城，突来的"奇遇"让她欲哭无泪。

连坐公交的钱也没有了，怎么办？走着去！小艺佳做出了坚强的决定。

一路走一路打听，从火车站开始足足走了十多里路，花了三个多小时，终于来到了位于枇杷山上的武警文工团。当看到一群穿着橄榄绿的英姿飒爽的女兵时，李艺佳不禁热泪盈眶，情不自禁地向大门走去，直到被哨兵制止时，才发现自己已经跨过了警戒线。

小姑娘闯军事禁区的事，很快被团领导知道了，在弄清了事情原委后，刘团长被丫头的精神所感动，看到艺佳良好的体格和坚毅的眼神，当即说：明日请考官过来考核。

次日，李艺佳被带到了排练厅，由于行李被偷，服装和舞蹈的资料都没有，只好穿着便衣展示才艺，身上的牛仔裤又小又紧，连腿都劈不下，急得直叫苦，还好牛仔服弹性好，连续表演的几个舞蹈基础动作，发挥得顺利，让考官们对眼前这个东北小丫头刮目相看。最后表演自创舞蹈时，考官们吃了一惊：近5分钟的舞蹈动作有12处是高难度的动作，特别是空中的劈腿动作，犹如轻盈的大雁，展翅腾飞。主考官徐通福大校是福建省著名作家，深谙文艺工作，对李艺佳的突出表现，情不自禁带头鼓掌，霎时整个考场掌声一片。

2004年3月，李艺佳终于收到了武警福建总队文工团的特招入伍通知书。收到特招入伍通知书的这一天，李艺佳喜极而泣，她知道自己从此走上了一条不同寻常的人生之路。

走好军营每一步，艺术之花愈发灿烂

在文工团一段时间后，艺佳便意识到这里的确是文艺精英聚集的地方，自己虽然在吉林市歌舞团艺校和中国歌舞团艺术学校练了多年的舞蹈，多次被评为"三好学生"、"文化苦练标兵"、"专业学习标兵"，基本功扎实，但论综合素质，团里一个十五六岁的小兵也能胜过自己。

此时的李艺佳深深感到从未有过的压力，但很快调整了自己，给自己制定了"补课"的目标。

此后，每天总比别人早起床，第一个进入排练厅，别人基本功练40分钟，她就练一个小时，别人劈腿煅腰200次，她就来400次；演出没安排她的节目，就在边上跟着练。几个月的时间，素质便突飞猛进。

艺佳的进步，团领导看在眼里，记在心里。入伍一年半，团里开始有意安排她编舞，使她从舞蹈演员开始向编导发展，在舞蹈艺术上又向前迈出了重要一步。由于学习异常刻苦，加上富有创作灵气，到了第三年，已是团里舞蹈表演和编导的主要骨干。

2006年8月，总部武警文工团从全国各个总队抽派业务尖子，到北京代表武警总部参加"全军业余文艺会演"。团里需要选派两名舞蹈演员参加。

得知这个消息，团里舞蹈演员队伍中掀起了一阵不小的波澜，谁也不愿放弃这个在全国舞台展示的机会，纷纷报名参加。为公平起见，团里决定设擂台，十几名舞蹈演员经过激烈角逐，李艺佳最后胜出。

到北京后，艺佳发现来的演员个个舞技高超，负责协调的武警总部宣传部领导说，集中训练一个月后，要淘汰一半演员。按目前舞技水平，李艺佳就在淘汰的范围内。

这让她很害怕，也很担心，甚至有了打退堂鼓的想法。但转念一想，这次参加全军业余会演，实际是各总队一次舞蹈实力大比拼，如果放弃了就意味着福建总队退出这个竞技的平台。

她清醒地意识到，现在不是代表自己，而是代表福建总队。

有了这份压力后，心中猛然有了激情和动力。北京的8月是最热的季节，排练厅没有空调、没有风扇、没有把杆，条件非常艰苦，但她没有退却。

为了保证整个节目的效果，艺佳经常一人排练到凌晨，累得快趴下的时候，她总是用一句话来激励自己："我是福建总队的文艺兵，要为福建总队争光。"只要一有时间，艺佳就会到排练厅针对自己的不足进行严抠细训。

成功总在艰辛后。在全军文艺会演中，她是唯一参加两个领舞的演员。她在舞蹈《走过霓虹》中，担任领舞的B角。担任1号舞蹈演员并主演的原生态舞蹈《侗族踏歌》荣获"全军业余文艺调演"表演一等奖。

这年底，她荣立三等功。

随着社会大文化的快速发展，军营文艺创作的视角发生了变化。年初，李艺佳编排了现代群舞《快乐洗刷刷》，这是反映基层官兵周末打扫卫生的一个生动情节，为了增强视觉和听觉效果，她采用踢踏舞风格来表演完成。

开始创作这个节目时，仅文字脚本就写了十几次，这是她第一次创作现代群舞。舞蹈效果在于好的音乐节奏，曲艺队副大队长、福建省最具实力派音乐制作人梁慧主动担起了音乐创作。

不到两天时间，音乐做出来了，可是作品需要半数男舞，但团里只有3个专业男舞，怎么办？这时，李艺佳大胆提出建议：有兵味的节目不一定都是会跳舞的人演出来的，让团里的男兵一起上。

让人有点哭笑不得的是，几名男舞中，有司机、炊事员，也有小品和声乐演员。

后勤班长第一个提出反对意见："艺佳，是不是要组建舞蹈游击队？我看这舞蹈能排成，猪都会上树。"

"只要听我指挥，吃得苦中苦，定叫'猪上树'。"艺佳风趣中带着自信。

116

她把排练方案报告团长单柏林时，团长起初也有点怀疑，随着艺佳把舞蹈的表现特点一个个环节汇报完，单团长清醒地明白，这是文工团舞蹈艺术上的一次突破，成功了，能带动全团舞蹈创作新的发展，当即表态支持。很快，团里把著名编导杨新胜请来，专门为这个作品"修枝打叉杈"。

功夫不负有心人。不到一个月，群舞《快乐洗刷刷》排成了，在总队党委扩大会和慰问总部领导汇报演出中，以其独具匠心的创作风格，震撼的视觉效果，征服了官兵的心，获得了总队和总部领导的一致好评。2008年3月，群舞《快乐洗刷刷》参加第九届武警文艺大赛，获得文艺创作一等奖。

当兵就要当好兵，俏娇娃成为"铿锵玫瑰"

练舞蹈的姑娘，最怕晒黑皮肤，磨粗了纤手。李艺佳却不这样认为，她说："我们是部队的演员，脸黑点，手粗些会让基层的战友感到亲切。"

团里女兵班去年参加总队统一组织的队列会操拿第一名后，让全总队官兵都知道，文工团有一群"铿锵玫瑰"。

今年总队又开始组织每年一次队列会操，总队政治部领导把希望寄予文工团，政治部徐通福主任给团领导下命令：文工团要再拿冠军！

首长的命令，饱含着信任。

"让江排来当队列班长"，上次带领女兵班夺冠的是现任舞蹈队副队长江林蔚。正当江林蔚披挂上阵时，央视来电，团里编排表演的《练兵》参加全国第十四届曲艺大赛。江林蔚一走，虽然女兵班长好几个，但都没有指挥班队列的经验，让谁上？

这下让团领导为难了，负责行政管理工作的邓政委，决定让几位班长轮流指挥，一个阶段后，再看谁的实力强，谁就上。

一个阶段下来，李艺佳开始展露出各方面优势，在比赛的前两周，李艺佳被确定女兵队列班班长。由于队列人员的基础动作差，李艺佳心里没底，几次想"撂"挑子，可看到全团官兵一双双期望的眼神，心里感到沉甸甸的责任，决定豁出去了。

她深知，作为指挥员首先要过口令关，为了不影响别人休息，她都是躲在没人的地方练习口令，排练厅、琴房、健身房、操场……

强化训练下来，她嗓子哑了、感冒、咳嗽、发烧，连打了几天的吊瓶，即使是这样，她也没有轻易放弃；不管是下雨还是身体不适，从没有叫过一声苦，喊过一声累，在她心中只有一个信念：一定要赢、要赢，为团队争光！

在比赛的前一天中午，李艺佳还在挂着瓶，第二天，也不知道哪里来的力量，她精神抖擞地带领女兵们奔向赛场，以出色表现夺得了第一名，文工团女兵的别样风采又一次让全省武警官兵刮目相看。也让八闽各地的武警战友记住了这位女兵班长的名字——李艺佳。

（原载《海峡姐妹》2009 年 7 月）

118

橄榄花——袁文婷

一位 19 岁的女孩，曾 5 次获得省、全军文艺比赛大奖，荣立二等功、三等功各一次，她就是——袁文婷，武警福建总队政治部文工团舞蹈演员。

2002 年 4 月的一天，福建电视台"家有明星"栏目产生了新的周冠军——来自丹顶鹤的故乡黑龙江齐齐哈尔市的东北姑娘袁文婷。

面对来自社会眼花缭乱的诱惑，娇小玲珑的袁文婷毅然选择了部队这所大学校来磨砺自己。从此，袁文婷成为武警部队文工团的一名武警文艺兵。

根据其特长和团里的需要，她被分配到舞蹈队。

舞蹈演员要具备天生的"软度"，袁文婷艺术感觉虽好，但"软度"不够。初来乍到的袁文婷只好从基本功练起，压腿、跳跃，几次大腿因训练强度过大肿胀起来，踝关节多次受伤。有一次，由于疲劳过度，她竟昏倒在排练厅。出院第二天，她不顾医生的嘱咐，又悄悄练功……

功夫不负有心人，不到半年时间，袁文婷练得极为柔韧，单腿立地，一脚凌空向上，两腿成直线，身体却能纹丝不动。

对艺术感觉极佳的袁文婷，开始挑选不同风格的作品锻炼自己，不到一年时间，就崭露头角。在第一年的业务考核中，她获得了舞蹈专业总分第一名的好成绩；2004 年 5 月，福建省举办第一届推新人大赛，她摘取了舞蹈金奖；此后，她又先后9次参加武警部队文艺大赛和省内各种大赛，4次获得金奖。

2004年12月，由于语言的优势和表演的天赋，袁文婷被选为小品《采购》的女主角。这时，有人劝她："文婷，舞蹈转行是大忌，你舞蹈基础好，悟性高，好好在舞蹈事业上发展，一定会大有作为的。"但她认为，舞蹈演员也需要其他艺术作支撑，只要多下功夫，就能创造奇迹。

她仔细揣摩作品的内涵，虚心向曲艺演员讨教。两个多月下来，她写了3万多字心得体会，终于找到突破口，进入了角色。2005年1月，她参加福建省"水仙花杯"曲艺比赛，获优秀演员奖。

2005年5月，经过选拔，团里决定让袁文婷带着评书《导火索正在燃烧》参加总政举办的"第五届全军战士文艺奖"大赛。袁文婷想：这个题材十分符合当前颂扬忠诚卫士的要求，而且情节曲折惊险，如果在形式上有突破，就可能会出现奇迹。她大胆构思出由舞蹈和评书相结合的路子，用边跳边说的方式亮相于舞台。

决赛场上，坐满了全国一流的曲艺家，袁文婷把苦练多月的评书《导火索正在燃烧》表演得淋漓尽致。专家们兴奋地说：《导火索正在燃烧》这部舞蹈与说书结合的评书作品是一个创举，难得！经专家评审，《导火索正在燃烧》为本届全军战士文艺奖表演一等奖、创作二等奖。

愿橄榄绿丛中的这支奇葩开得更加灿烂。

（原载《人民武警报》2006年8月）

辛海伟："明星"之梦也能圆

都说武警福建总队文工团战士演员辛海伟是个有"特点"的人物，有人说他"傻"：6家单位出高薪聘请，只要他点头，他便不再是拿几百元的小兵，转眼即成"高级白领"，或抱上个"铁饭碗"。对于一个来自贫苦山区的农村兵来说，这是做梦也梦不见的好事。有人说他"铁"：军事素质强，文化功底好，考个警校不成问题。可他捷径不走，偏走"蜀道"。入伍前毫无文艺基础的"旱鸭子"，"异想天开"要做个专业演员，这不是大白天做梦吗？不过，世间还真有美梦成真的好事，"半路出家"当文艺兵的他，不仅当了一名专业演员，还成了武警部队和福建曲艺界的"明星"。

退伍前夕当名文艺兵

身高一米六四，精瘦精瘦的身板，是初识辛海伟的印象。咋瞧，都看不出一点曲艺演员的基因。然而，他偏偏与曲艺结下了不解之缘。

1997年底，辛海伟在河南开封警察学院毕业后，悄悄报名当兵了，做了一辈子农民的父亲眼看享清福的日子就要来临，却得知儿子好端端的警察不做，偏偏当什么兵，气得扬言要和儿子断绝父子关系。可辛海伟还是无怨无悔地离开了贫穷的小山沟，来到武警福建总队一支队服役。

这年春节晚会上，从未上台表演的辛海伟扮演"农民老汉"的小品角色赢得战友的一片叫好声。谁知，此后一发不可收拾，课余时间，辛海伟便不经意地琢磨着明星们的小品段子，即兴时还模仿上一段，咦，还真有板有眼的，官兵中常常爆发出笑声。1998 年 6 月，他自编自演的小品《不想家》获得了支队文艺调演一等奖，从此在支队小有名气起来。

1998 年 5 月，总队在二中队搞文化工作试点。自观看了总队文工团的演出后，辛海伟一种从未有过的向往和梦想在心底滋生了。一天，他找到中队指导员，表白了想调文工团发展的打算。指导员一听，差点把牙笑嘣了，见辛海伟的认真样，便掏心窝子：你的文化功底不错，军事素质又好，明年去考警校肯定中榜。文工团卧虎藏龙，大部分都是科班出身，不是你发展的地方。但他已是秤杆上的砣，铁了心。中队两次安排他去考学，他都把指标让给别的战友。

1998 年 11 月，一年一度的退伍工作就要开始了，辛海伟入了党，当了战斗班长，可当文艺兵的事"八字没一撇"，正当小辛满怀遗憾地准备打起背包返乡时。文工团来慰问了，这回点名他与文工团演员同台演出，这正中辛海伟下怀，心想：反正要脱军装走人了，不如使出本事让"水鸭子"瞧瞧，咱"旱鸭子"也有两下子。于是拿出了平时最"溜"的"看家节目"，超常发挥了一番，结果掌声比专业演员还多，也博得了文工团上下一致的好评。当了解到辛海伟因热衷文艺事业而放弃考学机会，现又面临退伍时，团长刘淑清动情了，感慨地说：搞文艺是门苦差事，像辛海伟这样挚爱文艺事业的实在太少了。当即表示要把辛海伟调到文工团。

不到一周，调令果然来了。没想到临脱军装之际，成了一名真正的文艺兵，辛海伟激动得几夜无法入睡。

6000 元学费咋变成 1000 元

辛海伟来到文工团的兴奋劲儿还未消失，就被现实环境挤得无影无踪。没想到，文工团里上至团长下至炊事员，个个身怀绝技，就是后勤班的炊事员一样可以在舞台挥洒自如。而他入伍后学的那点文艺基础，在这充其量算个皮毛而已。为此，辛海伟萌生了打退堂鼓的念头。刘团长看出他的心思，意味深长地对他说：辛海伟，既来之则安之，狠下功夫，"旱鸭子"也能变成"水鸭子"。团长的一番鼓励，给他注入了信心，他暗下决心：不在文艺坛闯出路子，那就是孬种。

2000 年 2 月，天津曲艺学校给文工团一个学习深造的指标，团里好几名演员都想去。最后，团里权衡再三，决定把这个学习指标给入团不久的辛海伟。然而，面对团里的关爱，辛海伟却犯了愁：父亲已为两个儿子上学欠下了一万多元的债务，6000 元学费对于他家来说，就是借也借不来了。次日他还是试探着打电话给父亲，果然不出所料，父亲坚决反对，结果闹了个不欢而散。深夜，他抱着入学通知书，躲在被窝里，悄悄哭了。团里知道后，决定在有限的经费中挤出2000 元给予补贴，战友们也自发捐款 1000 元。就这样，在团里的支持和战友们的帮助下，他踏上了北去学习的列车。

当天津曲校老师得知辛海伟的情况时，个个把头摇成拨浪鼓，好心劝他：你一没基础，二学习时间又短，"旱鸭子是下不了水的"，干脆省下学费回家吧。多数教师同学也认为他的 6000 元学费是"打水漂——白投"。面对老师同学褒贬不一的态度，他已有充分的思想准备，他坚信：只要有付出，就必定有收获，哪怕收获不大，也对得起自己的良心。

行动证明他的决心。说相声、打快板是曲艺的基础。之前，他从未接触过，为了补上这一课，业余时间里没日没夜地练开了，一段时间，两只手的尾指肿得像馒头，但他还是忍着疼痛练。时值严冬，老师看到他红肿的指头，还以为"冻疮"呢，后来才知道，那是小辛自己"练"的。

在曲校一年，对辛海伟来说，最大的压力就是时间太短。要在一年中学有所获，光苦学不够，还得想方设法让老师给自己"开小灶"。辛海伟十分喜爱李老师父亲自创的曲目，然而在曲校，老师很少有给学生"开小灶"的习惯，虽多次登门求教都吃了"闭门羹"。辛海伟并未就此罢休，找来了李老师表演的光盘一招一式练开了。

北方的深冬，冷得出奇。一个清晨，天刚蒙蒙亮，李老师从外地出差回来，隐约听到"父亲"的声音在一角落中传出，他循声望去，看到冻得瑟瑟发抖的辛海伟正踩在一尺多厚的雪地里，摆弄着手脚学"父亲"呢。目睹此景，这位老师感动得差点落泪，冲过去一把拉着辛海伟那冻得红肿的双手，说：小辛别这样折腾自己了，我父亲的工作由我去做，晚上就在俺家"开小灶"。

这情景，学校不少老师遇到过，都纷纷被辛海伟的真诚和执着感动了，主动提出给辛海伟"开小灶"，谁也不肯收他的辅导费。

辛海伟对曲艺炽热的求学精神，也感动了学校领导。学校鉴于他的特殊表现，给予学习和生活的特殊政策。在学习上，他可以串班选择课程学，学习时间可以自行掌握，老师随时给他"开小灶"，学校图书馆对他自由开放，学费破例降低2000元。

当他把这一切告诉远在千里之外的父亲时，父亲老泪纵横，说：孩子，6000元学费变成了1000元，那都是部队学校给俺家的温暖，你一定不能辜负好心人期望，好好演戏呀！话还未说完，父亲在电话那头已经泣不成声了。

舞台也是战场

舞台也是战场！在他的学习笔记本首页写着这么一句话，成为他洒洒舞台，奉献警营的座右铭。

2003年1月。新年的钟声刚刚敲响，武警福建总队在省人民会堂隆重举行"拥政爱民文艺晚会"。

这是一场超规模的大型晚会。

这是福建父老乡亲检验武警文工团实力的一次大阅兵。

省委书记来了，福建"三军"的领导来了……

辛海伟同其他战友一样，经过几十个日日夜夜的创作和排练，早已"万事俱备，只等起锚扬帆了"。

然而，命运似乎在捉弄辛海伟，就在临演出的前一天，辛海伟在排练中右脚踝扭伤，转眼间，踝关节冒出了红彤彤的"半边球"。从不滴泪的辛海伟第一次哭了。他怕失去这次难得机会，怕给团里拖后腿，更怕辜负总队一万多官兵的期望。此时，责任告诉他：这次演出不单是个人和团里的事，而是关系武警部队的形象。最后他向部队领导立下了军令状：完成不好任务，就请组织处分！

晚会拉开了序幕，辛海伟主演的小品《八闽卫士铸忠诚》在现场爆出阵阵笑声和掌声。一些观众也对辛海伟的"特殊"表现感到了诧异：大冷天的，小伙子咋会满头汗？谁也未想到，这汗是辛海伟忍着剧痛在舞台上给"憋"的，每做一个动作都钻心的疼痛。台上十分钟，却好比上了一回战场。战士们在台下看了直揪心，有的看着看着眼泪流出来了。所幸，辛海伟坚持下来，头上的大汗因与他所演的角色一致，反为演出效果"锦上添花"。一名观众激动得大喊：小个子，您太精彩了！一位省领导在台上谢场时，才发现了其脚下有"异"：原来包扎伤口的白色绷带松脱，掉了下来，此时，这领导什么都明白了，眼眶不由得湿润起来，紧紧握着他的手，说：小伙子，你是军人的骄傲！

在舞台上，在电视屏幕中，辛海伟的形象已是深深地刻在八闽人民的心中，人们不仅欣赏他的才艺，更欣赏他的人品。2002年部队退伍期间，就有6家单位提出丰厚条件上门要人，一位华侨还专门推迟了两天出国，请他到国外发展，却都失望而归。

功夫不负有心人。辛海伟走出天津曲校两年间，先后获得福建省第二届曲艺节银奖，小品创作二等奖；获得武警部队文艺奖，其小品《心事》获创作二等奖，在各类报刊发表创作小品12篇。

辛海伟，你的"明星"梦想终于成为现实。

（原载《时代潮》2003年9月）

第二辑 文学篇

哨位旁的那棵枇杷树

那年新兵训练才一个月便匆匆下中队，记得刚踏进军营的时候，天已经快黑了，营区周围什么也看不清。第二天起床时，才发觉营区周围光秃秃的，只有营门哨位旁有一棵一人多高的枇杷树，使我联想起老家门前的枇杷树，心中不由产生一种亲切感。

由于新兵集中训练不够，因此我们头两个月就是补训。一切有如新兵营时的生活，整天就是"稍息——立正"、"一二三四"和艰苦的训练，头时常昏沉沉的。每次进出营门会不经意注意到那棵孤单的枇杷树，衬着站门哨的老兵，总觉得它们有真正的"兵味"。

第一次上岗那天晚上，月很圆，风也很轻，残冬的感觉凉凉地吻在我18岁的脸上。借着清冷的月光，我开始详细观察哨位边那棵枇杷，枇杷树并不粗壮，但它的侧枝却很丰茂。在寒风中，我欣喜地发现它已绰绰约约地泛出绿色的春意。那一夜，我因这枇杷树有了一种自豪的感觉，这种感觉一直伴随着我，踏踏实实地走在军旅路上。

结束了两个月的新训任务，我们分到班里，这以后，每当我提及当兵的生涯时，总觉得是在那晚上岗时开始的。在中队里，年龄最小的我也最想家，每每与战友们闲聊时，总忘不了把家挂在嘴上，家乡的杏树、丛竹，还有无微不至的母爱，心头涌现阵阵涟漪，伴随着喜悦，那分明是一股无以言状的幸福和自豪。新春来临，小雨淅淅沥沥地在生机勃勃的地面上跳跃，门哨边那棵枇杷树长出了稚嫩的小叶，挤出了绒绒的絮蕾。给人一种生机，一种力量。春天到了，一天，望着充满生命的枇杷树，我的心也似乎开朗振奋了许多。不知什么时候，指导员站在我身后："邓达生，这棵枇杷树不起眼，可生命力挺强。它是老班长两年前特意到十几公里外的山坡上挖来的，解放战争时，那片坡曾浸过烈士的鲜血啊！"没想到，枇杷树和军营竟有这么多的缘分。于是，我以后更加注意呵护这棵小枇杷树了。

曾经在家乡当过两年代课教师的我，一直保持写作的习惯。那年老文书退伍了，我顶上了他，工作之余把当兵的感觉、中队的事迹都写进了稿子里，尽管稿件发出后，大多如泥牛入海，但也没想到有几篇被支队内部刊物所用。在欣喜之余，我又观察起门前那棵枇杷树，它渐渐地舒展了许多绿叶。满枝满树洋溢着一团绿绿的气息。我从心底感到了美丽春天的到来。我调到大队部任文书兼通讯员那天，淅淅沥沥又下起了雨，门前那棵枇杷树被洗得青翠欲滴。"再看看这棵枇杷树吧！"善解人意的指导员拉着我驻足枇杷树前，"你以后不一定会来了，这棵枇杷树结果后我一定会捎上几个给你，并愿你会留住这份枇杷情，融进你的军营历史中"。"我会永远把你记住的"。车渐渐远了，隔着车窗，我一直凝望着军营门前的那一团绿色。半年后，中队迁到了福州，得知消息，我首先想到的便是那棵枇杷树，我拿起了电话："指导员，枇杷树怎么样？""枇杷树是浸过烈士鲜血的，你一定有机会看到它开花结果。"

几年过去了，我上了警校，提了干部，当过排长、指导员、机关干部，在这短暂而又漫长的军旅生涯中，我常常想起军营门前那棵枇杷树，它使我懂得怎样才能成为一个坚强的军人。

（原载《福建日报》2003 年 2 月）

父爱，装点美丽与永恒

漂泊在外16年，身居繁华的省城，"家"不但没能随着时光流逝，渐淡渐远，乡情却日益浓稠深厚起来。

我时常想念我那乡村小镇，想起我那慈祥的父亲。父亲从小就是孤儿，流浪到闽西的一个小山村里，被好心人收养。父亲12岁那年，跟人学木匠活，师傅是乡里有名的秀才，能写会画。见父亲乖巧聪明，没活做时，便教父亲舞文弄墨起来。

父亲18岁那年，师傅在一次车祸中丧生。从此，父亲开始自立，挨家找活干，直到在外公家做活时，才结束了漂泊的日子，做了上门女婿。

快乐的日子没过几年，姐姐哥哥先后来到这个世界。从此，父亲的艰辛深重起来，不得不起早摸黑下河摸鱼，打柴换钱。当我们顽皮、不听话的时候，父亲会扬起一尺多长的鞭子打在屁股上，留下条条红印子。父亲这一狠招，果然奏效，我们兄弟慑于鞭子的威力，慢慢远离了顽皮。

父亲的喝骂声越来越少，我们在一天天长大。

就在二姐出嫁的那年冬天，我瞒着父母入伍到了部队。

新兵营里，读到的第一封信是父亲的。在闽北一座偏僻的军营里，我在周围人羡慕的眼光中取走了这份珍贵的礼品。信中内容一改严酷的风格：达儿，初次出远门，要吃饱，照顾好自己，缺啥就写信回来……信不长可还未看完，泪水已长长地挂在了脸庞。

向亲朋昭示的是一枚小小的邮花，父亲每次写信多则千言，少则数语，每个星期都能收到一两封，我也在紧张的生活和疲惫的心绪中寻找空隙向家人倾诉我的思念和军营生活感受。

父亲常年劳累，患上了气管炎，不能干重活了。家里经济日渐拮据，日子一天天艰辛起来，这一切早已从大哥的来信中获知。可是父亲来信，总少了些父子情长，都是要我学会生活的细节和种种心灵历程。我知道，父亲不愿把多舛的命运，诉说给还未成熟的儿子听，他在尽量回避那个年代。当我在父亲老家和母亲口中逐渐找到答案时，瘦弱的父亲在我心中伟大起来。

由于我有书法特长和两年教书的经历，成为我日后成长的资本。先是被带兵干部"私带"到中队当了一名文书，半年后调到大队当文书兼通讯员，次年又入了党。这一系列进步过程，都成为父亲最重要的精神美餐。

在我接到军校录取通知书的那天，父亲买了十几斤五花肉，亲自下锅炒菜，拿出了陈酿十年的米酒，宴请亲朋好友，听母亲说，从不喝酒的老头子第一次醉倒了。

入学的前几天，父亲到南平西芹电厂"出差"，到部队来看我。这趟来，父亲明显苍老了，黑瘦的脸变得更黑更瘦。只剩长满黑斑的赤皮盘在那棱角分明的骨骼上，深凹的双眼虽挤出光彩却不乏疲惫和辛酸。

一见面，我们四目相对，久久未语，我拉着父亲那双干瘪的手，泪水无声滑落。

父亲这次来部队的时间很短，第三天，部队领导一再挽留。他说，"出差"时间到，要回单位。这次送别父亲，步履感到从未有过的沉重，父亲也一改常态，一路劝我回去，目光在回避着我。当列车员提醒送客的下车时，我蓦然看到，从不滴泪的父亲竟然老泪纵横。

此时，对父亲的爱怜一下喷涌而出，忘情地抱向眼前这个既瘦弱又最亲近的老人："爸！"我伏在父亲肩上哽咽起来。

"儿啊，多保重，给家人争争气，爸妈还等你毕业后过上城里人的日子。"一向害怕这场面的父亲，也抛下了长辈"包装"得严严实实的面子，老泪染湿了我的衣襟。

这一幕成为我怀念父亲最清晰的回忆。

父亲回去后，做的第一件事就向母亲汇报儿子的情况，过了几天，就来信了，说："儿啊，你已找到适合你的'饭碗'，父母以后就少挂心了……"

以后来信，除了要我好好学习训练，开始灌输当家理财之道，军校毕业后，几乎每封信都在提醒："花钱不可大手大脚，做事万勿吹毛求疵，更不能做伤天害理的事，要善待生活。"

就在我军校毕业的第一年，父亲已尽完长辈的责任，无怨无悔地离开了人世。父亲在临终的最后一刻，向母亲说了两次因想念儿子编造了两次"出差"的谎言。我几乎无法接受母亲代告父亲的话语，跑至屋后号啕大哭起来。

（原载《福建日报》2003 年 8 月）

一片"兵心"在玉壶

　　封水关，一个充满着神秘色彩的字眼，坐落在离武夷山市六十多公里的郊外。

　　五年前，这里只有一条坑坑洼洼、曲曲弯弯的桦林小道通向两省的交界。从山顶上往下俯视，山坡上有几间零星小屋。这就是中队营房，是刚刚组建的中队。

　　距中队不到百米的岗楼守卫着神女关隧道口，从队部步行到点上足足需要一个小时。队部这头是著名的老区小右村，地名叫黄坑。全村没有一个店面，买东西还得到十几公里外的小镇去。孩子上学，也都到十几公里外的小镇。

　　中队跨省买菜比到本地近。一到晚上，老百姓家里的灯光早早熄了，只有中队还能透出一些光，可这里却成了野生动物喜欢光顾的地方，深更半夜里各种声音笼罩营区，新来的战士常常被怪叫吓得心惊肉跳。

　　钟明就是这个时候来支队报到的。钟明是中国科技大学计算机专业毕业，是当时支队里学历最高的大学生。

　　初来乍到，钟明就向政委主动请缨："政委，让我到最艰苦的地方去吧。"

　　政委征求其他常委意见，一致通过。

　　那年4月5日，钟明背起捆得结结实实的行囊，踏上去神女关的路途。

尽管山路难行，钟明依然步履坚定，仿佛心中有一股热流在升腾，催他前行……

傍晚时分，他拖着疲惫的双腿到达了。

宿舍，被褥散乱，烟头遍地；食堂，一片狼藉，垃圾遍布；营房，空无一人，十分寂静。他放下背包，站在门前的井台上眺望，才发现战士们三三两两地坐在山坡上抽烟、闲聊。

沉思片刻后，他回到屋里，把宿舍、食堂打扫得干干净净，干得满头大汗。

"嗯，这干部还够点哥们儿。"

"领导就是服务吗！"

"嗨，三把火烧完了就没电啦。"

几名战士嘀嘀咕咕，像是故意说给他听。

"谁说没电？"钟明边擦汗边走过去，笑呵呵说，"我是自动充电，这把火烧起来就没完……"

从与战士们的闲唠中，钟明感到，要想在这稳住脚，必须赢得战士们的信任。

上山不久，他发现战士的吃、喝、住存在一些问题。

过去这里吃粮买油，都要到市里去买。公共车站离营房二十多里路，有的人宁可饿肚子也不愿去买粮。

附近虽然有一个粮食代销点，但因关系紧张，人家不愿多事。经过钟明多次协商做工作，终于解了"冻"。不长时间后，代销点的同志用小四轮车把粮食送到了营房。

战士们惊讶了，都说："队长神了。"

吃粮问题解决了，还有水的问题。

中队上百米外的一座小山里，一条山泉经过几层小山包后，形成了叠瀑，水花四溅。

可是有段时期，战士们一喝完这水，隔三岔五闹肚子。钟明沿着水道考察一番，发现一个老井。由于年久失修，老井成了老鼠、虫蛙的栖息地。山泉正好绕过那里，打了个圈后，又流下山脚。战士们喝的正是这水。

夜里，钟明失眠了："把困难上交支队，还是请老百姓来修？"钟明思来想去，决定还是自己动手干。

第二天一早，他把战士集合到井边。钟明把拿来的一条绳子牢牢地系在腰上，而后，让大家拽住把他放下井去。

战士们探头看一眼黑洞洞的深井，谁也没吱声，心里都在想："开什么玩笑，不想活啦？"

"放啊！"钟明大声地说道。

绳子虽然都握在手里，但还是没有一个人动弹。

"寻思啥呢，给我放！"他有点火了，像是在下命令。

战士们这才上前小心地将他放到六七米深的井底。他在井里踩着一个柳条筐，一会儿两膝泡在冰冷的水里，一会儿悬空作业。多年淤积的腐泥一挖直冒泡，又腥又臭。

有的战士也想换换他，可他哪里放心。一连三天过去了，第四天是攻坚战，这时水位不断升高，掏一会儿泥就得往外舀水。干着干着，井下突然没有了动静，大家感到不妙，急忙连筐带人一起拽了上来，这才发现钟明已昏过去。大伙七手八脚把他抬到屋里。

过了一会儿，钟明醒了。见战士泪汪汪地围在身边，他鼻子一阵发酸，哽咽着说："谢谢大家！"

他强打起精神，微笑着说："没关系，死不了的。"说着就想起身，却被排长一把按住："队长啊，您还是先休息一会儿吧，剩下的活，我们大伙干……"

井掏好了，战士们把"拐道"的山泉水又放回了井里，不一会儿水就满了井口。清清的甜水流下了大山，流进了营区，流进菜地，也流进了战士们的心田。

钟明想，在这地方，利用山区资源，大力发展养殖业，是自给自足的好路子。于是他带领战士们开垦了两亩多地，种上了各种菜苗，买来了数千只鸡鸭，在营区周围放养。

农谚说得好：一分耕耘，一分收获。半年后，大家的汗水没有白流，产的肉、菜、蛋不仅满足了战士们的日常生活需要，而且还卖了不少钱，除堵上历年欠下的 2700 多元的窟窿外，还有了节余。

日子开始红火起来，昔日只有孤零零的房子如今变成了别有洞天的"世外桃源"。碧绿整齐的菜园、结满果实的果园、五彩缤纷的花园，引来了无数的鸟儿光顾这里。

看到这情景，战士乐了，钟明也乐了。

1997 年 2 月，支队领导考虑到钟明的贡献和实际生活困难，一纸命令把他调回城里，消息传开，顿时，愁绪像密云一般笼罩在这个中队战士的心里……

时间过得飞快。2003 年 4 月，钟明第二次回到了大山。

队里最令他担心的就是李大庆。这个兵是从闽南入伍的，家庭条件优越，父母对他比较娇惯，使他养成了放荡不羁的性格，整天游手好闲，打架斗殴。

他知道钟明是从农村入伍的，家庭经济比较困难。一次训练间隙，他找到钟明说："队长，咱俩定一个协议，我给你点钱，也好救济救济家里。你呢，每天放我出去溜达溜达，我这个人最爱凑个热闹，保管不给你惹事。"

一听这话，钟明火了："给我钱，放你出去，想搞交易吗？"带了这么多年兵还头一回，遇到这样一个没数的兵。要不是亲口听到这话，他还真不敢相信。

刚想发火的他很快又平静下来。既然小李敢这么说，从另一面看，也说明他对自己还是信任的，再说，年轻人好动不好静也在情理之中。于是，钟明态度温和地对李大庆说："小李啊，这个要求我不能满足你，不过以后有外出机会，可以多照顾你。"

说完，钟明的脸一下严肃起来："刚才的话以后可不能再提了。"

"队长，我这是跟你开玩笑呢，别往心里去。"小李找了一句下台阶的话，吐出舌头尖子，转着黑黑的眼珠，转身飞快地跑走了。

时隔几日，小李又花钱雇别的战士替他站岗，而自己却跑到附近的小村子玩去了。此后，中队门口常常有些打扮怪异的年轻人在转悠，一问，都是找李大庆的。

钟明想，小李三番五次变着花样找机会外出，恐怕问题不在爱"凑热闹"上，这些认识的青年看上去也不地道，时间久了，李大庆难免不沾恶习。经过明察暗访，才知道李大庆和附近屯子里的一伙不三不四的小青年混在了一起后，常去不该去的地方。

于是，钟明主动写信与他父母取得联系，建议家里少给他寄钱，和部队一道做好小李的思想转化工作，同时又让小李搬到自己的宿舍住一块。

夜晚，对着窗外皓洁的明月，他们一起谈人生、谈理想。钟明还经常给他讲《红岩》《钢铁是怎样炼成的》、老山前线等一些革命英雄故事，一点一滴对他启发引导。有时到市里办事就带着他一起去，陪他看电影、参观游览，既满足他一定的心理需要，又开阔了视野。

一次，钟明带着他去市里办事，中午到了一间路边的小菜馆吃饭，钟明进去后，却半天不见小李进来。走出小店一看，发现小李在对面比这小店大几倍的酒馆坐下了，桌上也上了几道海鲜。

什么意思，与队长比阔气，钟明一进店，拉起了李大庆就往小店走。

这时，老板冲出来，喊：同志，别走啊，菜已煮下，不吃都得付钱了。没办法，钟明拉着李大庆又折了回来。

"队长，在店里吃干净，有面子，再说花不了几个钱，你一个堂堂的武警上尉，坐在在那个黑不溜秋的小店，多没面子。那地方，连我都不敢去，不就是几个钱嘛。"

一餐饭两百多元，钟明推开争着付钱的小李，把自己身上仅有的钱全给了酒店。

小李脸上感到火辣辣的，恨不得有条缝钻下去……

小李的工作还没转化完，中队正想下一步的计划时，支队又给他们送来了叫刘亮的战士，是支队保卫干事专程送来的，特地嘱咐钟明要好好"照顾"他，过些天就把他的关系和档案转过来。

刚把这个安顿好，夜里，小李又来事了。只见他肚子疼得直打滚，看了一下疼的部位，钟明怕是急性阑尾炎，误了大事，决定送他上附近的镇医院。战士们都争着要求去送，新来的刘亮快人快语："队长，我砣大有劲，又不上哨，让我跟你去吧。"

钟明稍迟疑了一下，随即点了点头。钟明背起小李快步向外走去。

这天夜里，满天看不见一个星斗，漆黑如墨。刚刚翻过一道岭，就下起了滂沱大雨。一会儿又刮起了狂风暴雨，狂风发出暴烈的狂吼，这吼声好像是在拼尽平生所有的力量把天鼓破。

钟明急忙把自己的上衣脱下裹在小李的身上。

上山容易下山难，尤其是雨天。眼一花，脚一滑，钟明一个趔趄，俩人一起摔倒了，小李滚出去好几米远，手电也摔灭了。这回路更难走了，他们深一脚浅一脚，左一步右一步，整整走了两个多小时，终于到了镇医院，此时已是午夜时分了。经医生诊查，果然是急性阑尾炎……

出院时，李大庆紧紧握着大夫的手说："感谢你们的救命之恩。"

主刀刘大夫说："感谢我们是次要的，主要是感谢那天夜里送你的那两位同志，再晚送一个小时，恐怕就没命了。"

听到这里，李大庆无法平静下来，想起这半年多来，队长和全队战友对他点点滴滴的关爱，想起多少次为难中队干部，多少次在战友中间恶作剧，全队官兵始终对他不离不弃、充满温暖时，他后悔了，真的后悔了，流下了从心灵深处淌出的泪水。

这年元旦，为了庆贺新年，炊事员刘斌忙活一天做了十多个菜，又给每人发了一瓶啤酒，大家吃得非常乐呵，高兴得又跳又唱。只有刘亮吃了几口就下桌了，一人躺在班里抽闷烟。

钟明见此心里暗想，刘亮一定有什么心事。后来通过和他唠家常，才知道他父亲半身不遂，病情加重，全家只有母亲一个月几十元的收入，又赶上过节，哪有钱治病？

第二天起床，钟明犹豫了半天，但还是拿出准备给家寄去过年的100元钱，连同给小刘父母的一封信，交给李大庆，让他马上去市里给小刘家寄去。

"队长，你不是准备给你家邮去的吗？"

"别问了，你按我说的办就行。"小李若有所思地点了点头走了。

半月后的一天，小刘拿着信找到钟明，告诉他邮去的200元钱家里已经收到了，父亲也住上了院，母亲嘱咐他一定要好好谢谢队长，等以后条件好了再好生报答。

"200元？"钟明一下子愣了。"不对呀，我让他邮去的是100元，你没搞错吧？"

"没错，你看这不是写着200元么。"说着，小刘把信递给了队长。

钟明明白了："李大庆，你过来一下。"

听到喊声，李大庆从训练场上咚咚地跑了过来。

"那多出的100元钱，是不是你给邮的？"钟明问道。

小李嬉皮笑脸地回答："嘿嘿，没啥，我是跟你学的。"说完又跑回了训练场……

望着训练场上龙腾虎跃的李大庆，钟明从心底透出了一丝欣慰的笑容。

小刘来了不到一个月，档案送来了，还捎来了支队领导一封信。钟明这才清楚刘亮原来是一个犯了严重错误的战士，因经常违纪，受过 3 次处分。

看完信，钟明感到了肩上的分量，心想：万一让他溜出去，出了事怎么交差呢？但话又说回来了，光靠硬看恐怕不行，看得了今天还能看得了明天吗？铁打的营盘流水的兵，早晚还不得复员吗？不成，既然来了，就是我的兵，我不能让他带着对部队的恨离开警营，走出大山，走向社会。

通过一段时间相处，钟明发现了小刘是个直性子，肚里有啥藏不住，几次谈心，一咕噜都倒了出来，甚至跟女人拉拉扯扯的事前前后后都说了。

正当他说得津津有味的时候，钟明半真半假地插了一句："挨个处分，还叫啥屈呢？没把你送进去就便宜你啦。"

"别扯了，还便宜我呢。"钟明话音刚落，他越说越来劲，"反正我也不想好啦。不过，队长，听说你这人得人心，会做人。你别害怕，我保证不给你惹事，你该干啥就干啥吧，别为我操心啦。"

对这样的一个"硬骨头"，钟明还着实没有领教过，刚刚思想转变过来的李大庆，已让他有些精疲力竭了。现在刘亮这么一个大号的"问题兵"，钟明心头也一阵发麻。

与刘亮"交手"几个回合下来，钟明终于摸清了小刘的思想症结，觉得刘亮之所以"烂"，还是思想上存在根深蒂固的东西太多，对干部存在许多不良看法。来中队报到刚下车，排长帮他拎包，他也不说声谢谢，流露出的眼神满不在乎。

这个细节被钟明发现了，知道这个伙计难对付。对这样一个人，仅仅靠讲大道理、正面教育恐怕很难奏效，而更多的是需要在实践中通过对他潜移默化的感召、感染、感化，使之实现自我教育。

钟明开始认真注意起他的一举一动和兴趣爱好，决定摸清底数后，再找出对策。

性格开朗的刘亮平时总爱哼几声曲子，偶尔有时还放声来几句。后勤班的班长告诉钟明，刘亮帮厨的时候总爱唱歌，唱起来声音大得让人受不了，不过那味道还真有点像台湾著名歌手张信哲，声音虽大点，听起来还挺养耳的。

后勤班长一句话让钟明喜出望外，他大胆地给改造这个"问题兵"设计一个方案，把中队的文化活动交给刘亮来张罗。

同指导员交换意见后，中队与三十公里外的杨午小学取得联系，请他们到中队过一次军事日。在联欢晚会上，刘亮一个人代表中队表演3个节目，让中队官兵大开眼界，校长拉着钟明的手说：部队的战士真是文武双全呐。

钟明听了心里别提多高兴。

活动结束后，指导员在讲评中把刘亮大大表扬一番。

夜深了，刘亮的心情久久没有平静下来。

"像我这样一个背着黑锅的人，也能给人带来欢乐，也能……"

钟明见他无法入眠，干脆叫他起床一起走出了营区，走在乡间的小道上。这一夜他俩谈了很多很多，刘亮把心里的种种想法一股脑倒出来。

钟明不断用哲学命题给他解开一个又一个心结：一个人应当怎样对待过去，怎么面对未来，怎样活着才有意义？一个个熟悉而又陌生的哲学命题在他的脑海里翻腾开了。

此后几天，钟明认真观察刘亮，只见刘亮那两只平时不屑的眼神，放出异彩。

一次，越野爬山比赛。刚开始刘亮爬得挺快，把其他战士都甩在了后面，可快到山顶时，他摔了一跤，瘫在地上不走了。

"怎么啦？摔跤就不走了。起来，快爬！"钟明从后面撵上气喘吁吁地说。

"队长，不行啊！两脚都起泡啦。"

"起泡啦？"钟明在他身边坐了下来，用手拍着他的肩膀，一语双关地说，"起泡也是自己走出来的。其实啊，人生的路又何尝不是如此呢。"

"队长，你别戳我脊梁骨了。过去的我都认啦，不过我有个要求你看中不中？我家是个养羊的，从小就会放牛羊。"说到这，刘亮欲言又止。

钟明明白了他要说啥。眼下，队里还真缺一个放牛羊的，可单独外出这兵能把握吗？

他看着小刘真诚而又期待的眼神，半晌没吭声，只是重重地点了点头……

从那以后，小刘每天赶着羊早出晚归，不怕风吹雨淋，严寒酷暑，一心扑在羊身上。

一次，五只母羊相继下羔，大冷天，他守护在羊圈里三天三夜没合眼，直到八只小羊羔安然降生，他才放下心来。

为了表扬鼓励小刘的吃苦精神和为队里农副业生产发展做出的突出成绩，队里给他嘉奖一次。年底，小刘因工作突出，又受了一次嘉奖，并被评为后进变先进的典型。

岁月悠悠，季节的河流周而复始，而属于人生的春天却只有一次。

没有惊天动地的业绩，没有传奇似的故事，宛如平常一段歌。但每一曲都是钟明用汗水，用心血以及对党真诚的爱、对事业的执着追求谱写下的。

他静静地站在封水关东边的一座无名山上。

（原载《警坛风云》2009 年 1 月）

山 村 电 影

　　远远的两个汉子，一个挑着担，一个扛着"木条"，沿着弯弯的山路走来了。谁也没去在意，自顾埋头侍弄庄稼。干活耐不住性子的一少年突然扯开嗓门喊："放电影的来啦!"犹如指令一般，在地里干活的大人小孩全都直起了腰，停下手中的活儿向路上张望，人们这才注意到：两个汉子挑的是发电机，扛的"木条"是放映机。

144

　　真的是放电影的来了!

　　"噢……"小金村的孩子们欢呼起来。全乡二十几个行政村，一百多个自然村散布在方圆几百里的沟沟岔岔里，每个小村赶上一回电影得半年多啊! 大伙儿拎上锄头连蹦带跳往家跑，一边跑一边喊："今晚看电影喽……"四周的山也跟着回应："今晚看电影喽……"震得人们乐颠颠的，心儿快要从嗓子眼里蹦出来了。

　　村头麦场中间的好位置早已被各家小孩占据，早早地摆上椅子板凳，或用树枝画一个圈儿占着。太阳刚落山，放电影的来了，架起了放映机，片子也装上去了。小孩们欢喜雀跃，赶前撵后，小伙子则爬上爬下忙着帮助挂银幕。

　　被派饭的罗婶家里早早忙着为放映员准备饭，切下阁楼挂着的最后一块腌肉，在锅里煮着，跑去前院挖两棵小葱，在鸡窝里摸两个尚有余温的鸡蛋。很快，后锅里便飘出了香味。罗婶挑了两个盛汤用的大碗，打上半碗面条，把肉和蛋全盖在面条上，整整一大碗。要在平时,闻香而来的自家小孩总是或坐或倚在门槛上,眼巴巴地盯着客人的碗。但此时,谁家的孩子也不再注意那面条,心早飞啦!他们真心真意让放映员把菜一点都不留全部吃完。在孩子们心里,放电影的叔叔是最可亲可爱的人。他们都愿意父母把最好的菜给他们吃。

发电机终于响了,挂在放映机旁的竿子上的灯泡亮了,麦场上沸腾了,一道白光射向银幕,要开始了。大家呼儿唤女,急忙坐好。

那光柱一忽儿射向天空,一忽儿射向地面,左一下右一下,终于和银幕吻合了,大家都以为电影就要开始了。谁知道随着两声拍话筒的声音"哎,静一静",披着黄大衣的村支书对着话筒讲起话来:"喂,喂,大家注意了……"一口一个"这个这个"讲起来,先讲田间管理,接着又讲计划生育、封山育林,人们不耐烦了,在互相招呼说闲话,小孩们在幕前跑,一些小伙子则叫骂起来:"啰唆个啥。"

村支书终于把话讲完了,人们的心好像煎熬了一天,安静下来了,连正在跑的小孩也坐下来,一双双眼睛都集中在那张小小的银幕上。

上了岁数的大人多喜欢看喜剧片,尤其是喜欢唱花木兰的那种戏。年轻人喜欢看"说媳妇"的,一到亲嘴的场面就"噢……噢……"大叫。小孩爱看打仗的,打日本鬼子的最带劲,好人坏人容易分。逗乐子的电影大人小孩爱看,然而这种片子却很少。有的男女趁着光景悄悄溜出去,一前一后到小溪或庄稼地里去了。

一轮到放电影,人们都觉得时间快得很,散场了总觉得还没过瘾,迟迟不肯离去。大人们帮忙收拾东西,年轻人打听明日到哪儿放还要赶去看,小孩则眼泪汪汪地拉着叔叔的手问何时再来。

一年回乡探亲,是我从军十三年来的第三次回乡。应同学之邀,我去了趟阔别十三载的小金村。时间把什么都改变了。村里有了电视机,各家各户关起门自个儿看。电影,只在镇上的影院卖票演,再不下乡巡演了。要看电影,只能在镇里赶圩时,在镇亲戚家住一夜才能看上了。镇里没亲戚的只能朝剧院看几眼，满怀留恋离去。

　　"咳，多少年没看电影了！"已有两个孙子的罗婶见到我，不经意把话题转移在这上面，不知是怀念电影，还是怀念过去的日子。

（原载《福建日报》2001 年 6 月）

146

鞋匠与上等兵

每次上街经过那段路，总能看见一位六十岁出头的老汉戴着老花镜弯着腰在叮当叮当敲着鞋。生意歇着时，便从油渍渍的中山服口袋中摸出旱烟锅和烟袋，有滋有味地抽起来，神情安详而自得。

一天，一个挂着红牌两条小黄杠的上等兵来到他跟前，从黑塑料袋中取出一双皱巴巴的皮鞋，问："师傅，这鞋还能补吗？"

老鞋匠缓过神来，连连答应着，接过鞋，隔着镜片，手里这双皮鞋早已没了型，脚后跟都快磨去一半，却左右瞧不清破在哪儿。

"鞋底呢？"上等兵说着，鞋匠转过鞋身，长满老茧的拇指头从鞋内钻出鞋底，"噢！在这儿哪，好大的口子。"

"坐，先坐啊！"他招呼着上等兵坐下，接着便自个儿动手补了。不到五分钟，两只鞋就补个结结实实。

上等兵笑着问："多少钱？"

他眉一皱，丢了一句："五元。"

上等兵付了钱，没有立即走开，还是笑着问道："老师傅，你一天能赚多少钱？"

老鞋匠本不想答话，不知道为啥脸就是拉不下来，便咳了两声："还凑合。"

"老师傅，大冷天的，您衣服咋穿这样少？"

"身子骨还硬，顶得住。"

"老师傅，您收费是不是高了点呢？"上等兵仍是一张英俊的笑脸。

老鞋匠一听，刚要发火，但立即熄火了，那张英俊的脸使他想起了年轻的自己。

"你问问其他人，收费不也是一样吗？"老鞋匠努着嘴，扫视着正在"作业"的钉鞋"邻居"，脸上开始泛红晕。

"两个洞花了五元补，是贵了点。"一位正直的修鞋师傅说了句公道话。老鞋匠瞪了那人一眼，却没有再吱声了。

上等兵依旧一张笑脸，他拿起了鞋子瞧了瞧，称赞说："虽说收费贵了点，但凭着这细腻的手艺，值得！"

"唔！"老鞋匠绷紧的脸松开了。

"您啥时候干这一行的？"问者无心，听者有意，一句话刺痛了老人的痛处。

148

又是一阵长叹，老鞋匠说："闯荡了半辈子，前些年才拣了这清闲活儿。"

两人都沉默了。

这回轮到老鞋匠先发话了，显然他受了这话感染。"你当兵的时候不长吧？"

"第二年了。"

"是闽西的吧？"

"嗯，是永定人。"

"噢，永定这地方我去过，虽然并不富足，但也不算贫困，在土楼里我还照过相呢。"

他最了解出门的难处。又问道："离家不算近，习惯吗？"

"刚来的时候想家，慢慢就不去想了。"上等兵晃了晃脑袋，眼睛不由地向下瞥了一下露出袖口外面的手表直眨着眼。

"噢！老师傅，我的请假时间快到了。"说完，上等兵一阵风似的跑了。老鞋匠目送他钻进徐徐开动的公交汽车。

老鞋匠怔怔地坐在那里。不知为啥，这会儿他老是走神，双手失去了往日的灵活，脑海里老是浮动那张英俊的笑脸。晚上，他做了个梦，梦见上等兵把他接到山旮旯里的一座军营里，一群战士围着他，问这问那。这群兵娃娃说要待候他度过晚年。他感动得一句话也说不上来，只是一个劲儿笑。

第二天，他依旧骑着破自行车把补鞋机摆在老地方，一队整齐的士兵队伍又喊着"一二一"经过老鞋匠摊前。

他看到了上等兵。

"走，到小沟去，义务为当兵补鞋去。"老鞋匠猛地拍了大腿。他骑上了破车，晃悠悠地直奔那座小军营，很快消失在茫茫人海中。

（原载《闽北日报》2000 年 6 月）

延 平 湖 畔

夜静悄悄的……

一脸倦色的妻子挽着当武警中队长丈夫的手缓缓走在通往市区的路上。皎洁的月光，投下两个挨得紧紧的身影……

穿过闹市区，他们终于来到延平湖边。在码头的石阶上两人坐了下来，妻子理了理垂在脸颊的乌发，两个依然动人的眸子望着明亮的月光，她深深地吸了一口气：两年了，终于盼到了我们相聚的日子。延平湖的月色多美啊，我真想天天都能和你在一起，一块来赏这湖水、这月色。

丈夫抚摸着妻子的秀发。

"两年来可苦了你，我一直在外，不但不能照顾你，还让你操碎了心，为了家里的老老小小，把自己的身体拖垮了。一想起这些，我……"

妻子闪着晶莹的泪花，丈夫的歉意，也撩起她一丝伤感，没等丈夫说完，便轻轻地用手捂住了他的嘴，"好了，咱们不说这些，谁让我当初爱上了你这个'傻大兵'呢？但我至今还没有后悔过！想起五年前我娘家的那场洪水，我就由衷感激你们这些武警战士，是你们给了我第二次生命啊！我为你这样的丈夫感到骄傲！"

丈夫下意识地握住了妻子的手。是啊，妻子是理解他的，即使病重的时候，也怕影响丈夫在部队的工作，没吱一声。最后还是妹子忍不下去了，背着嫂子向哥哥发了电报……这几年，丈夫连续立了功，丈夫心里明白：军功章里有她的一半。

丈夫望着夜空的月，凝视着妻子瘦弱的身躯和略带倦色的面容，心中不由一阵酸楚。然而他没有说话，只是默默地把目光投向静静的湖面。

"再过 10 天，你妹子就出嫁了，妹妹高中毕业后，也为了操持这个家没再回校读书了。妈近年身体又不好，家里八亩地全靠我和妹子，你给部队领导说说再补几天假，为妹子办了婚事再走吧，俗话说，长兄为父啊！"

妻子用恳求的目光望着丈夫。

此时，丈夫的心绪乱极了。是啊，自己何尝不想回家乡看望躺在病床上的母亲。母亲早年守寡，为了两个孩子，拒绝改嫁，用她柔弱的身子挑起了家庭的担子，尽管家里拮据得有时连下锅的米都没有，但母亲还是顽强地把儿女抚养成人。孩子长大后，饱受半辈子磨难的母亲，终于积劳成疾，病卧在床。妹子挑起了既要照顾母亲，又要耕种 8 亩土地的担子。媳妇过门后也从没忙里偷闲过，两个年轻的女人从此为了这个残破的家，默默勤耕着。

噢！我们的好妹子，你怨恨过哥哥吗？

妻子似乎看出了丈夫的难言之隐：难道你没时间了？是不是……哎，怎么向妈、妹子交代啊！泪水开始顺着妻子的脸庞静静流淌。

"本来在这时候不该伤你们的心，但我相信你们终会理解我的。"他终于从上衣口袋中掏出了电报、上面写着：部队近期组织军事干部集训，接电五日即归队。

结婚五年了，这种事情并非一次，妻子没有吃惊。多年来饱受操持家的艰辛，寂寞与孤独的忍耐，使妻子多了一些坚强，少了一些脆弱。但她最终还是忍不住抽泣起来。

妻子接过丈夫的手巾，擦净泪水，深情地把目光投向湖面："延平湖，又绿了！"

151

是啊，延平湖又绿了，延平湖曾陪伴他们度过多少个醉人的夜晚……

月亮，在大地上又投下两个相挽的、缓缓移动的身影。

（原载《闽北日报》2000 年 7 月）

请 客 风 波

一天上午，担负闽江双塔铁路大桥守护任务的二中队干部正在开会，突然一声"报告"，通信员进来报告说："炊事班李亮的父亲到了，怎么安排？"队长汤海保接过话茬："床铺准备好，被褥晒干，通知炊事班，中午加菜。"

未到开饭时间，一辆白色的轿车缓缓向营区驶来停在营区门口，光洁的车身在阳光的照射下折射出几束刺眼的光芒，难道是支队领导的车吗？

中队干部早已注意到眼前的小车，心里咯噔一下，暗暗思忖车主的"来头"。车门打开，哦！进来的原来是后勤班长李亮。他拎着一个漂亮精致的皮箱，三步并作两步跑了过来，后面是一位身着笔挺西装、身材略显富态的中年人。

"队长、指导员，我爸来了。"中队干部将老李迎进接待室。不待茶水泡好，小李父亲便开门见山地说："为感谢中队对孩子的关心照顾，我特意在'想当年'酒家备下了酒席，请全体干部光临。"说完便欲拉着中队干部往外走。

吃战士来队亲属摆的酒，二中队干部从未开过这个头，虽然遇上好几次，但他们都婉言谢绝。现在卢指导员也一样把头摇得像拨浪鼓，连声说："使不得、千万使不得！"其他干部也齐声附和。

这可急坏了老李，真是办酒容易请客难，汗珠子都急得跳出来了。老李就这么一个儿子，入伍第三年了，组织问题还没眉目。如今部队发展党员名额也比以前少了许多，今年是最后一年了，如果入不了党，岂不是白当了几年兵？这几年老李停薪留职，在商场上拼出了个"地盘"，早已是富裕的企业家了。目前家里什么也不缺，就缺孩子在政治上图个进步。老李一直认为，现在人们开口"商品经济"，闭口"物质基础"，没有甜头谁给谁尽义务？这回他是带上了好几千元钱千里迢迢地从广东来到南平，就是要为儿子入党打通关节。今天在"想当年"定下800元的酒席，中队干部却不去，老李急了，哀求着："队领导啊，这么热的天气我老远赶来，不就是为了表示心意，这点面子都不给吗？"

卢指导员和汤队长再三谢绝，而且态度坚决。

可是老李请中队干部是下定了决心，他想：即便中队干部不愿去饭店吃，我也要想办法让他们吃，要不就留下和儿子一块站岗了。

154　　　第二天，他一大早驾车从市里将定好的菜带到中队，还请酒家的一级厨师打理整治，很快，伙房里响起了交响曲，烹、炸、煎、炒，香味在营区飘来飘去。

中队战士见此情景，心里酸甜苦辣，啥味都有。

家里经济条件好的，拭目以待李亮父亲"表演"的效果：如果事情办成了，目的达到了，证明这招行得通，也叫老爸赶来，多带上钱，比老李还要排场。

与李亮天天一块下厨的同班战士陈小勇则边往灶里送柴，边掉眼泪。小陈家住河南的一个小山沟里，温饱问题是解决了，但父母体弱多病，只有一个妹妹在外打工维持整个家庭生活。至今还未住上砖瓦房，全家都挤在漏雨的茅屋里。人家李亮，有这么一位好爸爸，还愁不会进步吗？可自己呢，从没向干部"孝敬"半点东西，入党、进步还有指望吗？唉，千怨万怨，都怨祖上坟头没有长出一棵好蒿子，没有一位好爸爸。他越想越伤心，越想泪越多。

夜幕降临了，热气腾腾的菜摆满了一桌。老李双手贴在胸前，等着中队干部上桌。中队干部见此情景，很是尴尬，进退两难。

司务长温升和先开了口："现在菜都送上门来了，人家大老远的为大家办一桌酒不容易，既然是一片好心，不给面子，恐怕不太好。"

排长蔡建宁表示不同看法："老李专程从老家赶到中队来宴请我们，目的很清楚，就是让李亮入党。俗话说：'拿人手短，吃人心软'，这酒不应当喝。"

指导员卢茂昌说：拒绝吃请，也要讲究方式，人家满腔热情，你当头一瓢冷水，不仅达不到拒礼的目的，有时还会把事情搞得更糟。对待这场合要先吃了再说，但这个吃是有条件的，一是干部都得去，而且班、排要派代表去，二是要按价给钱。大家对指导员这个办法拍手称妙，这种做法既不出格，又可以让老李下台阶，大家一致表示赞同。

老李见到桌上多了几个娃娃脸，他们肩上扛的是红色带黄杠的肩章，心里明白了，心头涌上几分羞愧，对中队的这种作风赞叹不已。他感激地说："我是个生意人，走南闯北，为了打通生意上的关节，还是靠烟酒钱开路！想不到这玩意儿在二中队行不通。佩服，佩服！"

几杯酒下肚，不胜酒力的老李晕乎乎地到客房就寝，此时，原本那"不安分"的心早已平静了，很快，客房里响起了呼噜声。

第三天，老李要回去了，临走时，他对李亮千叮咛万叮嘱："孩子，别指望爸爸了。一切靠自己努力，好好干吧！有这样的干部，我和你妈都放心了。"

（原载《闽北日报》2004 年 10 月）

又 入 校 园

临近中年，工作和家庭生活基本归于平静。有时候走在大街上看到一群快乐的学生，听到校园里的朗朗读书声，多少有些遗憾，感叹光景不再。学生生活虽过去多年，但我还对警校那两年的日子最难忘，不仅是因为"草鞋换皮鞋"的转变，更因为感到那时起，自己的生命已与军旅紧紧相连。

1992年从福州指挥学校毕业后，获得一张中专文凭，以后的大专、本科文凭全是通过函授方式取得的。斗转星移，一晃17年过去了，青春年少的朝气渐远，中年的印迹悄悄爬上了容颜。就在全国人民满怀激动心情迎接60周年国庆之际，我踏上了去指挥学院参加中级指挥员培训的行程。一下飞机，学院的同志就把我们接上车，路旁的鲜花像一张张笑脸，欢迎我们这些风尘仆仆的学子。眼前出现几座高大的现代与古典相融合的建筑群。我正从心里发出赞叹时，看见主楼上方挂着巨大的警徽，思忖间，大门右侧"中国人民武装警察部队指挥学院"的牌子映入眼帘。

啊！这就是我将要度过100多个日日夜夜的武警最高学府，我顿时心情激动起来。让我感到惊讶和温暖的事情接踵而至。我们一下车便来到四大队十六中队，大队领导和几名队干部早已在门口等候。"欢迎大家加入十六中队这个大家庭！"王队长、王政委先是一个标准的敬礼，然后从我们手中抢过行李，亲自把我们送到各个寝室。两天后，学院举行了隆重的新校舍落成和开学典礼，吴司令员、喻政委和天津市市长出席表示祝贺。这又让我从心里感到骄傲和自豪，想到了各级首长的谆谆嘱咐，增添了一种沉甸甸的责任感。

长时间在机关工作，如今整理内务、打扫卫生、点名、班务会、出操，熟悉的一切又回来了，我突然觉得身上开始涌动着年轻的朝气，热血沸腾起来。

学院各种硬件设施十分齐全，拥有数十万册藏书的图书馆、多功能大讲堂，校园内平静的湖面把周围的建筑衬托得美不胜收。上学路上，提着印有"武警指挥学院"的皮包，情不自禁地挺拔起身子，迈着有节奏的步伐朝教室走去。学院为培训班设置了科学的教学内容，安排了学院最好的老师授课，有时还从千里之外请专家来校辅导。学院在严格管理的同时，也注重人性化，让学员在繁忙的学习中，不至于身心疲惫，以便有更充沛的精力学好每一门课。

傍晚，华灯初放，我和同室贵州总队黄明祥副处长结伴漫步在美丽的校园，深深呼吸着北国的空气。我们思量着如何珍惜学习生活的每一天，在有限的时光中真正掌握一些宝贵的知识，为今后的人生旅途亮起一道彩虹。

（原载《人民武警报》2005 年 7 月）

年饭中的 "年味"

至今还总是想着十几岁时的老家的年饭。老家的年饭，能让你在半月之内体重长几斤，脸上好像抹了层油似的，光亮光亮。

我的老家是闽西客家地，那时老家过年以肉食为主，家里只要有一头大肥猪，年货就算办得差不多了。猪对于那时的家人来说全身上下都是宝，杀猪后，可以把猪血与大米一起煮，放些佐料，味道还相当不错，煮好后，通常会分成若干份，送给左邻右舍。人情走完后，就开始对猪肉上下安排了：大块肉先放到锅里煮熟后，放在缸里，撒上一层盐，要是天晴，再挂到外面晾干，只要有客人来，随时取下，切成小块煮蒸均可。锅里的汤与稀饭一起煮，味道不比猪血煮饭差。而猪的内脏一般几天内就得吃完。

在客家，通常年三十到元宵节家里吃的都管叫年饭。几乎每天都有客人来，每天早上一直到晚上，不是人家到你家，就是人家请你到他家，客人随到随吃，有时一天会接待七八批次客人，接待客人吃的除了肉还是肉。在那个没有开放的年代，偏远的山村里，以猪肉为主的年饭，一直是几代人，甚至于再上几代人沿袭的传统。

几年前，我孩子还小，母亲第一次到了福州，与我们生活了两个多月。刚来时，我想着这回要好好孝敬老人家，每天一早，去市场买好肉回来，心里乐滋滋的。可是不到两天发现母亲吃肉时，就会皱起眉头。起初，我没在意，也许是老人家第一次到福州家的缘故，不习惯,或放不开。可过了几天母亲终于忍不住了,对我说:"儿子,这里的猪肉没有味道,还是家里的猪肉好吃,以后不要买了。"我爱人是一点就通的人,第二天买了些海鲜回来,母亲说,这东西不便宜少买点。然而看到母亲吃的欢快样,我知道,这菜和味对上头了。但母亲什么时候爱上吃海鲜的,有很长一段时间我弄不明白。

自从母亲提出"抗议"后,我开始盘算着解开这个"谜"。回乡时,特意买了几斤肉煮了,咀嚼其中的味道,的确感到家里的猪肉好吃,不腻,这才体会母亲说的都是实心话。

我虽在本省当兵,可是每次回乡都有一些新发现,最大的感受就是年饭的变化。这些年,镇里的店面越来越多,以前没见过的食品也涌向乡下。有一次我惊奇地发现,在福州能见到的食物特别是海鲜,在这偏僻的镇里也能见到,品种也一年比一年多。早年前,只在稍大的店里才能见到一些冰冻的海鲜,现在活蹦乱跳的海鲜比比皆是。于是让我情不自禁地想:镇里的人们不富裕,这么多海里的东西能卖出去吗?几经了解终于找出了答案:这些年来,在镇里劳作的青年越来越少,外出打工办实体的越来越多。他们中大部分人每年过年时回来一次。小老板和打工仔回来都会好好把在外挣来的钞票在家里洒脱一回,热热闹闹办个团圆饭。家里的海鲜自然就从这些人手中买回家去。于是,年饭桌上的菜,起初只是品种变了,有家乡特色,有各种海鲜,还有水果等等,多达十来种;后来颜色也变了,桌面上摆的各种菜肴五颜六色;再后来餐具也变了,不再是大碗菜、大碗肉、大碗酒,如今不同规格大小的精美、时尚餐具摆在桌面,与酒店的"星级品牌"不相上下了……这时候,我又想起了母亲来福州时,吃海鲜的欢快样。细细思量,恍然大悟:年饭变了,那是改革开放以来慢慢变的。

(原载《中国武警》2008 年 3 月)

第三辑　纪实篇

八 闽 利 剑

2007 年福州的仲夏，太阳似乎特别垂青于这个城市，持续一个月悬挂当空，烤得这块土地直冒热气。

在这个城市北边，有座莲花山，距海仅数十公里，海拔近 700 米，因其山峰形状酷似世界屋脊——珠穆朗玛峰，当地百姓把该山誉为"镇城之山"。

武警福建总队直属支队军事训练基地由于地处山脚，风难得光顾，一到夏天，气温比城里高出几度，因而被称作"城中火炉"。

然而，就是在这里，一支身着橄榄绿的队伍却热血飞扬、豪气冲天。

在强烈紫外线的炙烤下，一张张年轻的脸晒成了古铜色。

操场上的一组组方队，如同一尊尊雕像，成为莲花山下的一道特殊风景。

7 月 31 日上午，他们在这里用忠诚和骁勇迎接了特殊嘉宾的检阅后，这支部队的风采便迅速传遍八闽大地，《福建新闻联播》《福建日报》报道了这个盛况。

在滚滚发展的历史洪流里，武警福建总队又写下了浓墨重彩的一笔！

亲 切 关 怀

福建与台湾隔海相望，特殊的地理位置赋予武警福建总队特殊的历史使命。

武警福建总队广大官兵，始终牢记使命，把党和人民的利益放在首位。他们把对祖国、对人民的爱融化在每个哨位、每个岗位，在执勤处突和打击重大犯罪团伙等任务中屡立战功，捍卫了八闽大地的繁荣和稳定，成为一支深受地方党委政府信任、人民群众拥护的钢铁之师、文明之师、威武之师！

福建省委、省政府充分肯定广大武警官兵在建设海西中的特殊作用，寄予了关怀和信任。6月中旬的一天，当总队长和政委当面向省委领导汇报军事训练成果时，书记和省长十分重视，做出振奋人心的决定，要求省五套班子和省直机关厅局负责人以及各地市的主要领导参加这个活动。

这是一次高规格的检阅，这是党对人民武警部队的信任，这是对武警官兵的极大鼓舞。

当驻训官兵得知这一消息时，部队沸腾了，一扫数月在阳光下训练的疲惫，抖起了十二分精神，满怀激情活跃在训练场上。

7月31日上午8时30分，阳光开始发威，热气灼人。

在军乐队雄壮的乐曲中，领导们神采奕奕，迈着矫健的步伐，踏上了这片充满阳刚之气的热土。省委、省政府、省人大、省政协、省纪委和省军区的领导，省直机关厅局级领导，各地市的书记、市长、公安局长共100多人登上了主席台，检阅这支部队。

嘉宾一落座，欢快的迎宾曲戛然而止。12个身着各种军服的徒步方块，68辆战车组成的5个车辆方队，组合成一道道坚不可摧的钢铁长城，等待着首长和嘉宾的检阅。

面对如此壮观威武的士兵方阵，主席台的领导们不由得肃然起敬，额首赞叹。

这时，从主席台的右侧缓缓驶来一辆指挥车，总队长身着军装精神抖擞，用雄浑的嗓音向检阅部队下达"立正"口令后，车辆转身向主席台正中位置驶来。

"书记同志，武警福建总队庆祝建军八十周年军事训练成果汇报是否开始，请指示。"

"开始！"省委书记一声令下，声音在山谷间久久回荡。

"标兵就位，分列式开始！"导调指挥官话音一落，雄壮的阅兵进行曲在阅兵场上奏起了激人奋进的旋律。

威 武 之 师

"各位首长、各位来宾，分列式是部队的一项军事礼仪活动，通常在重大节日、重大活动或迎接外宾时举行。"

"分列式动作整齐统一，气势磅礴，能够充分展示军人一往无前、无坚不摧的豪迈气概。"

担负解说的是来自总队政治部文工团的梁慧和夏磊两名演员，他们用铿锵有力的解说把大家的注意力集中在即将通过的受阅部队上。

走在最前面的是由总队 57 名官兵组成的国旗护卫方队。鲜艳的五星红旗和着雄壮的乐曲，在橄榄绿衬托下，显得格外耀眼夺目、庄严神圣。

国旗方队刚过第三标兵线，紧接着由 82 名特战队员组成的直属支队 95 式自动步枪方队，迈着整齐的步伐走来。这是一支招之即来、来之能战、战之能胜的威武之师。2003 年，支队被国务院、中央军委记一等功，先后三次被评为先进支队。支队自组建以来，从邵武围捕逃犯，到塘屿岛擒特；从"4·20"专案执勤，到抓捕特大毒枭刘招华,屡立战功,向党和人民交上了一份份满意的答卷。

又一支进入中心检阅区的是福州支队防暴枪方队。福州支队于2005年7月1日重新组建为旅级支队,是福建省规模最大的执勤支队,担负着省委、省政府等重要目标的警卫,及长乐国际机场、水口电站、华能电厂的守卫和城市武装巡逻勤务。

这是一支朝气蓬勃的雄师劲旅,曾被武警部队评为"基层建设标兵支队",全国劳模、武警部队二级英模项文胜,"飞车英雄"尹光斗等,就是在这支部队成长起来的。

接着走来的是漳州支队81式自动步枪方队。这个支队在投身当地"三个文明"建设中做出了突出贡献,特别是在2007年抗击"碧利斯"和"珍珠"台风战斗中,他们冒着生命危险进深山救群众,用忠诚筑起橄榄绿的丰碑,赢得漳州人民的深切爱戴,被福建省评为"抢险救灾先进集体"。

随后是厦门支队56式冲锋枪方队。厦门支队常年担负着保卫特区、建设特区的重任,为厦门实现跨越式发展做出了重大贡献。1999年在抗击14号强台风战斗中,成功地保护了7架飞机,使国家免遭30亿元损失。

2000年,支队被武警总部确定为对外开放单位,先后接受智利宪兵司令、厄瓜多尔国家警察代表团的参观访问。他们以一流的素质、一流的作风赢得了外宾的赞誉,展示了"特区卫士"的风采,支队再次荣立集体二等功。

又一支雄壮的队伍走来了,他们是泉州支队79式微型冲锋枪方队。泉州支队地处我国著名侨乡,支队官兵身居改革开放和对敌斗争最前沿,始终坚持用先进思想文化建队育人,勇立潮头,群英辈出。

晋江中队被授予"拒腐防变先锋中队"荣誉称号、"全军基层建设先进单位",涌现出"二级英模"、"海上缉私先锋"邱国鉴等一大批先进典型。

一串音符的组合，是一支优美的赞歌；一群士兵的组合，就是一道巍峨的长城。

12个徒步方队，近两千名受阅官兵以昂扬的精神风貌和铿锵有力的步伐展现了武警福建总队全体官兵的崭新风貌。一张张古铜色的脸庞上，写满着新时期武警卫士的赤胆和忠诚。

铁 骑 奔 流

12个徒步方队已全部通过主席台。

最后一个徒步方队刚过第4个标兵线，阅兵曲随即换成车辆阅兵曲，接下来接受检阅的是5个车辆方队，有18种车型共68台车。

为适应武警部队执勤、处突、反恐和防卫作战的需要，近年来，武警福建总队装备的车辆正向系列化、实战化方向发展，有力地提升了部队的战斗力。

在猎豹指挥车的引导下，首先向受阅区缓缓驶来的是由12台两轮摩托车和9台三轮摩托车组成的摩托车方队。摩托车由于具有良好的机动性、隐蔽性、灵活性，很适合武警部队在城市巷道、居民小区、偏远村庄执行各种任务。

驶来的是火炮车方队。9台火炮车是北京敞篷吉普车，经过技术改良后，车辆的安全性能和机动性能都有了较大提高。

车上搭载的6门座82迫击炮和3门82无后坐力炮，是武警部队目前装备的轻型火炮，配有先进的快反系统。82迫击炮可精确打击遮蔽物后的目标，82无后坐力炮具有较强的破甲能力，能快速摧毁坚固目标，有效杀伤目标内的顽抗之敌。

由13台猎豹越野车组成的指挥车方队正整齐地通过中心受阅区。统一的车型，整洁的车容，闪烁的警灯，犹如猎豹出击，所向披靡。

猎豹指挥车装备有先进的指挥系统和全球定位系统，越野性能好、机动能力强，便于组织指挥。是部队执行任务的主要车辆。

威风凛凛的特种车方队向主席台驶来了。特种车专业性强、设备先进、功能齐全。

行驶在方队第一排的是防弹运兵车。该车可近距离防抗枪弹的射击，并可以利用预设在车体两侧的射击孔，对外部目标进行射击。

紧随防弹运兵车之后的是装备器材输送车。装备器材输送车方便部队携带各种特殊装备，遇有作战任务时能快速出动、及时到位。

位于方队后列的是排爆车。车内装有各类排爆器材和排爆机器人，该车是武警部队执行排爆任务的重要装备。

位于方队第3列的是特种维修车，在随部队外出执行任务时，对各类武器装备能够实施快速、高效的抢修，及时排除故障，确保装备运行良好，犹如一个流动的"装备修理所"。

战车隆隆，奏响凯歌。车辆装备是部队战斗力的重要组成部分，是提升武警部队执勤处突能力的关键。

先进的车辆装备可以保证部队顺利快速到达目的地，确保在第一时间打击犯罪分子，赢得战斗的主动权。

车辆方队刚离开操场，传来几声爆竹枪声，10枚红色信号弹在操场上空划出红色弧线，最后消失在对面的草丛里。

导调指挥员下达：军事训练成果汇报开始！

处 突 精 英

镜头一：

话音刚落，演示射击课目的特战队员乘坐两辆防弹运兵车向射击地线快速机动。

射击是打击犯罪和消灭敌人的一种主要手段，武警福建总队在强化新时期军事训练中，把射击作为部队官兵军事训练的一个硬课目。

特别是对参加反恐和处突作战部队，要求极高。特战队员只有掌握首发命中、一枪毙敌的精湛技能，才能在处突、反恐战斗中占据先机和主动。

车刚停下，几名特战队员飞身下车，在车辆一侧距射击位置50米处已做好射击准备。当目标出现时，特战队员果断击发，一阵清脆的枪响，把铁制的靶面打得"咣咣"作响，一个个快速而有序。落下的靶面变成了"牢记职责，磨砺处突精兵；不辱使命，捍卫和谐海西"20个醒目的黑体字呈现在大家眼前。这是武警福建总队全体官兵对八闽人民的庄严承诺。

镜头二：

88式狙击步枪常常出现在电影和电视剧中，在数百米内能够指哪打哪，给枪支本身增添了几分神秘色彩，也引起了主席台领导的极大兴趣。

参加演示的是直属支队特勤大队的官兵，这是武警的精锐部队，是参与福建执勤处突的主要力量。

由于犯罪分子作案手段和技术性越来越强，武警官兵只有掌握信息化条件下的执勤硬功，才能处于不败之地。福建总队要求特勤部队官兵人人都要熟练掌握新式装备，做到十八般武艺样样精通。

这几年直属支队特勤大队不断探索军事训练新路子，科学训练、技术训练、强化训练，几乎每天都有训练课目，每次在两三个小时以上，使得这个大队官兵几乎人人成为装备通，个个称得上是一等狙击手。他们通过对人体部位靶实施精确射击的训练，不但练就特战队员百步穿杨的射击本领，而且培养了特战队员沉着冷静的心理素质，确保特战队员在各种复杂环境中有效打击目标。

近几年他们先后3次参加重要执勤处突活动，发挥出突击队作用，在打击全国特大毒犯刘招华行动中，立下战功而声名远扬。

当解说员进行八一式狙击射击解说时，特战队员仅在数秒内做好射击准备。

射击头部，射击左肩，射击右肩，射击左膝，射击右膝。

仅仅在一分钟之内，四名射击队员全部命中了规定的目标！

镜头三：

信息化条件下的犯罪分子不断变换犯罪手法，对付武警力量的手段越来越高技术化。俗话说"道高一尺，魔高一丈"，面对再狡猾的敌人，我们都有克敌制胜的招数。执勤处突两名特战队员表演95式自动步枪射击，利用昼夜电视瞄准镜，对气爆靶进行拐角射击，他们的精湛技能，让观看的嘉宾赞叹不已。

拐角射击要求技术程度高，要达到百发百中的目的，需要信息技术上的配合，不得苦练。进行拐角射击时，射手首先要将昼夜电视瞄准镜的摄像系统安装在枪上，通过摄像系统再将射击目标的境况传输给头盔接收系统，射手得到信息后，射击目标就定位了。

这套射击系统是武警部队的最新装备，因为不会直接暴露射手的射击位置，所以非常适合特战分队在反恐战斗中使用。

这就是传说中的数字化武警的神秘武器。

看，两名特战队员已经利用车体掩护占领好拐角射击位置了。

目标出现，特战队员从容射击，16个活动目标迅速炸开了花。

好！准确击中目标。

这是特战队员们苦练加巧练的结果，是汗水和意志凝成的硬本领。

镜头四：

武警部队在执勤任务时，经常遇到突发情况，要随时应对这种情况，就必须始终保持头脑清醒，遇到各种时机能使用各种装备，从而掌握有利战机，快速有效打击敌人。

接下来汇报的是95式自动步枪和92式手枪战斗转换射击，又是让人目眩。

在右前方模拟居民楼上方，直属支队4名特战队员正利用绳索从楼顶飞身下滑，进入战斗地域。

十几个活动目标同时在近百米处闪现，特战队队员呈梅花队形使用95式自动步枪实施快速射击。一眨眼工夫，目标全歼。

消灭目标后，队员迅速组成两人小组战斗队形，交替掩护向前搜索。

枪种转换射击在实战中应用广泛，它要求特战队员在复杂的实战条件下，根据敌情及地形变化快速反应，适时转换手中武器，达到先敌开火和持续火力压制的战斗目的。

在运动中，特战队员瞬间完成了武器转换，在向前搜索中，对目标实施快速精确射击。

好，目标全部消灭！

现在的情况是：特战队员右前方数十米处出现集团目标，少数犯罪分子手持武器，做好战斗准备。

情况紧急，特战队员使用92式手枪对目标实施快速压制射击。

92式9毫米手枪是我国自行研制的新型手枪，该枪装弹量多、火力猛、杀伤力大，是特战队员在近战中的主要装备。

打得好！4名特战队员在30秒钟的时间内，消灭了40个目标，每消灭一个目标仅用了1.5秒，他们真不愧是特战精英，是武警作战部队的精锐。

反 恐 尖 兵

2003年6月，国家领导人强调：加强反恐怖工作，对于我们维护和利用重要战略机遇期，对于营造有利于全面建设小康社会的和平稳定环境，对于更好地保障和实现广大人民群众的根本利益，都具有十分重要的意义。

2005年1月，武警福建总队专门在直属支队成立特勤大队，是总队主要的反恐作战值班分队。

反恐活动的重要性无疑是每位主席台上的领导所关注的，反恐演练自然成为最重要和最具亮点的课目之一。

大家还来不及把心绪调整过来，一辆挂有虚拟图案的大巴车急速开出，解说员随即说出了假想情况：2008年7月23日8时，8名歹徒手持来复枪、自制手枪和炸药，袭击了正在南阳火车站银行门口装运货币的押钞车，打死打伤了数名经警，抢劫了大量现金。

在附近巡逻的公安干警发现情况后，迅速到达现场，并与犯罪分子发生激烈交火。犯罪分子见势不妙，向车站广场投掷了爆炸物，爆炸引起一家化工品商店起火，并释放出大量有毒气体，现场有数名群众中毒受伤，广场一带秩序混乱。

特勤大队接到命令后，特勤中队、工化中队以迅雷不及掩耳之势赶往事发地。

172　　担负指挥任务的孙大队长，是个黑脸大汉，代号"261"，他果断下令：

"2621，2631，南阳火车站广场发生爆炸劫持人质事件，部队紧急出动！"

"2621明白"，"2631明白"，"2621明白"，"2631明白"。

各组迅速做出回应。

一时警灯闪烁，警笛大作，特勤大队官兵如神兵天将，出现在第一现场。

犯罪分子见势不妙，劫持数名人质驾车逃离现场，公安干警和特勤大队随即展开了追击行动。

"2631，命令特勤中队沿中环路追击犯罪分子！"

"2621，命令工化中队迅速在南阳火车站广场展开救援！"孙大队长再次下达命令。

工化中队抵达现场后，迅速派出了警戒，展开了救援行动。

警戒组迅速封控现场，防化侦察组立即展开侦察。

一辆救护车风驰电掣般进入现场。

时间就是生命！救护组人员未等车停稳，便从车内鱼贯而出，迅速组织转移和救护中毒人员。

此时，防化侦察组正在受染区域实施侦察，查明毒源位置，确定有毒气体种类、浓度及染毒范围，提取可疑物品，并标定危险区域。

几位防化侦察组成员在广场南区光明化工品商店发现毒源。

一辆清除毒源的车辆在 1 分钟内到达现场。

4 名防化队员随即展开清理行动，迅速将毒源转移！

防化侦察组发现并标定了毒源位置后，毒源转移组迅速携带封毒罐进入毒区中心，利用封毒罐和黏稠液封控毒源，减少释放外溢，降低危害。

突然，一名防化侦察队员在广场北区座椅底部发现可疑爆炸物，紧接着，排爆车进场，数名排爆队员身着厚厚的防爆服立即展开了排爆行动。这时地面温度达到 40 摄氏度，身着数十斤重的防暴服的排暴队员，不一会儿就像是从河里钻上来似的，浑身湿透。

现在，保障组正在设置频率干扰仪，对排爆现场实施无线电频率干扰。检查组利用 X 光机，对爆炸物实施检查，检测爆炸物内部结构，为排爆提供依据。

排爆组报告："261，经检查，该爆炸物为遥控爆炸物，请指示！"

指挥立即指示："转移爆炸物，实施销毁。"

一名排爆队员利用杆式机械手对爆炸物实施转移。排爆手使用机械手臂夹取爆炸物，将爆炸物转移至空旷地无人处实施销毁。

261："排爆组，准备对爆炸物实施销毁。"

排爆组："排爆组明白。"

排爆手："261，排爆手点火前准备完毕。"

261："点火！"

话音刚落，"轰"的一声巨响，爆炸物成功销毁！

爆炸物刚清除，侦察组又报告："261，防化侦察组报告，经查，有毒气体为梭曼，浓度为中度，染毒边界已用小黄旗标定，请指示。"

导调组的指挥员下令："洗消组，迅速对受染区域进行洗消。"

听到命令后，洗消分队快速赶到现场，利用高压水炮车喷射出十几米长的水雾，向受染区域的上方空气射去。

紧跟在高压水炮车之后的喷洒车，正在喷洒洗消液，对受染道路进行洗消。

随后跟进的 4 名洗消队员携带洗消器，对广场的坐椅、垃圾桶等处实施洗消。

此时，犯罪分子驾驶劫持车辆，在公安、武警的追击下，如丧家之犬沿南阳路仓皇逃窜。特勤中队数名全副武装的官兵迅速在南阳路设卡堵截。

174

特勤中队设卡组分乘三辆摩托车快速机动至南阳路，占据有利地形，形成"观察、检查、堵截"三线兵力配置，堵截犯罪分子。

观察组通过雷达掌握了犯罪分子逃窜方位，通报："检查组、堵截组注意，发现可疑车辆向我处驶来，做好战斗准备。"

犯罪分子驾车强行冲过卡点，堵截组迅速展开阻车钉，车轮胎被扎破，犯罪分子被迫弃车逃窜。

两名犯罪分子为掩护同伙逃跑，占据有利地形与我对抗，堵截组在火力压制的同时，放出警犬"卡烈"配合行动。警犬"卡烈"以迅雷不及掩耳之势制伏了一名犯罪分子。另一名犯罪分子负隅顽抗，被我特战队员以娴熟的擒敌技术迅速制伏。

"261，我是 2631，两名犯罪分子被我方抓获，其余犯罪分子窜入南阳路路边一居民楼楼内与我对峙。"

261："2631，占领有利位置，等待支援！"

2631："2631 明白。"

弃车逃窜的犯罪分子，在公安武警追击下，被迫挟持人质逃入南阳路附近一幢居民楼内，与公安武警追击力量形成对峙。

联指决定采用"以谈备打，武力解救"的方案，命令直属支队特勤大队担负核心区武力突击任务。

特勤大队抵达现场后，迅速对犯罪分子占据的楼房形成外围封控。

一幕精彩而又摄人心魄的画面出现了，两名侦察队员利用娴熟的攀登技能，如猿猴一般"噌噌噌"往上蹿，不到一分钟时间便攀上五楼楼顶，占领了楼顶侦察位置，并将拇指粗的钢丝抛向旁边五层楼高的模拟服装加工厂，加工厂几位侦察队员早已在一边，将钢丝固定，两名队员随即双脚和双手倒挂在钢丝上，此时钢丝距地面高度足有15米，不到一分钟便横渡到对面犯罪分子占据的楼房房顶。

主席台上的领导屏住呼吸，当队员们顺利横渡过钢丝时，响起了一片热烈的掌声。一名领导感慨地说："要不是亲眼所见，还以为是请来的杂技演员在表演呢。"

接着，两名狙击手分别在正前方升降平台车上和东侧模拟服装加工厂四楼占领了有利的狙击位置。

左前方楼顶上，侦察三组使用40倍望远镜对目标楼实施远距离侦察。同时，政治攻心组利用宣传车展开了政治攻势："里面的人听着，你们已经被包围了，你们的行为已严重触犯了国家法律，你们唯一的出路是向政府自首，释放人质。"

此时，犯罪分子见无路可逃，想孤注一掷，边开枪边声嘶力竭喊道："你们听着，给你们一个小时，提供200万元现金和一辆越野车，否则，一个小时后，每超过一分钟，我们就杀一个人。"

"只要你们放下武器、释放人质，我们将保证你们的生命安全。"

"少来这一套。赶快准备钱和车，否则，你们就准备收尸吧。"

政治攻心组与犯罪分子斗智斗勇。

此时，拖延时间就是取得胜利的关键，侦察分队正利用谈判攻心的有利时机，转移犯罪分子注意力，展开全方位侦察。

攻心组继续与犯罪分子周旋："请你们保持冷静，人质是无辜的，你们一定要保证人质的生命安全，否则，你们只有死路一条。"

居民楼一楼，侦察队员正使用蛇眼生命搜索仪和"隔墙听"对房屋实施侦察。

在外墙上，4名侦察队员利用背绳下滑，分别用手持潜望镜和软管窥镜对二楼房屋实施侦察。

侦察队员正利用微波传输系统，将软管窥镜拍摄到的劫持现场画面，不间断地传至指挥部，为指挥员决策提供依据。

显示屏上的画面中，几名犯罪分子手持武器慌作一团，十几名人质双手抱头蹲在地上，几名人质被犯罪分子打晕在地。

穷凶极恶的犯罪分子继续叫嚣："外面的人听着，现在已经超过一个小时，你们仍然没有答复，这是你们造成的后果！"

刚说完，丧心病狂的犯罪分子便开枪打死一名人质，并将他摔出楼外。

"你们听着，立即答应我们的条件，否则，现在开始我们每分钟就杀一个人。"

一名侦察队员在另一名队员的掩护下，将人质抬上救护车。

犯罪分子在提出的条件得不到满足后，开始杀害人质。

为减少人质伤亡，联指命令特勤中队突击组迅速展开强行攻击，武力解救人质。

"261：各组注意，联指决定是使用武力解救人质。我命令，各组按照强行攻击方案，迅速做好突击准备。"

孙大队长果断下达突击准备令。

特勤中队各突击小组利用犯罪分子观察死角，迅速占领了突击发起位置。

在居民楼一楼东侧，突击队员在安装聚能切割装置，准备破墙突入。在居民楼一楼西侧，突击队员做好了携警犬突入准备。在居民楼东侧三楼，突击队员倒挂于墙上，做好了破门突入的准备。在居民楼楼顶，突击队员做好了空中滑降突入的准备。

升降平台车和服装加工厂四楼上，两名狙击手已瞄准锁定了犯罪分子。

各组分别在拟定作战位置，做好一切准备。

"各组注意，突击准备。5、4、3、2、1，突击！"指挥员一声怒吼，十几名突击队员全部进入楼内。一阵激烈的枪声，数名正想顽抗的犯罪分子被消灭，几名犯罪分子还没反应过来就束手就擒。

两名犯罪分子从综合楼西侧边门，边射击边逃向山洞，沿排水沟迂回至综合楼，逃至居民楼西侧山洞负隅顽抗。

由于山洞地形复杂，指挥部果断下令喷火组对山洞内犯罪分子实施火焰打击。数条火龙交织在一起，山洞内的犯罪分子很快被击毙。

此时，救援组对人质迅速展开救援。

突然，传来一声惊天动地的响声，居民房三楼发生爆炸，一名犯罪分子引爆了三楼液化气罐，引发楼道起火。

一辆水炮车随即赶来增援，瞬间扬起两支强大镜水柱破窗而入，很快将浓烟扑灭。

由于楼道被炸断，人质无法从楼道疏散，给营救工作带来困难。

在五楼的救援二组利用索降下滑解救三楼人质。在居民楼西南侧，救援三组在一楼外侧展开了救生气垫，数名人质在特战队员的引导下从四楼跳下，落在救生气垫上，被随即赶来的医务人员送往医院。

居民楼四楼，特战队员利用下滑绳倒立身体，划出一道优美的线条，如同高空俯身降落的苍鹰，极为壮观。

随着一声清脆的枪响，三发绿色信号弹腾空而起，导调指挥员宣布军事训练汇报到此结束。

尾　声

军事训练汇报结束后，福建省领导充分肯定了武警福建总队组建队以来对福建的经济发展及保卫海西和推进海西建设所做的重要贡献，并对省武警总队的全面建设提出了新的更高的要求。

在一曲优美而又欢快的旋律中，最后一个演示项目结束了，省领导在总队长和政委的陪同下，兴致勃勃地参观了武警部队新服装和部分新装备的展示。

此时，时针指向了 10 时 20 分，阳光已开始显示出灼人的威力，但谁也没有感觉到头上身上流出的汗珠已湿透了衣裳。首长们也被一张张古铜色的脸、一个个振奋人心的练兵场面、一群群身怀绝技的队员震撼和感染着。

领导们的脸上始终洋溢着笑容，这笑容真切可亲，是鼓舞，是鞭策，是对这支部队寄予了更多的期待和希望！

巍巍武夷山做证，滔滔闽江水做证。

福建一万多名武警官兵誓与八闽人民同呼吸、共命运、心连心，为祖国和人民铸起一道安全屏障！

请八闽人民放心！

请祖国人民放心！

（原载《警坛风云》2008 年 3 月，此文与王军合作）

八 闽 铁 军

这是一支英勇无畏的部队。擒敌特、抓毒犯、战天灾，披荆斩棘、所向无敌，驰骋在八闽大地。

这是一支特别能吃苦的部队。严寒、酷暑时刻考验他们的意志，艰苦、紧张磨砺着他们的战斗作风，他们敢于向极限挑战，敢于走向胜利。

这是一支战功卓著的部队。2002年1月，被国务院、中央军委记集体一等功；近年来，两次荣立集体三等功，多次被福建省委省政府评为抢险救灾先进集体。福建省委书记称赞他们是"最叫得响、最靠得住、最用得上"！

武警福建总队直属支队的英雄传奇，令八闽瞩目！

铁军的"影"

实战是检验战斗力的唯一标准。一场特大的缉毒战斗，再让直属支队官兵披上一层神秘的"特警"色彩。四年前5月的一天，福建省公安厅向武警总队通报任务：公安部A级督办案件的特大毒枭刘招华，在闽东沿海地区活动，请直属支队参与抓捕。

提起刘招华，贩毒圈内无人不知。据悉，刘招华号称毒品走私"盟主"，从事毒品加工和走私，拥有数吨毒品，长年活跃于沿海和西部数省，是1949年以来涉毒最大的生产贩毒集团。

支队受领任务后，根据当地公安机关提供刘招华藏匿的驻地地形，展开抓捕行动。

这天晚 20 时，50 名官兵组成的特战队全副武装，连夜扑向数百公里外的刘招华藏身之地。

闽东的一座小镇，商贾云集，是富庶之乡。谁会想到，这里竟是藏匿震惊全国的特大毒枭刘招华的老巢。6 个多小时后，特战队员赶到目的地时，大雨滂沱而下，不一会儿特战队员成了"落汤鸡"。

"按计划行动！"指挥员一声令下，特战队员来不及休整，立即抖起精神，在雨中悄无声息地展开布控。雨越下越大，一小时过去丝毫没有减弱迹象，周围只有"哗哗"的下雨声。

第二天凌晨 4 时，指挥员下达战斗命令，三个特战小组越过数米高的围墙，破门而入，迅速控制房子周围，将正在梦乡的刘招华等制伏。

特大毒枭刘招华的落网，惊动了高层，震惊了全国。全国各大媒体迅速报道了武警福建总队直属支队抓获刘招华的事迹。

180

大灾中显现忠诚卫士本色。2007 年 5 月的一场强台风，袭击闽南金三角漳州，昔日花果之乡转眼满目疮痍。

政府告急、学校告急、百姓告急……

直属支队 500 名官兵作为抢险救灾的生力军，首当其冲前往一线抗灾。

一个距市区近百公里、仅数十户的小村庄，被特大山体滑坡埋在泥石流内，如不及时挖出，数十条生命将永远葬身土里。

百姓的生命比天大。抗灾官兵一到灾区，就受领了抢救被埋村民的任务。由于通往村庄的道路多处发生塌方，车辆无法进入，抗灾官兵决定徒步行进。行至半途，前方百米处半座大山突然倾泻而下，将通往灾区的道路拦腰切断。面对横在眼前半座"山"，道路一侧的滚滚山洪，带路的一名镇干部出于安全考虑，建议返回原路再找新的路线赶往灾区。但支队长邹自国没有同意，他心里清楚：时间是保证被埋生命得以生还的重要保证，拖一分钟，就可能夺去一条生命。500名官兵冒险翻越不断滑下泥石的大山，不少官兵被滚落的泥石击中，身上多处挂彩，几百米的路程，足足翻越了一个多小时。终于，战士们用无畏的勇气为抢救被埋群众争取了宝贵时间，一个个生命硬是被战士们从死亡线上拉了回来。

"忘不了冰雪卫士，用血肉送来光明——"灾区群众用歌声赞颂抗冰勇士。在数百米高的大山上，在刺骨的稻田里，在陡峭的山崖间，他们的身影与冰雪紧紧地融在了一起，一场前所未有的特殊战场就这样拉开了。他们喊着号子，唱着军歌，战胜了饥饿和寒冷，保持着旺盛的斗志，把一根根一吨多重的电线杆拉上了山顶。在黑暗中度过 30 个冰雪之夜的老百姓，终于迎来了久违的光明，乡亲们含着泪花亲手绣旗送给人民子弟兵。

这几年，福建总队支队直属支队参加各种急难险重任务数十次，每次都以胜利告终，让人民群众满意。一位省领导深情地说："海西发展的繁荣与稳定，这支部队功不可没。"

铁军的"苦"

胜利的资本源于艰苦的付出。这支部队从组建以来就一直以敢于吃苦、勇于拼搏闻名警营内外，支队叫响了"特别能吃苦、特别能战斗、特别能奉献、特别能忍耐"团队建设口号，广大官兵把"特别能吃苦"作为在直属支队"生存"的基本条件。在他们的内心深处有这么一条信念：只有吃得苦中苦，才有资格成为直属支队的人。他们喊出了团队作风：当尖刀、打头阵、比奉献、创一流，忍常人所不能忍，超常人所不能超、压倒一切困难，坚决完成任务。他们对形象要求：健壮的体魄、黝黑的皮肤。这些都是他们心中标准的"特警"形象。

正是坚持了这些团队精神，超强度的训练没能让他们感到"累"，快节奏的训练方式没能让他们感到"紧"。这里的官兵个个锻造得有如钢筋铁骨，能征善战。

从组建到今，武警福建总队先后进行七次军事大比武，直属支队七次夺冠。2003年、2005年战士谢彦强、洪海山、夏福参加世界警察搏击大赛，夺得三个级别冠军，五星红旗在异国他乡庄严升起。

功夫没有国界。武警福建总队直属支队两名身怀绝技的军事干部，先后到国外传播中国武警功夫，受到当地警察热烈欢迎。半年后，这个国家特战队员的整体实力得到快速提高。回国前，该国警察司令官紧紧握着他们的手说：来年还请中国武警！

随着信息化社会的不断发展，武警部队执行任务愈加复杂和艰巨，作为处在"两个前沿"阵地的福建总队直属支队，执勤处突反恐面临从未有过的新挑战。

近几年他们紧贴时代发展步伐，根据现代条件下可能发生的突发事件，加强应对处置各种复杂情况的演练，部队军事素质愈练愈强。2007年支队接受总参和武警总部的考核评估，认定完全具备地面防卫作战能力。2007年8月，支队600名官兵参加福建总队军事训练汇报，担负了一半课目的训练，取得六个单项第一，总分第一的优异成绩。2008年特勤大队反恐训练成果接受外宾观摩后，领队的外宾竖起大拇指称赞：这是我们所看到的最好的警察功夫！

铁军的"情"

奉献是军人的主题。直属支队的官兵从组建到现在，奉献依然在每个官兵心中永恒坚持，成为不竭的精神动力。

来自浙江千岛湖战士叶旺青，父亲在一次道路施工中，一桶滚烫的柏油从吊车上滑落，不幸砸在叶父身上，造成身体面积85％严重烧伤，被送进医院抢救。父亲惨遭不幸，儿子正在抗冰复电的战场上，看着漆黑的山村，百姓焦急的等待，小叶把痛苦深埋在心中，直到任务结束才提出回家探望。

特勤大队长佘发东，从当兵到担任大队长始终战斗在基层第一线，本想结婚后，扎在兵堆里成就一番事业。十年过去了，扎根兵堆的愿望得以延续，可谁想到在意气风发的后面，竟隐藏着许多催人泪下的故事。佘发东来自安徽农村一个贫困家庭，婚后不久，母亲病逝，妻子下岗后患上抑郁症，紧接着岳父也瘫痪在床，一家人的生活重担全部压在他一人身上。担任特勤大队长的几年里，大队接受了的检阅与考核难以计数，参加了数十次重大任务，次次圆满完成任务。

"去吧，别担心我，我会想办法过好这个年的。""可我又放心不下，只有委屈你了!"这是发生在 2008 年春节期间，组织股长肖锋和妻子的一段真情对话。此前，他们已一年多没见面了，这年春节，妻子兴冲冲地从老家来到部队探亲，本想与丈夫一起共享天伦，然而一场特大冰冻灾害，又让他们天各一方。可是作为军人妻子，她清楚：军人的职责比家大啊!作为军人的妻子理应支持丈夫服从大局。

二十天后，部队凯旋时，妻子假期到了，留下一封只有 6 个字的信：嫁你我不后悔!

身后故事最动人。3 个不同岗位的官兵，他们勇于奉献，认真履职让人熟悉，而背后的辛酸故事却鲜为人知。

这就是"铁军"的军人，这就是"铁军"的精神!一位总队领导在支队调研工作，听到这些故事时，眼睛湿润了。

"我们是无敌的铁拳，战斗在八闽的河山；我们是闪亮的尖刀，听从祖国的召唤!"队歌雄壮，催人奋进。我们有理由相信，福建总队直属支队这种在苦中追求战斗力，奉献中追求军人信仰的精神，必将激励"铁军"在实践军人核心价值观中再续风采!再创辉煌!

（原载《中国武警》2009 年 7 期）

"回马枪"失灵之后

武警南平市支队这两年打了翻身仗，从总部帮扶的后进支队。跨入总队的先进行列。谈到发生的这些变化，官兵们总要提起支队领导解决基层干部精力外移"走麦城"的事儿。

"回马枪"败给"暗哨"

武警南平市支队政委巫文通上任时间不长，听其他领导说，有个中队干部经常不在位。一个星期六上午，他叫上驾驶员，不打招呼地来到这个中队。进了营门，只见中队正在操场上组织文艺活动，干部们还同战士一起表演了节目。第二天周日，他再次驱车来中队探虚实。他走到各班排，只见战士在宿舍里看书、下棋、弹琴……他刚出宿舍，几名干部就满头大汗奔来了，有的说查哨去了，有的说在炊事班帮厨。几次突袭检查，巫政委有点疑惑了：难道是其他领导对这个中队戴了"有色眼镜"，还是这里面另有原因？

又一个星期六上午，巫政委没事，便想到这个中队转转，顺便了解一下党员发展情况。这次，他没有坐车，徒步抄小路到中队。令他吃惊的是，三名干部没一人在位，中队工作由一名班长负责。在巫政委的追问下，文书支支吾吾道出了其中的奥妙：原来，进入这个中队只有一条坑坑洼洼的道路，中队干部经常在路口的一家个体食杂店购物,与这一家人混得很熟,便与店主达成协议:凡是看到挂武警车牌的小车拐进这条路,立即打电话通报给中队。接到"暗哨"报信,中队干部有外出的,便打传呼、手机召回来了。

精力外移为哪般

为什么中队干部喜欢往外跑,还要变着法子应付领导?这个问题摆到了支队党委会议上。7名常委凝眉沉思,大家你一言我一语,根据自己下部队调查的情况,分析中队干部精力外移的主要原因。

支队长黄共和首先打开话匣子:"中队干部精力外移的现象,在其他中队也有。咱们支队有守桥的、看押的、看守的、警卫的,也有机动的,多半驻在偏僻的山沟,据了解,有85%的干部存在年龄偏大找对象难的问题。"

政治处主任缪晓明接过了话茬:"我让干部股做了次调查,已婚的中队长、指导员分居两地的多,爱人下岗的也不少,加上养儿育女、赡养老人,生活负担很重。"

副政委谬劲松接着说:"中队分散在各县市,工作离不开当地党委政府和人民群众的支持。但一部分干部热衷于拉关系,给个人留条退路。"

最后常委们达成共识:机关不设身处地为中队干部排忧解难,不在"治本"上下功夫,干部的精力外移问题是难以从根本上解决的。

东边下雨西边晴

一个为基层干部排忧解难的"二号工程"在南平市支队启动。有位中队指导员爱人下岗,孩子又小,双方家中四位老人仅靠指导员一人工资生活。为此,这个指导员似有"身在曹营心在汉"的味道。

支队长黄共和通过和有关部门协商。一个星期后，指导员的爱人又上岗了，月薪也相当可观，政委巫文通到一个在山沟里担负看押任务的中队蹲点了解到，因驻地偏僻，中队长的孩子无法上学。巫政委找到驻地的镇领导，镇领导当场让镇中心小学破例收中队长的孩子来学校读书。"二号工程"启动后，基层中队干部的爱人重新上岗达40多人，10多名干部子女入托、入学难的问题得到解决。去年初，支队结合干部调整，把8名大龄干部由在山沟的看押中队调整到驻县、市的看守中队，还同所在县、市的妇联、共青团等单位联系，给大龄干部搭桥牵线，很快有5名大龄干部分别找到了意中人。

支队还针对基层干部为后路担忧的问题，拿出了一定的经费，支持文凭低的干部报名参加中央党校、西安政治学院、南京政治学院等院校进行函授学习。还请地方组织人事部门的领导来部队上课，讲解地方的用人去向、原则，激励干部们学好本领，为将来回地方大显身手打下扎实的根基。

西边下雨东边晴。南平市支队虽然没有把解决基层干部精力外移的口号天天挂在嘴上，但一系列有效措施，把干部们的心收回来了。更重要的是，干部的事业心、责任感也调动了起来。

（原载《人民武警报》2002 年 12 月）

186

妈祖故里和谐曲

这是一支忠党为国、热爱百姓的文明之师；这是一支勇打头阵、敢上一线的威武之师；这是一支能征善战、守护一方平安的尖刀铁拳。

妈祖故里处处传颂着这支英雄部队的赞歌！武警莆田支队全体官兵用青春和热血书写对党和人民的无限忠诚，被驻地人民群众誉为"侨乡卫士"。中共莆田市委书记杨根生亲切评价："武警支队政治上合格，军事上过硬，是市委、市政府和全市人民信得过、靠得住、用得上的威武文明之师。"

铁拳——守护着一方安宁

2009 年 3 月 5 日，由国务院台湾事务办公厅和福建省人民政府联合举办的第五届中国海峡工艺品博览会在莆田工艺美术城召开，全程历时五天。武警莆田支队 100 多名官兵进驻工艺美术城担负现场安全保卫任务。由于参展商多达 300 多家，日均人流量达 3 万多人次，现场鱼龙混杂，很容易发生失窃、损坏工艺品等问题。对此，支队从细处着手研究制订多套预案，周密部署兵力，合理编排巡逻小组，确保了工博会现场秩序井然，情况处置灵活、快速、有效。

一次场内巡逻中，士官王官伟接到台湾馆展区陶艺品展位老板反映，一尊价值 5 万多元的弥勒佛陶艺品 5 分钟前不翼而飞。老板详细描述了陶艺品的造型和之前一位形迹可疑的年轻人在摊位前转悠的情况。面对心急如焚的台商，王官伟迅速将有关情况向现场指挥部报告，并通报了公安部门。负责现场指挥的钟石生支队长立即下达命令，迅速向各组通报情况，启动了第一套处置方案。

面对大海捞针式般的寻找，官兵们心中只有一个念头：一定要把丢失的艺术品找回。他们严把出入口，展开拉网式搜索，逐区逐店排查，不放过任何蛛丝马迹。15分钟后，一楼C区的一位年轻人引起了王官伟的警觉。他手里拎着一个黑色提包，与陶艺品大小相当，虽然身着衣裤与台商所描述的不同，但他的脸形、发型和体形却很相似。根据他行走的方向判断，极有可能想通过西侧旁门混出展厅。获得这一重要线索，小王立即通报给指挥部和各关口的战友，来了个"瓮中捉鳖"。

40分钟后，见到失而复得的艺术品，这位台商悲喜交加，紧紧握着官兵的手，连声道谢："太感谢你们了！中国武警，真了不起！"

去年10月下旬，福建省第十四届运动会暨第八届老年人健身运动会在莆田举行，支队根据市政府统一部署，主要担负场馆驻勤、开闭幕式现场安保、大型文艺会演等多项任务。为了确保圆满完成各项任务，支队数百名官兵提前两个月轮流进驻体育场馆，熟悉场馆设施情况，加强周边巡逻警戒，开展专勤专训，确保了运动会安保工作万无一失。特别是在执行省运会开幕式安保任务中，超强台风"鲇鱼"肆虐闽中沿海，300余名官兵冒着滂沱大雨战斗在执勤一线。在15个日日夜夜里，各级指挥员靠前指挥，广大执勤官兵一丝不苟，如"钉子"般扎在每个执勤点，没有一人叫苦叫累。市领导看在眼里，感动在心里。10月27日，市委书记杨根生，副书记、市人大主任林光大等市领导率慰问团莅临支队慰问执勤官兵，杨书记满怀深情地说："几个月来，支队官兵冒着酷暑排练、克服困难驻勤。特别是在演出当晚，官兵们顶风冒雨，坚守在每个执勤岗位，严密组织安保勤务,充分反映了武警与地方同呼吸、共命运、心连心的鱼水深情,充分展示武警官兵特别能吃苦、特别能战斗、特别守纪律、特别讲奉献的一流精神。"

近年来,支队先后完成了各类突发事件 20 多起,莆田市"三会一节"、中央电视台"春暖 2008"献爱心拍卖晚会等大型活动和国家领导人来莆田视察安全保卫任务 70 多起,积极配合公安机关执行追捕、围歼等任务 10 多次,抓获各类犯罪分子 50 多名。支队平均每年完成各项临时勤务 170 多起,用兵近 3000 人次。

尖刀——勇现于危难关头

2006 年 7 月 15 日凌晨,在强热带风暴"碧利斯"搅起的巨浪冲击下,莆田市东峤镇赤岐海堤两处堤段坍塌,长度分别为 180 米和 40 米,直接影响周边近 3000 多亩耕地和 4000 多名村民的生命财产安全。

生命之堤告急,险情就是命令!武警莆田支队接到告急电话,220 名官兵火速登车救援。机动分队班长姜肇恒感冒发烧 39℃正在挂吊瓶,他拔掉吊针主动请战;警通中队士官许宗伟妻子来队探亲将到,本要去莆田车站接站,也二话没说登车上阵。官兵们的增援为保堤战斗注入了强大的生力军。官兵们冒雨扛沙包,开辟抢险通道,个个争先恐后。机动分队一班长桂炜,每次要扛 2 个沙包,重达 70 多公斤。到当天晚上 19 时 30 分,经过上千名军民的共同奋战,坍塌的堤段又挺立起来。不料,7 月 16 日凌晨 3 点多钟,海堤又一次决口,支队官兵得到消息后主动请缨,迅速赶赴现场,协助当地村民抢救又一次坍塌的海堤。经过 10 多个小时的连续奋战,终于在下午 18 时把坍塌近百米的海堤重新垒起,避免了重大灾难的发生。

今年 2 月 1 日 6 时许,支队作战值班室接到莆田市政府紧急通知,仙游县榜头镇下山突发山林大火,直接危及周边 100 余户村民和水力发电站，要求支队火速派兵支援灭火。支队接到任务后，立即启动扑救森林大火应急预案，支队长钟石生紧急召开部署会议，成立前进指挥所，由周晓东副支队长、欧阳天翔副参谋长带领机动分队、新训大队150名官兵以摩托化开进方式赶赴火场。

8时30分，部队到达现场。周晓东副支队长迅速向当地干部、群众了解情况，进行兵力部署。根据火情，部队兵分三路向各个火点开进。9时20分，第一梯队50名官兵在副参谋长欧阳天翔的带领下，迅速对第一个明火点进行左右夹击，代理排长陈晓俊带着8名扑火经验丰富的战士利用干粉爆破弹对大火进行突破，其余官兵迅速展开歼灭战，不到半个小时第一个火点就被成功扑灭。11时20分，经过官兵3个多小时的奋力扑救，4处明火火势基本得到控制，部队在指挥部的统一指挥下，迅速转入清除零星火点。

12时10分，接到林业部门通报，由于风向转变，随着另一座山头松树林着火，火势蔓延迅速，火线拉长数公里。部队兵力再次进行调整，第二梯队、第三梯队迅速集结，与驻地干部、群众一道顺着火势方向一线平推，打响最后攻坚战。

虽然山高路陡、杂草丛生、火势凶猛，但是参战官兵们毫不畏惧，勇往直前，顶着浓烟的熏烤，手持拖把冲进火场奋力扑打，衣服被烧着了，鞋子被烤焦了，浇上水仍继续奋战。机动中队队长田崇华左手掌刮出一道3厘米长的口子，鲜血直流，他顾不上止血就带着小分队向前冲锋；由于山风强劲，草灰飞入战士王樟伟左眼里，使其眼睛无法睁开，情急之下，小王拿起矿泉水就往眼睛冲，接着继续战斗；被坡上滑落石块砸伤右脚的作训股长王浩波，强忍着疼痛，坚守一线与战友们并肩作战。机动分队党员突击队奋勇当先充当尖刀，逐个攻克难关；新训大队的新战士们也毫不逊色，奋力扑火。经过6个多小时的艰苦战斗，所有火点全部被成功扑灭。许多新战士感慨地说："昨日戴上警衔，今天上到'战场'，这一课让我们真正感受到了

190

作为一名军人的光荣和责任。"

三年多来，支队成功扑灭大小森林火灾近百起，往返路程总计达到 3 万多公里，直属一中队成为唯一被国家森林防火指挥部、林业局评为"全国森林防火工作先进单位"的非专业中队，被当地群众形象地比喻成"绿色家园守护神"。

爱心——播洒在第二故乡

去年底，四级警士长郭玉宇在一次执行任务中意外摔伤住了院。

"郭叔叔，你现在怎么样了？腿还疼吗？"在病房里，一位小女孩的突然出现，让他既惊讶又激动。

原来，这位小女孩名叫林艾，是郭玉宇长期资助的贫困学生。2005 年 6 月，一次长途拉练途中，部队在临时驻扎地仙游县菜溪乡开展爱民助民活动。那时，郭玉宇随着助民小分队来到村里慰问特困户，去的第二家就是小艾家。听村干部介绍，父母在前年的一次火灾中不幸遇难后，小艾就与 60 多岁的奶奶相依为命，是村里有名的特困户。小艾今年上小学二年级，成绩一直名列前茅，是班里的"三好学生"，但是由于生活所迫不得不辍学在家。

回到部队后，郭玉宇彻夜未眠，浮现于眼前的竟是小艾可爱的模样和不幸的遭遇。拉练结束后，郭玉宇利用休假时间独自来到这个一直挂念的乡村，找到这位可怜的孩子，为她送来了书包、文具和 500元钱，并向村干部表示要长期资助小艾上学。

这一天，看着小艾背起书包的兴奋样子，这位堂堂七尺男儿却流下了酸楚的泪水……

"爱心是一片冬日的阳光，使饥寒交迫的人感到人间的温暖；爱心是沙漠中的一泓清泉，使濒临绝境的人重新看到生活的希望；爱心是一首飘荡在夜空里的歌谣，使孤苦无依的人获得心灵的慰藉；爱心是一场洒落在久旱的土地上的甘霖，使心灵枯萎的人感到情感的滋润……"这是郭玉宇用爱心去品味生活的感悟，用实际行动去温暖需要温暖的人，让生命之花绽放出绚丽的色彩。

（原载《人民武警报》2010年6月）

192

木兰溪畔闻心声

有一首歌，叫拥军歌，在妈祖故里传唱了多年。

有一支曲，叫爱民曲，在素有"海滨邹鲁"美誉的莆田飘扬了多年。

歌曲汇聚成双拥共建的优美旋律，映照出"人民武警爱人民、人民武警人民爱"的可喜局面。福建省莆田市连续四年被表彰为"全国双拥模范城"，武警莆田支队被莆田市委市政府授予"有突出贡献的爱民集体"。

市委书记的心声：部队建设的难题要优先解决

2010 年 8 月 1 日，木兰溪畔彩旗飞扬，壶公山下鼓乐喧天，支队新指挥中心动工奠基仪式隆重举行。

"希望支队官兵以指挥中心建设为新起点，牢记使命，开拓进取，乘势而上，全面加快部队正规化建设步伐，为平安莆田、和谐莆田做出新的更大的贡献。"仪式上，莆田市委副书记、代市长梁建勇发表了热情洋溢的讲话。

现场的官兵非常兴奋。已 80 岁高龄的首任支队长、离休老干部胥仕明激动地说："40 年前，老指挥中心在我们手上建了起来。如今，一座现代化的指挥中心即将拔地而起，这预示着部队建设又将跨上新台阶。"

支队现在的指挥中心建于 20 世纪 70 年代，房间狭小拥挤、办公条件简陋。2008 年 8 月，支队党委向莆田市市委市政府汇报了指挥中心迁建问题。刚上任不久的市委书记杨根生高度重视，感慨地说："支队条件落后我们有责任，部队建设的难题要优先解决。"他带领市国土局、规划局、建设局、财政局的领导到支队现场办公，解决了新指挥中心用地的选址、规划问题，明确了旧指挥中心由市政府收储拍卖，所得款项全额返还支队用于新指挥中心建设。

驻地党委政府关心部队建设的举措不断向深度发展，针对部队基础条件差、各项建设经费短缺的实际，莆田市委于 2009 年 12 月召开会议，决定从 2010 年起，市财政每年固定预算补助支队经费 300 万元，各区、县财政每年固定预算补助驻地武警中队 30 万元。以制度化的形式解决了影响支队正规化建设的问题，为部队全面建设注入了活力。

194

地方党委政府的温情还体现在以人为本的具体行动上。近年来，支队 24 名随军家属被安置在财政全额拨款单位，27 名干部子女在重点中小学就读，22 名转业在莆田的干部被安置在公务员岗位上。干部的后顾之忧得以解除，在警营建功立业的热情被激发了出来。

干部战士的心声：危难关头我们上一线打头阵

地方党委政府的厚爱，进一步加深了官兵对第二故乡的热爱。当驻地遭遇各类灾害时，官兵们总会挺身而出，彰显忠诚卫士的本色。

2006 年 7 月 15 日凌晨，强热带风暴"碧利斯"搅起的巨浪冲毁了东峤镇赤岐海堤两处堤段，直接威胁周边 4000 多名村民的生命财产安全。

大堤告急，群众的生命告急！支队 220 名官兵火速登车奔赴大堤。

机动分队班长姜肇恒感冒发烧 39℃正在挂吊瓶，闻讯后拔出针头加入抢险队伍；警通中队士官许宗伟正要去车站接来队探亲的妻子，听到哨声后二话没说登车出发。保堤战斗危险而紧张，官兵们冒雨扛沙包，个个奋勇当先。到当天 19 时 30 分，经过军警民共同奋战，堤段修复了。不料，第二天凌晨 3 时，堤坝再次决口。支队官兵主动出击。经过 10 多个小时的连续奋战，终于在当晚 18 时把坍塌近百米的海堤重新筑起，避免了灾难的发生。

2010 年 10 月下旬，福建省第十四届运动会暨第七届全省老年人健身运动会在莆田举行，支队根据市政府统一部署，担负了场馆驻勤、开闭幕式现场安保等多项任务。适逢超强台风"鲇鱼"肆虐闽中沿海，官兵经常冒着滂沱大雨战斗在执勤一线。在 15 个日日夜夜里，指挥员靠前指挥，执勤官兵一丝不苟，保证了赛事的顺利进行和与会人员的安全，受到省领导的高度评价。

近年来，支队先后成功处置各类突发事件 20 多起，圆满完成了大型活动的安全保卫任务，积极配合公安机关执行追捕、围歼等任务 10 多次，抓获各类犯罪分子 50 多名。

人民群众的心声：这些关心百姓冷暖的人是我们的亲人

"有了你们的爱，我们茁壮成长；有了你们的爱，我们幸福生活。虽然你们即将脱下警服，但你们永远是我们最敬爱的人……"去年 11 月 24 日，莆田市中队 10 名即将退役的老兵走进市福利院，与中队长期资助的 12 名残疾儿童道别。刚步入大门，他们就看见 12 个孩子整齐列队，唱着刚刚排练好的《感恩之歌》。童声稚嫩，情景感人。老兵们控制不住内心的激动，热泪盈眶地搂住孩子们，久久不肯松手。

"王叔叔，你走了我就见不着你了，你可不可以不要走？""小军，叔叔会回来看你的。这位李叔叔也会经常来看你，他会像我一样照顾你的……"班长王华一边安慰小军，一边将无形的爱心接力棒交给了上等兵李明军。3 年前，一场车祸无情地夺走了小军家人生命，当时才 8 岁的小军幸免于难，却失去了双手，成为孤儿。中队与福利院开展"手拉手、献爱心"活动，王华得知小军的悲惨遭遇后，主动与这个可怜孩子结成帮扶对子。王华利用周末时间来福利院看望小军，不仅辅导孩子做功课，还为他讲英雄的故事，让他坚强起来。在小军的心中，王华是最亲的人。

根在心里，爱由心生。为响应"积极推进社会主义新农村建设"的号召，支队与仙游县菜溪乡结成帮建对子，每年拿出 4 万余元用于扶贫帮困，定期派出技术骨干到乡里各村指导生产。支队还积极参与植树造林、木兰溪清淤和城区环境整治活动，先后派出官兵 2600 多人次，车辆 230 余台次，共清理垃圾和淤泥 2500 余吨，植树 9000 多株，进一步美化了驻地环境，受到人民群众的广泛赞誉。

（原载《人民武警报》2011 年 1 月）

咬定"科学"不放松

面对科学发展观这样一个全新的课题，福建总队龙岩支队党委书记廖长桂头脑中思考着这样一个问题：怎样才能使科学发展观成为党委一班人的共识，并落实到指导部队建设的实践中去？在他的提议下，7名常委除留两人值班外，其余的人全部"蹲"入基层调研，贴近实际思考，用科学发展观来回答领导干部究竟应采取何种方式指导基层工作。半个月后，他们再次坐在一起，就各自带回来的话题展开了热烈的讨论。

话题之一："红色请柬"卡住了吗

参谋长钟有亮带回来的话题：国庆即将到来，"红色请柬"从不同方向飞向机关、飞向基层中队的官兵，刚转士官的五中队班长王兵一下接到三张请柬，每张一百元，半个月工资就没了，每月再给父母200元尽孝心，剩下的就不多了，只有勒紧裤腰带过日子。"红色请柬"一来，参谋长、政治处主任批假也得忙活一阵子，上下官兵跟着请柬走，有的中队干部甚至唱起了"空城计"。因此，对待"红色请柬"，一个办法，就是——卡！但多数常委认为，这种做法对部队建设固然有好处，但这种"硬"办法，会伤了基层官兵的心，让他们感到党委没有人情味，从而挫伤他们的工作积极性。经过一番讨论，大家的认识归结到了一个点上：不发请柬，不搞宴请。驻地结婚的干部，由一名常委参加，距支队机关远的中队由大队一名领导参与。

话题之二：先进中队是苦出来的吗

副政委邱怀东追寻了先进中队成背后的故事。三中队是先进中队，可是官兵却说，太累了。到底累在哪呢？为迎接正规化执勤建设验收，中队兵分几路：排长带 6 名战士清理营区各个死角；两名准备接受专勤专训考核的干部带着示范班头顶烈日进行训练；其他战士则拿着小本本在走廊里、树荫下背记执勤理论，整个中队一片繁忙景象。对此，一名班长倒出苦水：为了迎接验收，每天只能睡 6 个小时。战士基本没有自己支配的业余时间。一些常委也反映其他先进中队也有类似现象，大家感到，产生问题的根本原因在机关没按科学规律办事，为了让先进有更多的成绩可数，安排工作时一股脑儿地往这些单位压，导致当先进累。解决的办法，就是要加强工作的科学统筹协调。

话题之三：战士需要背领导讲话吗

处长林志强带回来的话题同样令人深思：他在一大队搞了一次测评，给战士出一道"你最不愿意做的事情是什么"的测验题，132 名战士给出的答案惊人地相似：背记各种指示和讲话。战士小李说，作为战士，我们把条令条例作为行为准则就够了。一些指导员反映：现在一些机关干部来基层检查，一项主要内容就是看战士对各级首长讲话指示背得熟不熟。对战士来讲，这真的就那么重要吗？会上，党委决定，没有统一安排，机关不能随意下部队，不能把机关的热情增添基层的忙乱。

话题之四：中队能不能用洗衣机

从二中队回来的副支队长邱锦昌带回来的话题：为解决训练服洗涤问题，中队拿出生产收益购买了一台洗衣机，很受战士们欢迎。没想到洗衣机买来后，在全大队引起了轩然大波：一部分人认为，买洗衣机势必助长懒散风气；另一部分认为，中队买一台洗衣机，没必要大惊小怪。党委认为，中队购买洗衣机，主要是湿衣服经过烘干后，只需简单的晾晒就干了。既方便了战士，且有利于训练。思想统一后，支队在开通优惠政策的同时，决定再加一把"火"：统一给每个中队购买了一台洗衣机、一台烘干机。

话题之五：新建的器械场，战士为什么"怕"

支队政委廖长桂看到"怪"现象：他在长汀中队蹲点时，看到原本器械玩得极"溜"的几位战士在杠上"缩手缩脚"，没有了往日的洒脱，这是怎么回事？一了解，才知是那些修得平平整整的器械场给"惹的祸"。去年底，机关为规范中队建设，在中队修建的器械场周围用瓷砖砌成，有棱有角，十分好看。没想到战士们在杠上做动作时，看到尖尖的边角，心里就不踏实，总怕摔下来碰着尖角。廖政委借题让大家就如何更好、更科学服务基层展开了讨论。最后，常委们达成共识：只有科学分析事物，才能正确理出最佳解决方案，只有充分尊重基层意愿，办的实事才能受到欢迎。

话题之六：如此"面膜美容"该不该

支队长王小军讲了在七中队听到的一件事：指导员查哨时，发现士官小王用被子将头捂得严严实实，揭开被子一看，一张白森森的

"鬼脸"把他吓出了一身冷汗。大小伙子做面膜，真不像话。指导员当即一顿臭批。第三天，当指导员再次来到三班时，让他感到没面子的事又发生了：小王的"鬼脸"依旧。指导员气得跳起来，吼道："你马上把面膜揭下来，否则我处分你！"小王也不示弱："指导员，我这脸有毛病，想抓紧时间治一治，我没影响工作，也没影响别人休息，咋就不行了呢。"小王的辩白一时让指导员语塞。听完支队长没说完的话题，多数常委感到：现在一些带兵干部对新时期新情况研究不够，总是用自己当兵时的感受去简单推理，一味用老办法、老眼光、老观念对待新情况，与现代青年官兵无法产生共鸣。解决的办法：用科学的眼光去摸索青年官兵的思想变化，及时准确地掌握教育对象思想的新特点。支队决定，让卫生队在七中队上一堂如何防治"青春痘"的常识课。

面对六个摆到桌面上的话题，常委们陷入深思，他们用科学发展观逐一进行对照，清晰照出了长在脸上的"斑斑点点"。

思考之一：必须彻底改变思考问题的方式。七名常委都是战士成长起来的，都有二十年左右的部队工作经验，但随着兵员结构的变化，形式任务的变化，各种新情况、新问题层出不穷，光凭过去的老经验、老办法显然已经不能适应这种发展变化的需要了。作为领导干部，必须用科学发展观来衡量眼前正在发生的事情。

思考之二：必须彻底改变指导基层的思路。一般说来，支队党委总是上级怎么要求，就怎么去指导部队。怕没有把上级精神贯穿到部队，是什么原因导致这些问题长期没有得到解决？是指导思想上出了问题。部队工作的出发点和落脚点是看是否有利于战斗力标准的提高。因此，必须尽快理清党委一班人指导基层的思路。

思考之三：必须彻底改变评价基层的标准。多年来，我们评价基层的标准仍停留在看这个单位获得了多少荣誉，完成过多少大项任务，在各种检查评比中夺过多少个第一，硬件设施建设有没有上去，而不是看官兵的全面素质提高了没有，部队士气风气如何，能否经得起政治和物质利益的考验，部队内部的凝聚力向心力强不强，干部战士的利益有没有得到保障等。改变评价标准，就是要按照科学发展观的要求，全面地，客观地，用可持续发展的标准来衡量。

思考之四：必须牢固树立以兵为本的观念。一位战士自剖思想底线：干部尊重我，我就多干点，反之，我就少干一点。有这种思想成分的同志占的比例不小。科学发展观给我们带来一个不可回避的课题：提高抓部队建设的质量，就必须树立以兵为本的观念，把以人为本体现到部队建设的方方面面，始终防止把士兵当做单纯的管理对象，只讲管住，不讲依靠，只讲使用，不讲培养的问题，为部队的发展打牢群众基础。

思考之五：必须确立实事求是的态度。一些机关干部存在"好人主义"思想，害怕被下级"揪辫子"，检查工作专拣好的赞扬，指出问题轻描淡写。多年的工作实践经验，他们悟出了一条真理：在掌握基层情况，发现和解决基层问题过程中，必须坚持实事求是，摒弃私心杂念，在不断发现揭露矛盾中抓落实求发展。

落实科学发展观：从正在做的事情着手

在一连串的思考后，党委一班人落实科学发展观的思路逐步由模糊变得清晰，渐入佳境。

学习科学发展观以来，支队党委重新调整了工作思路，着重抓了三件事：投资近二百万元改造了三级网，增强了网络清晰度和分辨率，极大地提高了在第一时间发现情况的准确度和时效性。加大训练强度，不断提高部队应急作战能力，特别是增加了各种紧急情况的设想和方案演练。达到了快速反应，快速出动，快速处置的"三快"标准。建立由部队、目标单位、警区社区为一体的信息体系。从对各种爆炸物有害物的认识分辨到排除，从依靠人力观察报知到依靠科技设备的分析处理，大大地提高部队在应急状态下处置突发事件的能力。

龙岩支队下属十几个中队半数以上的哨位，对着歌厅酒楼，有的中队门前就是发廊。如何确保官兵在酒绿灯红中不迷糊，在金钱女色面前不吃败仗？他们走了三步棋。一是在官兵中广泛开展了理想信念教育，编教材，买光盘，请驻地老革命、老红军讲传统，每年组织部队到"古田会议"会址参观。二是学法律，利用政工网开展法律函授，在基层开展《案例分析》教育活动，结合有关教材同步学习，筑牢官兵的法制防线。三是普遍开展道德教育，树牢道德篱笆。距漳平中队不远处，有一家刚开张的娱乐中心，开张没几天，老板用大红绸布包着两万元，来中队认门来了，没想到给中队干部轰出门来。中队长说：如果你遇到流氓地痞骚扰或遇到危险，尽管找我们好了，我们决不收你一分钱。多次碰钉之后，这位老板服了，掏出了心里话，动情地说：我在海外走南闯北，什么事都靠钱铺路，唯独在自己的祖国，不掏腰包也能办成事。

有一段时间，在龙岩市一些市场查出不卫生熟食菌类超标的作料注水肉，后勤处很快拿出方案：所有驻市部队全部实行定点采购。根据就近保障的原则，由业务部门和伙食单位一起对所定的供应点进行卫生质量资质鉴定，合格后方可产生供给关系。凡不在指定采购点购买的，财务部门不核销，从源头上杜绝了不合格食品进入部队。支队还实行每周巡诊制，对病号实行及时发现及时就诊，加强传染病预防和报告，切断传播途径。卫生队成立两个巡诊组下基层进行巡诊指导，为基层中队搞好灭菌和消毒工作，阻断病源。

科学发展观，对于武警龙岩支队党委来说，才刚刚起步就尝到了一些甜头，但他们坚信这条路正在他们脚下延伸、拓展。

（原载《中国武警》2004 年 6 月）

提速警营文化建设

　　近年来，随着人民生活水平的逐渐提高和对精神文化生活的不断需求，带动了我国文化产业市场的蓬勃发展。精神文化产品的丰富多彩如万花筒般令人目不暇接，给警营文化注入生机和活力的同时，也直接影响和冲击着官兵的精神生活。如何建设好警营文化阵地，提速"警营文化"，是当前值得关注的问题。武警福建总队在加强基层文化建设方面的一些有益尝试，供大家学习和借鉴。

203

　　当前，随着持续稳定的经济增长和不断扩大的对外开放，福建省文化产业已超过万家。各类文化艺术经营包括电影、音像制品的销售业；歌厅、舞厅、卡拉 OK、电子游艺销售业；美术作品经营；专业、民间职业剧团、时装表演、各类民间团队演出；各类文化艺术有偿培训等。精神文化产品的生产和多姿多彩的文化现象如万花筒般令人目不暇接，直接影响和冲击着官兵的精神文化生活。笔者对福建沿海地区部队的文化建设进行了调查，对做好当前基层文化工作，建设好警营文化阵地，进行了认真思考。

繁荣的"大市场"与封闭的"小天地"

　　沿海地区在经济快速发展的背景下，文化高度繁荣，特别是文化市场蓬勃发展。

目不暇接、色彩斑斓的影视节目和五光十色、方兴未艾的书刊市场极大地丰富了官兵的精神视野。各类故事片、科教片、进口译制片轮番上映，特别在沿海城市，影视宣传铺天盖地，令人眼花缭乱。有一个中队所在地区，就有几十种注册的书刊、报纸、音像制品。"休闲文化"高速发展，遍地开花，分布更为密集。有的县市中队营门对着歌厅，官兵深夜都能清晰地听到四周娱乐场所发出的喧嚣。

不可否认，潮起云涌的文化大市场给警营文化注入了生机和活力。

第一，缩短了时间差距，开阔了官兵的文化视野。官兵通过电影、电视、报刊等媒体可以迅速了解到国内、国际的大事，欣赏到当天的重大文艺演出、体育盛况等。有些还通过直接参与政府部门组织的文化活动亲身体验，一定程度地缓解了由于内部人员少，文化活动不热闹、不新鲜、不上档次的矛盾。

第二，为官兵提供了大量的精神产品，缓解了官兵的文化饥渴。许多基层部队以和周边单位共建精神文明的形式，进行文化交流，大大地拓展了警营文化的天地。过去关起门来"击鼓传花"、"瞎子摸象"等老一套形式得到了根本改变。特别是许多政府、共建单位给部队送书送报，送精神食粮，办"流动书屋"、"电子图书"，为警营文化的丰富和发展提供了有利的条件。

第三，丰富了官兵的知识，陶冶了官兵的情操。官兵在参与文化活动过程中，受到了启迪和教育。如许多单位经常组织开展的读书演讲、影视评论、电脑操作等，就是寓教于乐的好形式。有些中队还把身边发生的好人好事、先进事迹邀请专业人员编写成文艺节目，官兵自唱自演，既丰富了业余生活，又学到了新鲜的知识。

第四，部队文化工作中缺骨干、缺人才的状况初步得到改善。中队请专业老师上课辅导，在这一地区是很普通的事。部队可以充分利用共建共育的优势，引进人才，帮助开展文化工作，一定范围内解决没人懂，开展不起来的矛盾。

繁荣的市场文化丰富了官兵视野的同时，也使警营文化面临着严峻的挑战。我们对 2000 名官兵进行了问卷调查，发现了一些值得注意的现象：一是追求娱乐。官兵在文化选择中喜爱那些趣味性强、政治色彩不浓的内容。他们更趋向于那些娱乐性强、赏心悦目、好玩开心的活动。如有的战士对流行歌曲很钟情，无人教也会唱，但对部队提倡的有教育意义的歌却是被动接受，很难进入他们的业余生活领域。二是喜爱消闲。部队训练执勤的强度大，容易产生疲劳。官兵渴望在轻松、欢悦的活动中得以消遣，期望从自娱自乐活动中休息放松。据对 2000 名战士的调查，在影视欣赏中，喜欢警匪片的占 52.4%，喜欢喜剧片的占 38.5%，喜欢武侠片的占 36.2%，官兵更期望制造轻松的环境，在自娱自乐中休闲。三是向往自主。部队组织开展活动都带有指令性，加上一些单位的文化活动过于单调，强调集中，缺少吸引力，一些战士更向往自由、宽松、欢快和无拘无束的文化活动，虽然部队的传统文化项目仍具有一定的优势，但也打破了一统警营的状况。

市场文化浓厚的商品气息对警营文化产生了负面影响。在读书活动中，有的官兵从一些报刊中捕捉刺激感官的描写，搜寻宫廷秘史、明星轶闻，而对部队推荐的书缺乏阅读兴趣。青年官兵长期沉溺于"快餐文化"，只能解决一时的饥渴问题，最终导致出现文化素养"贫血"现象。

官兵日益增强的文化需求与现实之间的矛盾

从当前基层部队开展文化活动的情况来看，远远不能满足官兵日益增长的精神文化需求。官兵们的文化渴求得不到满足，外界文化市场对警营就产生了更为强烈的吸引力，致使一些中队"封闭式管理"封不住、管不住，出现了战士不请假外出，私自到文化娱乐场所消费等问题，影响了部队的正规化建设。在调查中，100％的官兵希望部队多开展有益身心健康的文化活动。从现状来看，沿海发达地区部队营区建设较为规范。有充足的场地，俱乐部健全，各种文体器材齐全。可以说，经济发达地区部队开展活动的硬件设施较为完备，不应该成为文化活动的障碍。那么，到底根源在哪里呢？

少数干部责任心不强。对文化工作，部队中普遍存在"说起来重要，做起来次要，忙起来不要"的现象，这种现象实际反映了一些同志对文化工作观念上的偏差。有的认为文化工作不是中心工作，部队不评比，进步不挂钩，先进没有这一条，费神费力又不出成绩，不如把精力投放在训练、生产上。训练上去了，考核拿了名次，领导看在眼里记在心上。菜地搞好了中队有收入。因此，课余时间出小操，业余时间搞劳动，从周一至周日，根本没有文化工作的立足之地；有的认为文化工作不利封闭式管理。整日让战士又唱又跳，与外界接触多了，容易出问题等等。因而，对文化工作持消极态度，基本不组织、不开展；我们检查中发现，有一中队周表有文化活动内容，但连续八周都是"包饺子"。

骨干缺乏，组织不得力。开展文化活动缺少骨干，这在基层中队是个普遍现象。首先，基层干部不懂不会，不少人缺乏热情。我们对100名基层干部进行了问卷调查，会识简谱的人19人，会当篮球裁判员的21人，而对文化活动知识一窍不通的却高达50％以上。基层干部"不懂不会"成了文化工作开展难的主因。福州市五中队是文化工作的先进典型，中队战士表演的舞蹈《我是一个兵》曾获解放军"战士文艺奖"优秀表演奖，武警部队首届"武警文艺奖"一等奖，中队的"威风锣鼓队"在驻地也小有名气，就是因为中队4个干部全是"门内汉"。干部自己懂，也热爱，组织起来得心应手，中队全面建设也年年被评为先进。其次，骨干使用不当，保留不好。有些战士入伍前，就是学校或单位的文体骨干，到部队后，很想一展身手，可干部不热心，没有给他们提供施展才华的舞台，甚至让他"改行"干别的。有的单位，当需要时是骨干，不需要时靠边站，文化骨干的成绩没有和荣誉进步挂钩，严重挫伤了他们的积极性。另外，每年退伍时，中队想到的是如何保留军事骨干，却没有考虑文化骨干的保留。

开拓创新的战略思维

新形势下，做好警营文化这篇大文章，使之更好地为部队思想政治工作服务，为精神文明建设服务，对于推进部队全面建设具有十分重要的意义。

要摆正文化工作的位置。做好文化工作，就要解决认识不到位的问题，克服轻视文化工作的思想，确实把文化工作摆到应有的位置上来。

各级领导要把文化工作纳入党委支部的议事日程，纳入基层全面建设的轨道，真正做到文化工作有计划、有目标、有检查、有讲评。要把开展文化工作的好坏列入"双争"评比的内容，优则奖，劣则罚，这样，才能从根本上纠正轻视文化工作的错误观念。福州支队二大队抓文化工作坚持每月对全面工作进行一次考核评比，优胜单位发"文化工作流动红旗"。这个制度的坚持落实为大队工作带来了丰硕的成果：官兵们思想稳定，有战斗力，完成任务出色。三个中队中，一个是标兵中队，两个是先进中队；各中队都有自己的特色内容，有吉他队（35人以上），有合唱队（50人以上），有威风锣鼓队（60人以上）；他们的节目甚至在全国的大赛上都获了奖。

要加大宣传教育的力度，使各级领导真正更新观念，认清文化工作在部队全面建设中的整体效应，是基层建设的有机部分；从干部战士的迫切需求上，认识到基层文化是官兵不可缺少的精神食粮；从文化工作的特有功能上，认识到它是精神文明建设的重要内容。要明确各级职责，形成抓工作的合力。各级领导特别是政工领导，要从加强部队思想政治建设出发，像重视物质生活一样重视官兵的精神文化生活的改善，像抓政治教育计划落实一样抓部队文化活动的落实，亲自过问基层官兵活动情况，及时研究解决开展活动的困难。要对文化工作进行认真的计划和决策，把握部队文化工作的正确方向，因势利导、因地制宜开展工作。要把文化工作是否落实、官兵精神文化生活是否改善作为本单位政工主官抓思想政治工作的一条标准进行考核；政治部门要防止唱"独角戏"，要积极主动协调各部门之间的关系，争取他们的关心和支持，形成司政后齐抓共管的合力；干部要以身作则，与官兵同乐。

建设一支高素质的骨干队伍。这是解决基层文化工作薄弱的重要环节。根据当前的现状，要用"两条腿走路"，一是抓部队中骨干的发掘、培训。各单位应采取多种形式，对骨干进行专业培训，特别是对基层干部，要采取以会代训的方式，学习文化工作基本常识；二是指挥学校文化工作课要落到实处。这是解决骨干缺乏的最有效最直接的途径，学校教员、教学内容、时间都相对集中，有极大的优势。实践证明，干部学到一技之长，必能带动基层文化工作上台阶。

对当前基层干部中存在的"不懂不会"的问题，我们也做过一些有益的尝试。去年年初，我们在经过大量的调查研究的基础上，制订出了《基层部队双休日文化活动实施细则》（以下简称《细则》），并印成小册子下发到全省武警部队。《细则》对文化工作的地位和作用，各级的职责及基层部队文化内容进行了详细的阐述，特别对"文艺活动、体育活动、读书活动、歌咏活动、棋牌、书画、游艺等活动"几个方面，用表格的形式将每一季度中队、大队、支队各级应组织的活动内容及方法列举出来，指导性强、操作方便。既可以督促基层单位必须按内容抓落实，有了硬指标，也能使"不懂不会"的干部"照猫画虎"慢慢学会组织基层文化工作。去年底，我们对《细则》的实施情况进行了跟踪调查，干部普遍反映很实用，战士们反映自从有了《细则》，文体活动的内容较丰富了，活动也经常了。

　　要把文化工作与部队建设紧紧捆在一起。文化工作要为部队建设服务，离开部队建设实际，去搞纯文化的东西，这是行不通的。文化的影响是一个长期积淀的过程，积累越丰厚，对社会的作用也就越明确。中华民族五千年的文化传统养育了炎黄子孙勤劳、简朴、百折不挠的优秀品质，就是最有力的明证。部队文化经过几十年的发展，已经逐步形成了自己的特色，它不仅揭示了文化工作特有的地位和作用，也证明了文化工作服务于各项建设以及文化工作与部队全面建设密不可分的道理。首先，警营文化必须立足警营，面向官兵，就是平常说的要有"警营特色"。离开警营火热的生活，警营文化就是空中楼阁。官兵在训练、执勤、完成各项任务的过程中，创造了许多可歌可泣的业绩，这就是警营文化生长的肥沃土壤，是警营文化不绝的源泉。而警营文化通过提炼和加工，用艺术的形式将一个又一个的动人故事反哺于官兵，就能起到教育部队、鼓舞士气、激励斗志的作用；其次，部队建设不能没有文化工作。从官兵对文化生活迫切渴望的脸上，我们深深认识到了这点。那些长期忽视基层文化工作的单位，最终的结果总是表现为缺乏凝聚力，或者让人觉得暮气沉沉，没有战斗力，或者各种不健康的东西乘虚而入，侵蚀官兵的思想机体。警营文化具有鲜明的思想性、战斗性，是大众文化与警营文化特点的有机统一，它在部队建设中所起的作用是不可替代的。从《上甘岭》上"我的祖国"到老山前线的"战地课抄"，部队文化随着我军的不断发展壮大而丰富，养育了一代又一代的忠诚卫士。在新形势下，部队建设更加需要优秀的精神文化食粮。事实证明，文化工作开展得好的地方，官兵综合素质相对较高，促进部队建设不断上台阶。

（原载《中国武警》2006 年 4 月）

"三互"在执勤处突中"亮剑"

　　武警各直属支队常年担负着各类重大临时勤务，有人在押解途中许愿给现金，只为打个电话，有人答应给战士安排工作；只需传个字条，有的许诺给房给车；只为"行个方便"，查封财产时未经清点的钞票就在伸手可及的地方；但未有人动心……在形形色色的诱惑面前，没有一个人被糖衣炮弹击中。

　　事例一：

　　2008年1月的一天。"你帮我传张字条，收到字条的人会当场给你10万元，退伍了再给你安排一份好工作。"四中队战士李成被抽调到专案组执勤第五天，被关押的经济犯罪嫌疑人拍着胸脯向李成保证。小李来自农村，几年前家里遭灾后欠下数万元的债务。这10万元对小李来说诱惑太大了。但他明白，这是武警战士绝不允许做的！他没有答应嫌疑人。此前也听说过此类的事情，但没想到事情这么快就发生在自己身上。可下哨后，小李一言不发，回到自己宿舍，晚饭也只扒了两口，就匆匆离开了饭桌，独自一人在操场上行走。小李的变化，被细心的领班员曹守杰觉察。小曹猜想，小李上哨没几天，会不会遇到"老问题"：嫌疑人向新上岗的战士发动糖衣炮弹攻击。于是便与小李一起拉起了家常，很快证实了自己的判断。随后向小组长张红玉作了汇报。经验丰富的张红玉感到事态严重，一旦在这方面出问题，后果难以想象。只有筑牢新战士思想上的"防火墙"，才能抗住各种诱惑。

正好，下午中队官兵到支队参观警史馆，张红玉特意安排3人组成一个参观小组，一边交流执勤心得，一边从反映支队官兵拒腐防变的画面上，谈武警官兵拒腐防变的极端重要性，参观还没结束，小李已是惭愧得低下了头，红着脸向张红玉和盘托出了看押对象企图拉拢腐蚀的事。见时机已到，张红玉严厉批评道："今天犯人找你没办成，明天还会找别人，如果我们意志不够坚定，被金钱利诱拉下水，就玷污了我们身上的军装，败坏了武警的形象。"小曹接过话茬："小李，你面对金钱的诱惑不动心，值得我们学习，但是处理问题上有些欠妥当，对这样的问题，应该坚决制止，并马上报告领班员。"李成深为自己的思想觉悟不高而感到愧疚，和小组长张红玉一起向上级做了汇报。

经上级通报，这才知道专案组对该嫌疑人的审理工作正陷入僵局。为了达到目的，该嫌疑人想与外界串供，于是就打起了刚来执勤小李的主意。在得知这个重大信息后，专案组喜出望外，决定将计就计，让小李假装"上钩"。为了不让对方起疑心，小李经一番讨价还价将"好处费"提高到了20万，犯罪嫌疑人信以为真，放心地用小李提供的纸和笔写下了串供翻供的字条……

为此，专案组按犯罪嫌疑人提供的联系方法，终于抓获在"暗处"另一个重要人物，为专案查处工作打开了关键的突破口。

事例二：

这是刚刚发生不久的故事。春节期间，一场罕见的冰冻雨雪天气袭击了我国中南部地区。航空运输告急、公路运输告急、铁路运输告急！福州火车站每天滞留旅客达8万多人。担任福州火车站春运执勤的直属支队官兵巡逻在人流中，出站口、售票大厅处处是身着橄榄绿服的身影。

在这样一个特殊背景下执勤，每一位官兵感到一份沉甸甸的责任。"危险就在身边，诱惑就在身边，同志们一定要提高警惕，确保万无一失。"这是支队领导到火车站视察时，常常留给官兵们的一句话。担任售票厅巡逻哨的二中队士官陈竹青下哨后，和"三互"小组成员到广场开展义务助民服务。突然发现不远处一个票贩头目将手中面值百元的火车票，以500元的价格正和满脸无奈的旅客交易。"票贩子心就是黑！"小陈暗暗骂道，边骂边悄悄向票贩子位置靠去。突然，一个理着光头，身高一米八几的大汉闪在小陈眼前，塞给他一个厚实的信封："兄弟，放过这位兄弟，这里有8000元钱，先拿着花，日后再谢。"没等陈竹青反应过来，便消失在熙熙攘攘的人群中。与此同时，票贩子也不见了踪影。一切只在数秒之间，谁也没有注意到刚刚发生的事，摸着裤兜里鼓鼓的钞票，小陈内心发生着剧烈的思想斗争：有了这8000元钱，可以买电脑，还可以给弟弟送一台游戏机……可转念一想：如果拿了这8000元，不但自己违纪违法，更助长了不法分子的气焰，前几天召开执勤安全形势分析会时，铁路公安还正为找不到票贩子的确凿证据而发愁……

这事该如何处理？小陈的思想在斗争。刚刚看到他想抓票贩子，怎么一下就"愣"了。同组的小组长吕海飞发现了小陈不自然的神情，这里面一定有什么"情况"，便马上赶来与小陈谈，还没等两人说完，陈竹青说："'三互'小组成员就是肚子里的'蛔虫'，什么都知道。我都准备好了，马上就去把赃款上交了！""陈班长，你的思想觉悟真高，说不定我们还能为协助铁路公安破获贩票团伙案件立一大功呢。"小组长表扬了陈竹青。三人立即回到队部上交了赃款，并配合铁路公安一举捣毁一个贩票团伙。

笔者感言：武警部队担任各类重大勤务任务，风险很大，担子很重。把"三互"活动渗透到官兵学习、工作、管理和日常生活的方方面面，大到理想信念世界观，小到点滴的作风养成，贯穿于一日生活、工作的全过程。小组成员间思想上常交流，通过倾心交谈相互解决困惑；工作中常提醒，任务中发现疏漏及时指出；生活作风常点拨，有悖条令条例的行为及时批评纠正，才能确保官兵在特殊勤务中站住脚跟，把准方向，才能确保执勤官兵"常在河边走，就是不湿鞋"。

"三互"小组在执勤和处置突发性事件中，发挥举足轻重的作用。在特殊情况下，没有口头语言的表达，一个眼神、一个手势和一个动作，都代表着"三互"活动的力量，成为影响任务完成的重要因素。

事例三：

这是 2006 年盛夏的一天，骄阳似火。中科院福建物质结构研究所某科研单位，在实验中因操作失误引发化学毒气泄漏，事故现场弥漫着刺鼻的气味，附近已经有几十名群众中毒昏迷，树木全部枯萎发黄，情况万分危急。

直属支队工化分队受领了堵漏次生灾害的任务。两分钟内紧急出动，火速赶到现场。封控组、侦察组、洗消组，各就各位，一个战斗小组又是一个"三互"小组，封控、救援、侦察有条不紊地进行。按排险方案，洗消员王小军、钟召清、李峰穿着防化服将两箱工业氨水抬到化学反应塔边上。在高压的作用下，光气"滋滋"怪叫着喷涌而出，溅得他们满身都是。

"让我上吧，快退伍了，执行任务也就这一次了！"钟召清同小组长王小军说着，一个人要登上反应塔，"不行！小钟，你的愿望是好的，但是我们执行的是特殊任务，需要团结协作才能完成,你要顾全大局。"王小军清醒地知道这种时候,无论是决策上的失误、时间的延误和操作中的过错,都将造成不可估量的损失。说完,便命令组员李峰一起登上反应塔,三人齐心协力将第一瓶氨水灌入了泄漏孔。此时,地面温度高达 40 摄氏度,防护服里像蒸笼一样,三名队员不同程度地出现了皮肤过敏和缺氧反应。由于天气炎热,汗水模糊了防护镜,三名队员只能摸索着将工业氨水从直径 5 厘米大的泄漏孔灌入化学反应塔,整个过程中,一旦有一丝差错,就会带来意想不到的严重后果。小组长王小军透过防毒面具的防护镜,向小钟和李峰递去鼓励的眼神,相互间频繁使用手语交流,不停地相互鼓励,两个小时过去了,终于灌完了 48 瓶氨水,并用浸泡氨水的棉被堵住了泄漏孔,险情得以排除,排险队员安然无恙。

214　　　　笔者感言:"三互"活动借鉴我军战斗小组人员编成的形式,从便于活动开展的实际需要出发,贴近任务实际,把一个侦察组、一个突击组、一个排爆组、一个洗消组、一个巡逻组等编成一个"三互"小组,并根据人员变动、任务转换等实际情况,适时进行调整。由于"三互"小组的编成具有灵活、简便、易行和互补性强等特点,充分显示其便于互相学习交流,便于随时随地开展活动,便于在执行任务中发挥作用。

　　战士制止干部的不当行动,是直属支队开展"三互"活动的一个重大收获。以往都是"我说你听、我讲你通、我管你服",反而带来了一些对立、逆反和抵触情绪。自支队把"三互"活动运用到执勤处突行动中以后,战士们根据自己的想法,在执勤处突中大胆谏言,不仅消除了任务中的不安全因素,提高了指挥员组织指挥的准确率,更加激发了战士开动脑筋,学习钻研高科技知识的热情,确保了各项任务的圆满完成。

事例四：

这是发生在 2006 年 8 月一天的子夜，直属支队营区周围，静得连针掉下去的声音都听得见。"嘟、嘟、嘟……"突然，一阵紧促的电话铃声在支队作战值班室响起。"某地网吧发现疑似炸弹，公安部门要求，支队派出专业排爆手协助排除。"值班的总队领导向支队下达了命令。案情就是命令！不到 20 分钟，支队长邹自国带领排爆分队风驰电掣般地驶向 100 公里外的案发地。排爆分队赶到现场时，公安民警已经疏散了周围的群众，在周围拉起了警戒线，现场指挥的公安部门负责人介绍：网吧内放有数捆炸药，犯罪嫌疑人可能安装定时爆炸装置。

网吧地处闹市中心，如果网吧发生爆炸，后果不堪设想。此时只要拖延一分钟，人民群众就多一分危险。时间一分一秒过去，邹支队长迅速按照预定方案将人员布控到位。只见中队长黄小东穿上排爆服与两名士兵排爆手进入作业区。20 分钟后，发现网吧一隐蔽处放有 3 个疑似爆炸物，在进行了仔细的勘察后，黄队长决定用爆炸物销毁器对疑似爆炸物进行现场销毁。而一同进入作业区的上等兵、排爆手小裴当场表示了反对意见："队长，现在引爆炸弹的冲击波可能会导致另外两个爆炸物自爆而且我们尚不知疑似爆炸物内是否含有生化原料。所以不能盲目用销毁器销毁，待查明爆炸物性质后再行作业。"组员梁绍希也紧跟着说："队长，我觉得小裴说得对，这种情况下应该将 3 个疑似爆炸物分开转移到开阔地后销毁。"黄队长多次担任过排爆任务，在部队素有排爆专家的美誉。而两位组员都是第一次担任这样的任务，是坚持自己的意见还是采纳两人的意见？在短暂的思考中，他认为两位组员分析得有道理，于是果断采纳了建议，与两名组员讨论了详细的销毁方案。并用爆炸物探测仪对 3 个疑似爆炸物再次进行了精密细致的勘察后将其转移。一小时后，3 名排爆手将 3 个疑似爆炸物成功销毁。

笔者感言：开展好"三互"活动，平等是前提，互动是关键，共进是目的。只有始终坚持"平等、互动、共进"的原则，才能使"三互"活动具有广泛的群众基础，在"三互"活动中每个成员都是平等的，针对一些干部骨干放不下架子、新兵放不开手脚的问题，要正确引导官兵转换角色，始终以普通一员的身份自觉参与，在小组内无论是组长还是组员，干部还是战士，老兵还是新兵，都能虚心接受别人的批评帮助，创造了平等、和谐的环境，激发了官兵在执勤处突开展"三互"活动的责任感。

近年来，这个支队配合公安部门执行重大缉毒任务就达 10 多次，抓获制、贩毒骨干分子 60 多人。在这些成功的案例当中，战斗小组多是以三到五人为一组，战斗小组又多是"三互"小组成员，隶属上的领导关系和"三互"活动中的平等关系，在战斗中形成了一种默契，催生出强大的战斗力。

事例五：

涉嫌生产和贩卖高纯度冰毒 14 吨、涉案金额 55 亿美金的中国头号毒枭，公安部悬赏 20 万元缉捕的 A 级通缉犯刘招华，逃亡 9 年之后，没想到栽到了特勤大队官兵的手里。

让我们把镜头回放到 2005 年 4 月的一天：这天傍晚，官兵接到抓捕刘招华的任务，行动定在凌晨 4 时，代号是"啄木行动"。根据安排，各战斗小组在出发前形成了新的"三互"小组，连夜模拟抓捕训练。在战前模拟训练中，指导员廖清奎发现一向动作干脆利落的战士张长南有些心不在焉，动作总是慢半拍，于是问："小张，关键的时刻怎么就打不起精神啦？""我认为临阵磨刀没什么意义，仅冲房训练就冲了十几趟了。"小张满不在乎地说道。小张的回答让他吃了一惊，但他没有责怪小张，而是让小张先站在一边"休息"，让其仔细观摩战术小组的突击动作。小张发现其他组都在一丝不苟地训练，而且都是干部骨干担任突击手。如果自己麻痹大意，动作不到位，就可能导致战术小组的配合上出现问题，不利于战斗的进行，甚至导致整个任务的失败。

小张满脸愧色地找到小组长廖清奎说："指导员，我错了，我请求参加战斗。"见小张"开了窍"，廖指导员因势利导："战前模拟训练，是完成任务的先决条件，分秒不差，天衣无缝地配合才能确保战斗的胜利，才能确保自身和战友的安全。"这次战斗，小张自告奋勇加入一号突击手的位置。

天色漆黑一片。在焦急的等待中，于凌晨2时，部队悄悄向刘招华的住地进发。确定位置后，指挥员一声令下，突击队员迅速出击，刘招华的保镖李华、郭锐荣听到响声，还没来得及缓过神来，就被官兵乌黑的枪口顶住了脑门，指导员廖清奎一个漂亮的摔擒动作，将身高一米八的嫌疑人摔倒在地，小张随即扑在刘招华身上，迅速反铐了双手，就这样，臭名昭著的犯罪嫌疑人刘招华栽倒在直属支队官兵的手中。

笔者感言：机动部队担负的任务特殊，通常形成几个战斗小组联合作战。在战斗中，需要很强的战术配合、技能互补，甚至"心灵感应"。而要达到这种状态，就需要把"三互"小组编入日常战斗训练中，通过长期的思想和技术的相互融合，才能在战斗中心领神会，从而取得胜利。

（原载《中国武警》2000年8月）

公正廉洁得兵心

三年来，武警南平支队党委一班人坚持狠抓廉政建设树形象，艰苦奋斗求发展，部队建设有较大变化。党委常委中有 4 人先后荣立三等功，其中军政主官双双立功；1998 年底支队荣立集体三等功；去年 7 月，支队又被评为全国武警部队"党风廉政建设先进单位"。今年 3 月，武警总部副政委来南平支队检查工作时，表扬该支队："公正得兵心，廉洁出政绩！"

放下酒杯：打起背包下基层

三年前，武警南平支队落后到被总部确定为重点帮扶单位，其原因之一，就是闻名全国的武夷山风景区在南平辖区，支队领导被接待缠身，不能集中精力抓工作。个别同志甚至错误地认为："酒瓶出水平，接待出政绩。"这样一来，支队陷入了"家底空，形象差，下面怨，上面批"的难堪局面。

1997 年底，支队新一届班子上任了，党委书记、政委巫文通下决心改变支队的落后状态。支队党委制订了《制止超标准接待的几条具体规定》。从此，上级来人一律吃工作餐、迎送时加两个菜，成了支队的铁规矩。班子成员下基层，也严格执行这个规定。

南平支队的翻身仗，从酒瓶上开局后，1998 年支队接待费较往年下降一半。与此同时，党委一班人打起背包，深入基层狠抓工作。1998年，党委平均每人下基层190多天，比往年增加一倍。1999年3月，支队长黄共和、政委巫文通带领工作组下基层，他们自带背包，吃在中队，睡在班排，与基层官兵心贴心谈心里话，面对面谈存在问题，掌握了部队的真实情况。工作组白天工作，晚上赶路，历时26天，行程1400公里，给基层中队提出整改意见600多条，为基层办实事82件。

廉洁自律：向我看齐大步走

武警南平支队党委认为：党委的权威，来自公正和廉政！

1999年初，南平支队党委响亮地提出：廉政建设，要"从我做起，对我监督，向我看齐"！三年来，支队党委一班人正是用这"三我"来实践自我价值和感召部队。

在处理"热点"、"敏感"问题上，党委坚持原则，不徇私情。支队长黄和共的一位老乡已经34岁了，仍然还是正连级，几次找黄支队长要求"动一动"。黄支队长耐心地教育他正确对待升迁问题，要靠工作成绩，靠德才取得提拔。三年来，支队提拔了85名干部，都是广泛征求了大队、中队党组织意见后，公开公正公平进行的。

支队党委在自身建设上坚持从细小方面做起，从点滴树立形象。5名两地分居的领导，同机关干部一样住单身宿舍，与警通中队一起吃食堂，从不开"小灶"。去年8月，支队长爱人来队探亲，炊事班得知大嫂身子弱，把警通中队养的鸭子宰了一只，结果受到支队长批评。1998年春节，政委爱人、女儿来队过年。得知政委家人到部队过年的当地老乡、老战友纷纷打电话请政委家人一起过年，有的还在酒店订了年饭，都被政委一一婉言谢绝了。整个春节8天假日，政委一家人都与战士们一起就餐。

在关系到支队建设和官兵切身利益问题上，支队党委一班人坚持做到吃请不去，请吃不到，红包不收。去年暑假，党委副书记、支队长黄共和儿子老师一行三人去武夷山旅游，经过支队，想请支队长派车陪同他们，黄支队长热情中道明"惯例"，将他们送到火车站后便返回了支队。去年10月，政委的一位老班长从江西来，也去武夷山，要政委替他准备一辆车子。虽在情理上老班长的面子不好不给，但政委还是与老班长说明规定，没在部队派车。有人说政委过于认真，战友、同学很多，班长却只有一个，这面子不该不给。但政委说："我是一班之长，假如我的这件事破了例，明天类似的事就可能有十件、百件。我不能带这个头。"

去年，征得上级同意，教导队营房重新改建。驻地一些建筑工头闻讯后，纷纷找上支队领导，要求承包工程。支队党委感到修建教导队营房是百年大计，一定要保证质量，于是明确规定：实行公开招标，领导的熟人一律不得参加招标。除支队党委常委外，还吸收纪委、财务、教导队和基层中队的代表参加招标工作，加强监督。一些包工头背后给支队领导暗示"回扣"，有的还送上红包，都被一一拒绝了。

（原载《福建支部生活》2008年8月）

"文化大篷车""出炉"记

　　"我们俩今天走上场，说说咱支队的新变化……"5月的一天，笔者刚踏进武警福建总队直属支队战坂训练场，便听到这段山东快书。只见身着迷彩服的官兵们围坐一起，两名战士正在绘声绘色地表演，把这支英雄部队的成长和壮大说得生动感人，官兵们不时为之鼓掌。笔者了解到：这两名战士是演出队的成员，曲儿和调子都是他们从家乡带到部队来的，唱词则是结合身边人身边事创作的。而这支队伍又被官兵亲切地称为"文化大篷车"。说起"文化大篷车"，还有一段来历呢，从支队政委邱善添的几句感言里，多少让我们明白事情的来龙去脉。

　　感言一："要是在训练间隙开展文化活动，铺就操场上拴心留人的'精神绿洲'，官兵的训练积极性就一定能调动起来。"

　　2008年2月上旬，支队接受了外宾内卫部队的观摩活动，由于时间紧，加之近期部队各项任务多，连续几天的强度训练，官兵们的训练热情显得十分低落。见此情景，政委邱善添刚想批评组织训练的干部，忽听一名老士官嚷道："天天就这样练着，都练疲了。"不经意间的一句牢骚话，让邱政委话到嘴边给打住了，他陷入沉思：支队是全训单位，在操场上的时间占了大半，中队业余生活并不丰富，虽然在福州市，但地处山脚，环境相对封闭，每天在一个场地训练，官兵难免会滋生厌烦心理。

"要是在训练间隙开展文化活动，铺就操场上拴心留人的'精神绿洲'，官兵的训练积极性就一定能调动起来。"在议训会上，邱政委表明了自己的想法，得到常委们的一致赞同。会后，他专门和政治处的同志一起就"如何开展训练场中文化活动"进行了探讨，从大家的踊跃发言中，渐渐找到解决问题的办法，一致认为，必须建立一个具有机动部队特色的业余演出队。遇有集中训练时，把笑声带进训练场，调动官兵的训练积极性，让枯燥的训练场充满激情和快乐。

感言二："把业余演出队队伍相对集中地放在一个中队，其他单位也必须有若干个保留节目，质量好的，一块演！"

在支队组建这么个业余演出队是新鲜事，对如何组织队伍，发挥其作用，大家心里没底，想法不一。在征求意见会上，大家打开了话匣子，有的说：六中队是军乐队，自身文化艺术基础条件好，把这支部队放在这里就行了。六中队是总队唯一担负军乐演出任务的中队，每年新训结束，支队都让有文艺特长的战士分到这个中队。省歌舞剧院是中队的共建单位，每周都有老师来上军乐课，官兵有一半时间与艺术打交道。因此，大家都认为，业余演出队放在六中队是天时地利，再合适不过。

就在大家认为这是"尘埃落定"的意见时，一名教导员持反对意见：组织业余演出队要考虑拉动部队文化建设，让大家都来参与，这样不仅减轻六中队人员力量不足的问题，还推动了全部队的文艺活动开展。此话一出，在会上掀起了不小的波澜，引起了多数干部的共鸣。组织会议的支队邱善添政委综合了大家意见，最后一锤定音："把业余演出队队伍相对集中放在一个中队，其他单位也必须有若干个保留节目，质量好的，一块演！"

感言三："我们要根据部队特点创作作品，节目土点没关系，只要健康向上，大家爱看就行。"

组队方向明确，关键还得看节目能否出质量，让官兵欢迎。因此，节目质量怎么定位，是一个重要关节点。于是，支队政治处决定征求基层中队官兵的意见。中队官兵表现出了极大的兴趣，有的认为，文艺就是要有点艺术味道，否则就没什么看头。有的感到，中队平时担负的任务很重，根本就没有什么时间开展文艺活动，甚至提出不要组建业余演出队。大多数同志则认为，那些"阳春白雪"的节目，艺术味浓，战士们不一定喜欢，而那些离战士生活近、"土得掉渣"的节目，却能逗战士乐。节目质量应找其"结合点"。

战士的"胃口"决定节目的导向。邱政委在听完政治处的汇报后，语重心长地说：组建业余演出队说到底最终目的就是为基层服务，脱离了兵味，战士就不爱看，组建业余演出队也就失去了应有的意义。

节目质量"位置"找对后，政治处着手根据战士所需和部队的实际，开始筹备节目，下发了《关于开展基层文艺调演》通知，要求每个中队必须有两至三个保留节目，一个月后在六中队会演。会演结束后，一位省歌舞剧院的老艺术家评价：节目都不错，就是艺术味少了点，好好挖掘修改，能够演出一台有艺术味的"兵戏"。送走评委后，邱政委对宣传股长说："我们要根据部队特点创作作品，节目土点没关系，只要健康向上，大家爱看就行。"

感言四："业余演出队走进了训练场，想不到官兵把训练当成了一件快乐的事。"

作品来源是业余演出队的生存之本。在实践中，大家渐渐找到了"生存"的"门道"。首先解决作品资源问题。政治处专门设立"文艺专栏"网页，由宣传股提供各种文艺作品资料和各种比赛晚会的录像，在网上，鼠标轻轻一点就可以找到各类作品。其次成立创作组，培养创作员。以网上的作品为"模板"，结合身边发生的人和事进行改造作品，这样不仅省时省力，又不容易偏离政治宣传导向。同时收集好人好事和部队倾向性和普遍性的问题，编成富有启发教育意义的小品或相声。最后，发挥共建单位和友邻单位的优势，请他们帮助编排和导演，解决有人"导"的问题。几个措施的出台，让演出队"站住了脚，扎稳了根"。节目搬上训练场后，大受官兵欢迎。

一位战士因为想家，训练场上闹情绪。创作员很快构想了这样的画面：一名战士由于训练不用功，中队接受处突任务后，考虑他军事素质差没有安排其参加执勤。执勤结束后，好几位战士立了功，戴了大红花。就在这时女友来队探望，看到荣誉栏里没有这位战士的名字，便问起了缘由。当得知内情后，女友向他下了最后通牒：下回看不到大红花就吹灯。作品便以这个故事线索为背景，创作出了小品《我要训练》，上演后，这位战士深受感染，惭愧地找到指导员下军令状：半年后，军事素质上不去，请求调离中队。

由于表演的节目贴近官兵的日常生活，大多是官兵们喜闻乐见的人和事，所以每次一出场，都让官兵们切身感受到"文化大餐"带来的不仅是精神陶冶和心灵上的净化，更能增强官兵的向心力和凝聚力。战士们亲切管这支队伍是"文化大篷车"。

听着训练场上官兵的笑声，看着荡漾在他们脸上的笑容，邱政委感慨地说："业余演出队走进了训练场，想不到官兵把训练当成了一件快乐的事。"

感言五："开展业余文艺演出活动，丰富了官兵文化生活，也拉动了部队全面建设。"

原本让文艺演出队活跃训练场、调节官兵的紧张情绪、提高官兵的训练积极性，可是随着文艺演出队作用的不断发挥以及部队官兵热情的投入，支队上下开展文艺活动的氛围空前活跃。如今，在基层中队，常看到几人围坐一起或对着《军营文化天地》《曲艺》杂志刊发的作品进行排练，或一起结合身边的人和事，研究创作思路，或边听边学，一招一式，有板有眼。自业余演出队组建来，共创作了20多个文艺节目，其中小合唱《班长》获《海峡之声》军歌征集大赛二等奖，歌词《告别警营》获武警文艺二等奖。他们多次深入训练场演出，歌声、笑声荡漾在雪峰山下，成为一道特殊的景观。

为了让文化活动开展不断线，这个支队每季度开展一次文艺小会演，每半年组织一次大会演。在会演中，支队长邹自国、政委邱善添带头上台表演节目，极大地鼓舞了全支队开展业余文艺活动的热情。

丰富多彩的文化活动，不仅陶冶了官兵情操，提高了官兵的艺术品位，也促进了部队的各项建设。今年来，支队有 5 个部队建设的经验做法被总队推广，5 人被上级和地方党委政府评为"抗冰救灾先进个人"，6 个单位被评为先进单位，先后 6 次圆满完成上级下达的各项执勤和处突任务。

（原载《警坛风云》2008 年 9 月）

"徐氏黑帮"覆灭记

5月17日凌晨，闽北警方与武警福建总队南平支队联合向闽北最大黑帮组织——徐氏兄弟犯罪团伙宣战。参战干警和武警官兵捣毁"徐氏黑帮"的巢穴，共抓获33名黑帮团伙成员，缴获砍刀9把、管制刀具13把、步枪弹15发、小口径子弹7发、机枪弹2发、自制手枪1支。"徐氏黑帮"以全军覆灭告终。

"徐氏黑帮"底细

"徐氏黑帮"的"掌门"——徐捷、徐凯兄弟，顺昌人，早些年，靠做木材生意发了一笔横财。发财后的徐家兄弟没把赚来的钱放在正道生意上，却将这笔钱花在培植自己的一方势力专做法律所不容的勾当。起初，只是扮演欺行霸市的恶霸角色，后来，渐渐向勒索、敲诈、贩毒、制造命案发展，成为一个地地道道危害社会秩序的一个"立体化"黑帮组织。

为了使培植的党羽对其"死心塌地"，原在劳改农场服过刑的徐捷出狱后，把培植对象瞄向在劳改农场服刑的顺昌籍罪犯。先是利用各种关系"照顾"好监狱中的罪犯，后对其家属子弟给予经济上的帮助。徐氏兄弟曾信誓旦旦地向服刑罪犯们表示：你们安心服刑，家里的事不必挂念，一切由我们兄弟安排。多数罪犯在服完刑回乡后，为谢其恩，主动投到徐氏麾下，心甘情愿为二徐"做事"。随着势力的一天天壮大，"徐氏黑帮"建立了一套严密的帮规：凡不遵守"帮规"的轻者断指，重者挑筋，渐渐成为一个训练有素的新型犯罪团伙。"老大"徐捷是"徐氏黑帮"罪犯的幕后操纵者（日前，在深圳被警方秘密抓获）。老二徐凯从小酷爱练武，在黑帮中扮演了"冲锋陷阵"的人物，在顺昌称徐氏兄弟为"通天人物"，"黑白"两道没有摆不平的。由于徐氏兄弟诡计多端，有关部门也曾多次查处，苦于没有足够的证据，徐氏兄弟暂得以逃脱法律的制裁。因此，徐氏兄弟更是肆无忌惮变本加厉欺压百姓。徐家兄弟曾指使手下与另一黑帮大打出手，致对方多人伤亡。该团伙在几年时间内，涉嫌酿成人命和多起绑架、勒索、贩毒、抢劫案，民愤极大。闽北警方将捣毁徐氏集团作为"打黑"第一仗。

零 点 出 击

这一仗终于来了！

4月16日傍晚，南平市公安局长兰立顺"单线"与武警支队支队长郑建法下达命令：明日零点向"徐氏黑帮"宣战。

受领任务后，武警支队长郑建法立即调兵遣将严阵以待。22时，郑支队长带领参战干部对"徐氏黑帮"的有关情况进行摸底，反复研究战斗方案。23时，20名官兵秘密奔赴顺昌县城。5月17日0时，郑支队长与南平市刑侦支队政委孙中亮、顺昌县公安局曾开明局长在距顺昌县城5公里外的农科所会合，成立了现场指挥中心，将参加行动的公安干警和武警官兵分成两个战斗分队，第一分队由郑支队长和市刑侦支队孙政委、县公安局曾局长率领45名公安干警和武警官兵对"徐氏黑帮掌门"徐捷家进行围捕。第二分队由一大队教导员何世萍带领8名官兵与公安干警对黑帮骨干徐凯、林建忠进行围捕。

"掌门夫人"落网

"黑帮掌门"徐捷家位于县城第二中学附近的一座城郊豪宅，也是"徐氏黑帮"团伙的主巢。五层楼的大宅周围是 3 米高的围墙，大门是极为牢固的铁栅，周围布满乱石草丛，为了掩人耳目，徐宅大门上挂上"××公司"牌匾，平时大多数黑帮分子住在这里，充当"掌门"的保镖。据说，徐捷与妻子康建君每次外出至少有五名身藏凶器的保镖随从。在此次打黑行动中，捣毁徐宅的任务最艰巨，危险性也最大，自然成为首要打击的目标。

24 时 30 分，大雨如注，行动小组冒着雨按照预定方案进入预定目标。战斗分队分为三个小组，一组为突击队，由 8 名官兵在郑支队长带领下与其他公安干警实施正面攻击；二组为掩护组，由管理股长张广华与 4 名战士配合突击队行动；三组由二中队长汤海保带领 6 名官兵实施外围布控。三组进入布控位置后，发现所在位置旁边是一条小山坳，该段围墙矮，距徐宅最近。为防不测，汤队长及时调整兵力部署，率先跳到 5 米高的山坳下，迅速进入位置等待战机。行动组一切准备就绪后，县公安局的一位干警假扮徐捷朋友打电话到徐家，说有东西捎给"掌门夫人"康建君。24 时 35 分，"掌门夫人"穿着睡衣出来开门，武警官兵与公安干警以迅雷不及掩耳之势将其抓获。与此同时，支队长郑建法与其他 6 名官兵借助梯子登上徐宅二楼，并立即命令汤队长带领第三组人员向楼内集结。参战官兵冲入徐宅后，大部分黑帮团伙已经进入梦乡，面对从天而降的公安干警和武警官兵个个惊得魂飞魄散，束手就擒。根据线索，官兵们又冲入地下室将 4 名黑帮成员抓获。首战告捷，"一号犯""掌门夫人"和 8 名黑帮成员落网，"徐氏黑帮"的主巢宣布"解体"。

生擒"副掌门"

第一战斗队激战正酣，担负围捕黑帮主要骨干——两名"副掌门"徐凯和林建忠的战斗也全面拉开。武警战士与公安干警一道悄悄来到药材公司宿舍徐凯家周围，并分成两个小组，一组在宿舍周围布控，另一组实施正面攻击。三中队战士沈宝元闪在一边敲打防盗门诱徐开门。屋里传来不耐烦的声音："这么晚了找谁啊？""查户口的。"一位干警回了一句，只听屋内一片骚乱，片刻又有人说："我们又没犯事，我有省里当官的岳父，怕他们干吗？继续玩，别理他们。"为了不打草惊蛇，参战官兵努力克制激动的情绪，继续敲打着防盗门。多次"受扰"后的徐凯终于不耐烦地出来开门。就在徐凯拧开门的一瞬间，说时迟那时快，两位武警战士猛然一脚踹开了徐凯打开的半边门冲进室内。见全副武装、威风凛凛的武警官兵，毫无准备的5名黑帮成员顿时脸色刷白，扔下手中的牌，乖乖被公安武警生擒。紧接着，武警战士随同公安干警悄然赶至距徐凯家数百米处的一座家属楼林建忠家。林宅在三楼，旁边就是县城主要街道，干警们用同样的方法诱林开门，当官兵冲入林宅时，林建忠还在浴室。自此，这次行动重点打击的三个目标全部落网。

地下室的罪证

据林建忠交代，"徐氏黑帮"还有一个重要窝点。距徐宅50米处，外号叫"鸭子"开的一家洗头房地下室藏有"徐氏黑帮"成员的各种犯罪凶器。行动小组立即把住在不远处的"鸭子"抓来后，让其带队扑入这家洗头店的地下室。地下室极为隐蔽，这里的环境令行动小组"开了眼界"：近千平方米的地下室，地上铺上鲜红的地毯，豪华的装饰显示出这里的"特殊"。在"鸭子"的引导下，我们开始向一间有铁栏杆的小房间搜查，可是任凭怎么样就是开不了。两名武警战士抬起脚猛端房间，只见里面有两名年轻人龟缩在一起惊慌失措，在房间暗房里共搜出马刀8把、手榴弹8发。行动小组断定还藏有手枪，在公安人员的追问之下，两名黑帮成员只好供出了手枪去向，参战官兵又奔赴林母家处搜出了自制手枪一把。

捣毁凶器窝点

第一组完成捣毁"徐氏黑帮"主巢后，按照线索，二中队长汤海保带领8名官兵同干警一起直捣另一巢点——县木筷厂。木筷场位于元坑乡漠武村，距县城15公里，周围没有人烟，孤零零地坐落在山坳间。由于天下暴雨，道路坑坑洼洼，车子行了20分钟才进入漠武村。木筷厂大门没上锁，参战的公安武警冒雨按照预定方案迅速将数间厂房控制起来。其中一间宿舍还有6人在打牌，汤队长与3名战士和公安干警率先冲进宿舍将他们制伏，发现此处还是"徐氏黑帮"藏凶器地点。这场战斗查获马刀6把、匕首21把、机枪弹2发等。

6时5分，东方鱼肚白升起，闽北"打黑第一仗"已告捷，捣毁"徐氏黑帮"的消息也传遍了闽北大地。

（原载《中国武警》2001年3月）

230

代号 "JDB033"

福建是民族英雄、世界禁毒先驱林则徐的故乡。两百多年来，八闽大地一直是没有毒品的一方净土。然而，近年来，少数不法分子受毒品巨大利润的诱惑，不惜铤而走险，妄想从这里打开毒品的"绿色通道"，成就他们的发财美梦。

邪不胜正，终遭灭亡。福建省公安厅禁毒总队和武警福建总队直属支队联合组成的缉毒"铁军"，就是贩毒分子的克星。2005年以来，国际大毒枭刘招华被成功抓捕，数个重大毒品走私团伙被摧垮，数以吨计毒品被焚毁⋯⋯

2008年5月9日，武警福建总队直属支队又一次与省公安厅禁毒总队联合行动，摧毁了一个特大跨国走私毒品团伙，成功抓获主要犯罪嫌疑人，收缴海洛因4千克，摇头丸5万粒。

锁 定 目 标

2006年9月，福建省公安厅禁毒总队得到情报：以陈某为首的一个跨国贩毒团伙悄然在沿海数省活动。毒品来源横跨数省，十分隐秘，会聚福建省某市后，直接销往日本。

然而，这个团伙到底有多少人，毒品来源在哪里，如何将毒品贩运境外，这些问题都有待确认。为了彻底铲除这个贩毒团伙，公安机关决定秘密侦察，组成精干人员潜入团伙内部。经过近两年严密侦察，这起特大跨国贩毒团伙的踪迹开始浮出水面。

2008年4月底，福建省公安厅禁毒总队得到了重要情报：这起特大跨国贩毒团伙"1号人物"陈某从国外返回福州，并多次潜往上海、广州、深圳等地寻购毒品，拟在5月初与外籍疑犯一起将毒品"出手"。毒贩的行踪迅速被我公安机关掌握，公安部将此案列为挂牌督办案件，省公安厅决定于5月9日实施收网行动，代号"JDB033"。接到上级公安机关的参战命令后，武警福建总队总队长、政委当即指示直属支队全力以赴协助抓捕战斗。

摆 兵 布 阵

5月8日下午3时，一阵滂沱大雨过后，福建省武警总队直属支队值班室响起了急促的电话铃声，省公安厅要求参战的直属支队领导到禁毒总队参加"JDB033"行动紧急会议。不到10分钟，邹支队长率唐副参谋长以最快速度赶到禁毒总队。禁毒总队领导通报案情后，随即对抓捕贩毒团伙行动计划展开认真研究。

由于这一案件是公安部督办案件，涉及抓捕境外人员，影响面大，处理不当，容易产生国际政治影响，公安机关的两年侦察工作就有可能前功尽弃。禁毒总队领导再三强调，对方如没有使用武器和凶器，没有遇到强烈反抗，我参战人员不能使用任何武器。

通过近两个小时缜密研究，指挥部决定于9日上午7时打响"JDB033"收网行动的战斗。

走出禁毒总队大门，时针指向17时10分。沉甸甸的责任和对贩毒分子的痛恨让邹支队长对这次任务充满着别样的激情，他来不及赶回几步之遥的支队机关，立即赶往富有作战经验的特勤大队挑选精兵强将。

特勤大队是一支根据新时期执勤处突任务需要而组建的特种大队，由特勤、工化和火炮等分队组成。近几年，这支特殊的部队转战八闽各地，与犯罪邪恶势力展开殊死斗争，先后参加打击厦门远华走私犯罪集团、生擒震惊中外的特大毒枭刘招华等战斗，可谓战功卓著。

其中，特勤中队参与的重大任务最多，几乎每场处突战斗都有他们的身影。官兵们个个武艺高强，中队曾多次荣立集体二等功。就在不久前，某国宪兵司令一行访华，专门到直属支队观摩了这个中队官兵的各种特勤表演，赢得了外国同行的高度赞誉。

对中队的作战能力，邹支队长心里十分有底。一接受任务，他首先想到的就是让特勤中队担负这个任务。

一进中队，司令部的几位参谋早已等候在场。邹支队长把任务向大家作了通报，并进行了分工，编配了各个战斗小组。

8日晚上，根据行动指挥部的统一安排，邹支队长和王参谋长分别带领行动组长随同公安民警，悄悄前往犯罪嫌疑人居住地、毒品运输点进行秘密侦察。经过一夜的侦察，发现与毒案有关的犯罪嫌疑人有20余人，而且大多是亡命之徒，其中不少是外籍犯，行踪遍及沿海数省，有的甚至可能持有杀伤性武器。

为了确保抓捕任务万无一失，根据"踩点"侦察情况，邹支队长组织参战干部再次对行动进行认真分析研究，制订多套详细行动方案。

两 路 出 击

北京奥运是中国人民的百年期盼，举世瞩目的奥运圣火是奥运会的标志性活动。再过两天，奥运圣火"祥云"就要在福州市传递，榕城人民期待着"祥云"的来临。

5月9日，天刚露出鱼肚白，邹支队长、邱政委、王参谋长早早起床，分别驱车到达特勤中队，对战斗进行再次部署，组织参战官兵进行战前动员。

连续几天来，支队作战指挥中心不断收到犯罪嫌疑人活动情况的线索，支队特别行动小组根据行动指挥部的要求，将35名官兵编成便衣组和全副武装组，一路由邹支队长率领，在福州市区某小区抓捕1号犯罪嫌疑人陈某；另一路由王参谋长带领，赴福清市抓捕主要骨干。

思想鼓动是这个支队战胜各种急难险重任务的重要精神力量。只要有任务，支队首长想到的就是要激发官兵斗志。

邱政委是这个支队组建来的第七任政委，曾任支队副参谋长、政治处主任，是一位文武兼备的支队政治主官。2008年春节期间，他带领数百名官兵奔赴闽西北抗冰复电，给八闽人民留下了深刻印象。调任支队政委后，他深感这支总队的"拳头"部队对自身素质要求很高，经常深入基层熟悉部队，熟悉担负的任务，对支队情况十分了解。通过他的战前动员，参战官兵感到任务光荣，参战热情涌动。邱政委要求参战官兵要继承和发扬近年来官兵与禁毒总队密切合作的成功经验，不出则已，出则必胜，发扬团队精神，发挥支队尖刀和铁拳作用，以最小的代价夺取战斗的胜利。

"出发！"时针指向7时一刻，随着邹支队长一声震撼人心的命令，两路精兵悄悄向目的地进发。

生　擒　首　犯

陈某年近三十，早年就活跃在黑道上，组织贩毒活动也有多年历史，是影响沿海数省和日本毒品走私的主要犯罪嫌疑人，在圈内，人称"拼命三郎"，又有"赛诸葛"之称。他从小练就一身硬功，三五人根本无法近身。因长期从事不法勾当，他嗅觉灵敏，有较强的反侦查能力。

陈某显然是这次抓捕行动中头号重量级人物，危险性也最大。

"抓捕陈某的任务由我这组担任。"邹支队长扬着浓密的双眉，斩钉截铁地说道。

邹支队长，此前任过总队司令部的副处长、支队参谋长，长期从事军事工作，具有很强的组织执勤处突行动的能力。近几年，支队几项大的执勤处突、抗灾救灾战斗，他身先士卒，靠前指挥，赢得了一场场战斗的胜利。

邹支队长表明决心后，大家都清楚他的个性，每次执行最重的、最危险的任务总是他第一个承担，谁也改变不了他的决心。

就这样，抓捕首犯陈某的任务落在了邹支队长所带的战斗小组身上。

各小组进一步明确任务后，参战官兵乘着数辆执勤车分头向福州市区和福清进发。

抓捕首犯的小组很快进入市区，在嘈杂的人流中，参战官兵悄悄抵达福州某闹市区，在犯罪嫌疑人交易的地方布下天罗地网。

该地段是闹市区，不远处有小商品市场，周边分布着各类商店。此时已是上班时间，车来人往，一片喧闹，给执行任务带来很大不便，稍有闪失，整个行动计划就会前功尽弃。

为了不打草惊蛇，行动小组长邹支队长决定让各小组成员潜伏于附近，等待目标的出现。

时钟滴答滴答不停地转动，在周围"转悠"的参战官兵警惕的双眼紧紧盯着犯罪嫌疑人可能出没的地方。

10 时、12 时、14 时……几个小时过去了，仍然没有一点动静，尽管午饭时间早已过去，大家都没感到一丝饥饿。只是闷热的天，让连续潜伏数小时的官兵有些喘不过气来。

正当大家有些按捺不住时，下午 16 时，指挥部传来消息：目标出现了！

大家情绪顿时激动起来，从四周集结，对目标形成包围态势。

不远处，一辆豪华奔驰轿车"拔开"人群，慢慢驶了过来，几名身材高大、身着黑衣的年轻男子下车，径直朝一座大楼走去。几分钟后，穿着黑"T恤"的男子同另一个卷发男子各提两箱物品走下楼，将箱子放进小车的后备厢。

此时，在邹支队长的指挥下，潜伏在四周的特战队员，分别包抄过来。当黑衣男子正准备锁上后备厢时，说时迟，那时快，特勤大队数名官兵如离弦之箭冲向目标。佘大队长从"黑衣人"身后一个"抱膝压腹"，将其重重摔在地上，并迅速上了手铐；士官小陈紧跟着一个"踹腿锁喉"，将另一犯罪嫌疑人摔倒在地。

侦察人员打开神秘箱子一看，里面全是冰毒和摇头丸。

236　　这个神秘的"黑衣人"，就是这起特大跨国贩毒犯罪团伙主要组织者——陈某。

在人赃俱获事实面前，陈某耷拉着脑袋，瘫坐在地上。

骨　干　落　网

首犯落网的消息很快传到由王参谋长率领的在福清市抓捕贩毒犯罪团伙骨干的战斗小组，王参谋长是个典型的军事干部，对处置各类突发事件战法颇有研究，刚到支队任参谋长就参与指挥抓捕特大毒枭刘招华的战斗。他一米八几的大块头足以让不法分子害怕。当王参谋长把抓捕主犯的消息告诉参战队员时，个个摩拳擦掌，斗志昂扬。

为了不让犯罪嫌疑人之间相互沟通信息，行动指挥部决定抓捕首犯和抓捕骨干的行动同时展开。前往福清市抓捕毒品犯罪骨干的王参谋长率领的两个抓捕组和机动组提前一个小时出发，先期赶到福清指定地点待命，随时准备实施抓捕行动。

这个犯罪团伙的"老二"陈某的得力干将——童某就住在福清市的某酒店内。

童某初中没毕业就进入了社会，两年前与主犯陈某认识后，便投其麾下，充当了一名"冲锋陷阵"的人物，手下还网罗了不少"马仔"，他们常随其左右出入各种娱乐场所寻欢作乐。

童某性格暴戾，报复性很强。一旦罪行败露，极可能孤注一掷，与执勤官兵拼个鱼死网破。

据公安侦察员报告，童某就住在某酒店的 607 房，但里面有多少人、有没有携带杀伤性武器，难以判断。考虑到整个行动已全面铺开，行动稍迟都有可能让童某察觉，给整个行动计划带来被动局面。

兵贵神速，必须尽快将童某抓获。16 时 3 分，随着指挥部一声令下，抓捕行动在王参谋长指挥下全面展开。特勤中队长白队长带着周楠、程昌前等十几名官兵，快速冲向某酒店 607 房。

为防止童某垂死挣扎和意外发生，高挑漂亮的女干警自告奋勇化装成酒店服务员，以送东西为由，诱敌开门。

女干警侧身按响门铃，很快听到略显沙哑的声音"谁啊"。"我是服务员，来送水的。"女干警用轻软的声音回道。

一个留着小平头、身材壮实的年轻男子拉开一条门缝，当他看清是一位秀气白净的"女服务员"后，没有一丝怀疑，便打开了房门。还没等门完全打开，守候在两侧的官兵便以迅雷不及掩耳之势冲进房内。

"不许动！趴下！"两名特战队员迅速将来不及反应的年轻壮汉摁倒在地。

另一犯罪嫌疑人正斜躺在床上，被从天而降的公安武警吓得魂飞魄散，猛地从床上跃起，直奔窗台。窗台外没有护栏，眼看犯罪嫌疑人就要跳下窗去，身材高大的王参谋长几步跃上，一个扫堂腿将其绊倒在地。几名特战队员飞速上前，将其按住。

这个贩毒团伙中的风云人物没想到就这样栽倒在公安和武警的手里。经审，两人正是首犯陈某的得力干将童某和张某。

（原载《警坛风云》2008 年 9 月）

冰雪验证卫士情

临近 2008 年新春佳节，暴风雪袭击了南方大部分地区，福建省闽西北山区几十个乡镇，百万人受灾。这是一场 50 年不遇的特大雨雪冰冻灾害，低温严寒，电力中断，道路堵塞，群众受困，旅客滞留……肩负着维护国家安全和社会稳定，保障人民安居乐业职责的武警部队，无疑成为这场战斗的主力军。作为福建总队的一支拳头部队，直属支队首当其冲，应对多种安全威胁，完成多样化任务，又一次检验这支部队履行新世纪新阶段历史使命的能力。几年前，这支部队千里奔袭沿海数个城市，擒获特大毒枭刘某，配合有关部门取得了打击厦门特大走私案件的全面胜利，可谓战功卓著，声名远播。今天他们又率精兵强将挥师到抗灾一线，连续 20 多天与冰雪决战，8 次取得大捷，成为南方抗冰冻灾害战场的一颗耀眼之星。冰冻渐远，掌声响起。在"盘点"这场人与自然灾害的较量中，咀嚼出这支部队的事迹背后，带给我们深深的思考和启迪——

听党指挥志更坚

山雨欲来风满楼。1 月份以来，福建省西北部地区同我国南方大部分地区一样，遭遇了 50 年一遇的特大雨雪冰冻天气。长时间的极端天气，造成福建西北部地区十几万人供不上电、交通堵塞，给灾区人民生产生活带来严重影响。

电,是一个山村、一个乡镇、一个城市的光明和动力,牵动一方经济和群众的生活"命脉"。在严重的冰冻灾害中,闽西北两地数以千计的电网,轰然倒下。在漆黑的小城镇,在堵塞的道路上,在乡间的小路上,一双双眼睛充满着对温暖、对光明的渴望……政府告急!学校告急!百姓告急!

决战一触即发,勇士飞临沙场。沉重的冰雪压力不断让房屋、树木、电线杆倒塌,人们第一个想到的就是人民武警。2月9日至2月12日,根据省抢险救灾中心和总队首长指示,直属支队500名官兵奔赴闽西北抗灾救灾。党在召唤,军令如山。得到命令后,支队近千名官兵当即向组织申请上一线,支队12名准备休假的官兵毅然推迟了婚期,22名官兵退掉了归乡与亲人团聚的车票,近20名官兵扔下了刚刚来队的妻儿,10多名官兵拔掉了针头,拿起了铁锹镐铲投入抗灾一线。远在千里之外休假的支队长邹自国,得知部队接到抗灾任务后,当晚挤上列车返回部队。政委邱善添在最短的时间内组织数百名官兵进行战前动员,一道投入这场空前的抗冰冻战斗中。而受灾地大多在偏远乡镇和深山村落,四周冰天雪地,道路受阻,山外的食物难以进来。由于没有电,一到晚上,四周漆黑,只能在烛光中度过寒夜。多数官兵住的条件较差,房子难以遮风挡雨,外面冰天雪地,里面寒气滚动。尽管白天体能消耗极大,晚上仍无法睡上一个囫囵觉。由于没水没电,官兵已经连续10天无法洗上澡,每天穿上挂着雪片的衣服战斗。

在崎岖的山路上,覆盖着几厘米厚的冰层,20多名官兵抬着两吨重的电线杆爬山时,每走一步都要把冰层踏碎,才能沿着陡峭而泥泞的山路艰难前行,几乎每走一步都可能有人摔倒。支队政治委员邱善添年已过四十,从方案的制订,到一线指挥;从参加拉杆抬线,到与官兵一起攀越高山维修电网,随处可以看到他的身影。副支队长蔡清光亲自带领官兵转战建宁各地,与战士一起破冰除雪,抬拉电杆;

副支队长徐志明出发前已患重感冒，得知灾情后，主动请战，与官兵一起搬运电力设备，每天战斗10个小时以上。一大队副教导员郑彦强，家距金坑乡仅20公里，家里同样受灾，父亲正月初六办60岁生日宴，但他从没有提起；四中队指导员罗永强，家就在附近的浦城县，在抗灾救灾战斗前，知道家里受灾了，自家种的10多亩竹林被毁，也没有顾上回家看看。参加抗灾的42名干部分布在各个战斗小组，自始至终战斗在抗灾最前沿。六中队士官党员王文丰，家乡光泽县司前乡台山村同样未能幸免，家中断水断电，50多亩竹林遭受了毁灭性破坏，父亲多次打电话要求小王回家找政府解决一些实际困难，女朋友要求小王回家帮忙，但王文丰并没有把这事告知部队领导，而是悄悄做通了家人工作，一心扑在抗灾战场上。党员苏春峰是光泽县寨里乡人，分组时刚好分到了寨里乡，驻地离家仅500米，到了家乡，目睹受灾情景，一种无比伤感和焦虑之情涌上心头。家中百亩竹林遭遇了毁灭性的破坏，巴西菇棚也在冰冻灾害中倒塌，直接损失8万多元。黄教导员让小苏在家里陪家人半天后再返回部队，可小苏还不到一个小时，就赶了回来，参加救灾。

英勇善战无坚不摧

在抢修电线网络上，官兵们往往先要破冰清道，才可能把电线杆拉到山上。他们每天手持铁铲，破冰除雪，顾不上吃饭、喝水，从早晨7时一直战斗到晚上19时。有的线网需要穿过水稻田，官兵们就脱下胶鞋，挽起裤子，踩进冰冷刺骨的水稻田里，由于稻田泥泞，10多名官兵抬着电线杆一步一步趟过水稻田，一旦有一人摔倒了，大家就会重心不稳，一起摔倒在水稻田里，加之山路陡峭，电网工作车无法进入山崖上作业，只能靠官兵们艰难爬上山去。不少官兵用膝盖着地，用腰拉着电线网上山，裤子磨破了，皮肤也破了，鲜血渗透在冰冷的山路上。

2月12日，六中队20名官兵行进在白雪皑皑的山路上时，仅能一人通行的山路上拖着1800多斤重的电线杆，一边喊着号子，一步一步把电线杆拖向目的地。到半山腰时，坡度达到了60多度，脚下的冰雪足有十几厘米厚，由于坡陡，脚下不断打滑，粗重的电线杆一会儿从肩膀滑下，一会儿又砸在地上。见此情景，中队长陈位光大喝一声："看我的，把身子伏在雪地里，一个个叠着上！"说完便一头扑在冰冷的雪地里。官兵们二话不说，纷纷伏在地上，相互踩着肩膀，一寸一寸地把电线杆从雪地里挪到了300多米高的山顶上……云际村的百姓不知从哪里找来一米多长的鞭炮，在山顶放开了。老百姓说，这既是对胜利的祝贺，更是对参战官兵的深深敬意。

在这场抗灾战斗中，这支部队辗转数千公里，先后参加春运执勤任务，奔赴闽西北山区抗灾救灾，出动兵力10235人次，车辆1009台次，除冰清路138余公里，搬运发放物资1565.8吨，医治生病滞留人员700余人，抢修电网306起，疏通车辆5325台，排除险情183处，协助电力部门收回旧电线65000米。当地政府的一名官员说："武警进山抗灾，至少让这里的百姓提前一个月通电。"

为民服务心不变

冰雪无情人有情，冰冻阻碍了归家的路途，却阻碍不了风雪归家人的憧憬。哪里有子弟兵哪里就有家的温暖、"年"的感觉。

当七中队中队长何晨凡带领的小分队到达距离光泽县60多公里外的李坊乡上观村毛岭自然村时，被眼前的一片破败情景深深震撼着：山上培育20多年的杉树齐刷刷地折断，通往毛岭自然村的数十根电线也断了。村委会聂主任告诉他们，仅这一个自然村，就断杆35根，且大多在300多米以上的高山上，因为施工难度太大，施工队暂时去别的地方了。这次抗灾官兵到来，给村民们带来了希望。

"中午在毛岭自热村的组长家吃饭"，"明天在我老周家坐一坐，我家还备好一头上好的肥猪要杀给武警兄弟吃……"没有人招呼，没有人安排，村民不约而同来到部队宿营地，为官兵备酒备菜。官兵们深知由于冰冻天气，山里的乡亲无法出山，家里备的年货十分有限，因此，谁也没有接受群众邀请。直到有一天天色已晚，回营的路上又下起雨时，没办法，只好滞留在一村组长家里吃饭。主人备了满桌子的鸡鱼肉，很是丰盛。可当何队长发现村组长为了招待官兵，把家里的年货全煮了，而一家吃的却是一碗白菜一盆萝卜时，眼圈红了，坚持要付给餐费被拒绝。这位村组长动情地说："现在冰天雪地，外面的进不来，里面的出不去，如果你们不来，通不上电，我们连米都吃不上了。"

地处闽西宁化深山的一个自然村，住着十几个散落的住户，参战官兵每天要从这里经过。有一天，途经一户住着父女二人的一家时，听见女孩的哭声和中年男子的叹息声。这不由得让带队的干部双眉紧锁，思绪凝重起来，进屋问个究竟得知，父女俩刚从广东打工回来，下火车时，发现自己的包无影无踪了，放在内衣袋里的三千元也不翼而飞。中年人捶胸哀叹，说这是全家过年的钱啊。这时，一个新战士走来，从口袋里取出一张百元钞递给他说："叔叔，别着急，我们会帮助你的。"很快20多张百元钞票放在他颤抖的手中。父女俩感动万分，泪水迷蒙了双眼。女孩突然"扑通"一声，给官兵跪下了。

2月1日，16岁的三明籍旅客小罗，在办理退票时，突然癫痫病发作，口吐白沫，晕倒在地，正在附近执勤的班长陈竹青和战士李小军见状，迅速把小罗抱到大厅抢救，为防止小罗因抽搐咬伤了自己的舌头，小陈便将自己的手塞到小罗嘴中，待支队医疗小组赶到现场，对小罗进行医治后，这时小陈的手背留下了几道深深的血牙印……

（原载《中国武警》2008年3月）

山里兵的爱心承诺

要不是老师的提醒，我们简直不敢相信站在我们面前的就是因贫困而差一点辍学的小郑元，她和我们所见过那些备受贫困折磨而失学的少女截然不同，也和路上我们经过周全设想的小郑元的形象神态相距甚远。眼前她的衣着虽朴素，但不失大方，说话不卑不亢，眼神充满了自信——是什么力量使这位贫家女对生活充满了希望和信心呢？

我们带着这种疑惑走进了这个特殊的家庭，走进了建阳市小湖镇大山坪的一群山里兵。直觉告诉我们，她的希望和信心来自驻扎在建阳大山坪的一群山里兵和她的学校领导们对她的庄严承诺。

苦难磨砺出小郑元的自强不息

家住建阳市回龙乡回龙村的小郑元，还在无忧无虑享受童年快乐幸福时光时，父亲却因病撇下她和母亲撒手西去。父亲的去世，使原本日子就过得拮据的家更加窘迫了，还不到入学年龄的小郑元过早地开始品尝生活的艰辛。她羡慕别的孩子有玩具玩，过年有新衣服穿，有父亲背着在田间地头捉蚱蜢，可这一切过早地与她无缘了。在她不懂事的时候，有一次她看到邻居提着一块刚从街上买回的肉，几个月没尝过肉味的她，回到家吵着妈妈要买肉吃，妈妈被缠得实在没办法，在衣袋里摸出几张皱巴巴的毛票，跑到几里外的小市场，买回了红白相间的"五花肉"片,看着小郑元大口大口吃着肉,郑元妈再也咽不下饭,别过身去,鼻子一酸,眼角流下两行酸楚的泪。天真的小郑元还以为妈嫌女儿吃多了,赶紧夹了一块肉往妈碗里送,说:"娘,这汤甜。"见妈伤心,小郑元似乎一下子懂事多了,也赶紧安慰妈:"娘,以后小元不吃肉了,不要哭,小元会乖。"郑元妈一把搂紧小郑元,哭着说:"孩子,都怪你爹走得早,咱母女受苦啊!"

郑元妈结婚前是村里有名的美人胚子,丈夫去世后,上门提亲的踏破了门槛。郑元妈因担心小郑元受冷落,一次一次回绝了提着丰厚礼品的提亲人。

生活的艰辛使小郑元比别的孩子更早懂事了,每次母亲到田里干活,小郑元便自个儿在家玩,等着妈回来。当看到满头大汗的母亲从田里归来时,赶忙递上浸过凉水的湿毛巾,又把早已准备好了的凉开水捧给母亲,然后又一起到厨房里用稚嫩的小手帮妈妈烧火、洗碗……

在她家除了节日,平时难得吃上一回肉,每天吃的大多是酸菜和品种单一的田间蔬菜。补充水果只能等妈妈上山砍柴时,采回野果来,这就算是难得的水果大餐了。由于长期缺乏补充营养,母女俩都显得有些营养不良,原本年轻漂亮的母亲额头过早地爬上了几道深深的皱纹,小郑元的个头一直以来比同龄人矮小。母亲经常教诲小郑元:咱家虽穷,可穷不能失志,再穷也要把人做好,把书念好。转眼到了上学的年龄,母亲用省吃俭用积攒的钱把她送到乡小学读书。小郑元看到母亲拖着疲惫的身体从田里回来的情形,看到母亲那日渐憔悴的脸庞,看到那过早爬上两鬓的白发……这些都让小郑元感到不安,这种不安给小郑元带来思想上的"不安分"。课堂上,脑海里总是闪现着母亲辛苦劳作的身影,总想着替母亲分担一些忧愁。上学一年了,小郑元的学习成绩一直落在班后;小学二年级的时候,当小郑元又一次拿着不及格的成绩单磨磨蹭蹭回到家时,从没打骂过她的母亲把她领到父亲的遗像前，叫小郑元跪下，拽起小竹板，抽打着小郑元的屁股，哭骂着说："你这不争气的东西，你这样咋对得起你死去的爸，咋对得起我们这么多年受过的苦？"小郑元的屁股被打疼了，红肿了，但她忍着痛没吱一声，她明白了妈妈的良苦用心，幼小的心灵受到了深深的震撼，也播下了刻苦学习的种子。从此，小郑元一头扎进了学习堆里，一心一意地读书，家里唯一的一盏电灯成为她在知识海洋中成长的伙伴。

贫困扬起无情之棒要击碎小郑元上学之梦

随着学龄的增长，小郑元的学费日渐增多。虽然小郑元除了买必需的学习用品外从不乱花钱，但这笔开销对靠卖菜挣钱养家糊口的母亲来说已是很重的负担了。新学期开学时，是小郑元最为难的时候。

她不敢启齿向母亲要学费，怕看到母亲那无助的眼光，怕看到母亲拖着疲惫的身体为了她的学费东家走西家借的情形，然而，这一切又成为小郑元努力学习的动力。一直以来，她没有辜负母亲对她的期望，总是以一张优异的成绩单来安慰母亲。从小学到初中，几乎年年被同学和老师选为班长、"三好学生"。母亲也从一张张奖状中找到少许的笑容。

正当小郑元满怀信心在中考阶段冲刺时，她的母亲终因劳累过度、积劳成疾患了严重的肾病，再也干不了体力活了。这意味着以后家中的顶梁柱垮了，意味着小郑元的学费来源从此要断了，贫穷果真要击碎她上学之梦。为了给母亲看病，小郑元托着亲戚不仅卖掉了家里养的鸡鸭和猪，连家中稍值点钱的家具也当了出去，还欠了一笔外债。今年暑假，小郑元接到了建阳市第一中学的录取通知书，同学和老师向她报喜，左邻右舍投以赞羡的眼光，她却一点高兴不起来，看着那数目不小的学费，家庭处境也使小郑元上学的念头动摇了。她同亲戚们说：我已经长大，再也不能让有病在身的妈妈为我的学费揪心，应该尽孝道了，好好照顾有病的妈妈。她不顾亲友的劝说和母亲哭骂，把录取通知书放到了火炉里。看着那渐渐熄灭的蓝色火苗，泪水如断了线的珍珠往下落。母女俩紧紧相拥在一起抱头痛哭，左邻右舍见后无不为之动容，纷纷掩面而泣。

战士的承诺圆了小郑元求学之梦

秋收季节的夜晚，人们早已拂去一身的劳作疲乏，在静谧、清凉的夜色中进入了梦乡。此时地处建阳市龙湖镇大山坪偏僻的武警支队六中队会议室里却灯火通明，支队后勤处副处长陈德成刚把中队长的接力棒交给现任的中队长陈友生。睡前习惯看报的陈副处长摊开《闽北日报》，"春雷桥"一则启事吸引了他。看完后他惊讶地说："陈队长，诸葛指导员，你们过来看看，《闽北日报》"春雷桥"栏目中的学生郑元不就是我们共建单位水吉中学的学生吗？明天，我们要给学生军训了，咱们一起去探个究竟。"

第二天，陈副处长带着三位中队干部来到几里外的水吉中学李建忠校长办公室，一阵寒暄之后，陈副处长随即将准备好的话题摆上校长案头。李校长似乎早就猜透了他们的来意，还没等陈副处长把话说完，就接上了茬："郑元同学是个品学兼优的孩子，中考还被市一中录取，可是家境十分困难，没办法上中学，我们学校打算让她免费在这里读完高中。可是这孩子家实在太苦了，母亲落下一身病，欠了不少债，就是免费让她上学，也未必能坚持下来啊。"说完李校长也无奈地叹了口气。"学校已经为郑元上学做了'大工程'了，'附属工程'就让我们来做吧。"陈副处长听说学校免费让郑元上高中，深为学校此举感动，他二话不说主动提出要同学校为郑元上学的事做"交易"。双方经过一番周密计划，一场为小郑元捐资活动的计划拉开了。

这天，山里大雾还未散尽，"死心"当一辈子农家女的郑元，一大早埋头在田间劳作。两名女同学穿过细长滑溜的田埂，飞似的奔向郑元，边跑边喊："郑元，上学去，学校免费让你上学了。"坐在田埂边撑着腰斜靠着休息的郑元妈顾不上病疼，一骨碌站了起来，激动地说："是真的吗，郑元，那快去学校报到吧，剩下的活妈来干，校领导真是好人哪！"郑元妈哭笑着一把接过郑元手中的锄头，仿佛大病痊愈了一般。

当郑元和两位女同学赶到学校时，校操场挂着一幅醒目的红条标语：奉献一点爱心，点燃身边失学同学的求学希望。原来学校和武警中队正为郑元同学举办入学捐款仪式。当李校长宣布完学校为小郑元免费念完高中的决定时，台下师生鼓起了热烈的掌声。紧接着，身穿橄榄绿服、头顶国徽的武警官兵一个个走向捐款台，你 10 元、他 20 元投进了捐款箱，不到 10 分钟，数十名武警官兵就为小郑元捐了 960 元。郑元捧着捐款，深深感到社会的温暖和关爱，泪水模糊了她的双眼。她深深地向师生和武警战士鞠了一个躬，道出了一番肺腑之言："敬爱的校领导、老师，亲爱的武警叔叔和同学们，你们的关爱让我这个穷孩子又重新走进了学校，坐上了课椅……我决不辜负校领导、老师、同学和武警叔叔的关爱，努力学习，力争考上大学，为社会做贡献。"尽管她的话几乎是在哽咽中说完的，但不失逻辑和充满深情。小郑元话音未落，立即博得在场老师、学生、官兵们的热烈掌声，不少老师、学生流下了悲喜交织的泪花。陈副处长带着三位干部在回中队的路上，心情很不平静。他感慨地同中队三位干部说："这孩子只要我们能帮助她坚持读书，她准能实现理想。"几位干部也下定决心下力气帮小郑元一把。

中秋节的前一天，陈副处长与三位中队干部针对郑元上学一事开了个特别的支部会，请了各班长列席参加，经过一番"辩论"，很快达成了共识：以帮助小郑元上学为背景，开展"发扬勤俭节约精神，为服务社会做一份微薄贡献"的实话实说教育活动；把帮助小郑元上学一事作为今后年初工作会制订的计划目标，作为在每任班子移交中不可缺少的一件大事。会后，陈副处长、葛副指导员亲自参加了这场别开生面的教育活动。由于小郑元的事就发生在战士们身边，这种真实事例与理性教育交融后，形成了一个很强的教育感染力，战士们对帮助小郑元上学的事很快从简单的理性认识上升到热切期望的崇高理念，大家强烈要求把关爱小郑元活动作为中队每位官兵分内事。最后，中队全体官兵一致同意：从今年 10 月 1 日起，每位战士每月节约 3 元，士官每月 10 元，干部每月 20 元，作为三年后小郑元上大学的费用。这种活动持续到小郑元大学毕业。

国庆节的第一天，六中队官兵举行隆重的升旗仪式，新上任的中队长陈友生和诸葛指导员就在这仪式上庄严宣布了山里兵的承诺。

小郑元听到了吗？山里的兵告诉你：请走出贫困的阴影，甩开膀子上学去，战士的承诺定将圆你求学之梦。

（原载《闽北日报》2002 年 3 月）

丹心炽热守桥兵

在风光秀丽的武夷山下、闽江上游的南平市，福建省最大的铁路大桥像一条巨龙横卧在这里。闽江双塔铁路大桥全长 800 米，是福建通往外省的交通咽喉。每天桥上通行的火车达 72 列次，桥下行船 500 多艘，有着十分重要的战略地位和巨大的经济价值。

闽江水诉说，武夷山作证。4680 个日日夜夜里，守护大桥的武警南平市支队一大队二中队在平凡的哨位上创造出不凡业绩，在滔滔闽江筑起千座与人民血肉相连的"同心桥"。

1994 年 4 月 12 日晚 9 时，二中队桥南执勤点，迎来了两位不速之客，两人神色紧张，慢慢靠近当班哨兵叶友杰，猛然间拔出匕首，刺向哨兵，叶友杰在猝不及防中连中数刀，一阵剧烈的疼痛。小叶立即意识到碰到歹徒袭击，他一边紧紧抱住钢枪，一边飞起双腿踢向歹徒，并大声向执勤点呼叫。当战友们在排长吴哲文带领下赶到抓住两名歹徒时，身中十几刀的叶友杰身后是十几米的血道，已近昏迷的他还紧紧抱住那支神圣的钢枪。由于他的英勇顽强，敢于同罪犯殊死搏斗，最终破灭了这两名歹徒已盗窃子弹 900 余发，企图抢枪后再抢劫银行的罪恶行径。同年，叶友杰被武警总部记一等功，次年被福建省授予"十大杰出青年"。

滔滔江水传颂着英雄故事，荡涤着守桥兵的心扉，几年来，中队官兵踩着英雄的足迹实践了守桥兵的人生价值……

1994 年 12 月 5 日，一个寒风凛冽的夜晚，家家户户早已关严了门窗，躺进了温暖的被窝，闽江桥上守桥兵却紧握钢枪屹立在哨所上，两眼警惕地注视着大桥的周围。突然从离桥北近百米的涵洞前飘来忽闪忽闪的绿光。渐渐地，当班哨兵张勇从昏暗中看见一名身着黑衣的年轻人提着包，低着头慢慢走来。出于职业习惯，小张上前盘问，这位青年人见眼前威风凛凛的哨兵，神色顿时慌张起来，两手下意识提起包往身后摆，小张明白了，包里肯定有文章，便大喝一声："把包扔过来检查！"这位青年见露了馅，便拔出了腰间的匕首，凶相毕露恶狠狠地说："当兵的，别坏我的事，否则我叫你上西天！"说着扬起匕首向小张逼近。小张毫不畏惧，举起枪托拉开了格斗姿势，歹徒被小张的气势吓瘫了，扔掉刀子拔腿就跑，还未跑数米，被正赶来的接哨的战士许韩一个抱腿顶摔，将这名青年抓获，在其包中搜出了雷管和炸药。事后得知，这名青年是抢劫、盗窃惯犯，先后"三进宫"，因对现实不满，准备干为人民所不容的可耻行径。

时下，不少人以为，和平年代守桥任务并不重要。

守桥兵心里最清楚：保护大桥安全畅通是自己的首要职责，而保证群众安全过桥一样是守桥兵义不容辞的责任。1995 年 1 月 5 日夜，班长王海带领战士林里卫在桥上巡逻时，发现与身体相隔仅 1 米的人行道上两块水泥板出现裂缝，他立即止住脚步把警棍往裂板捅去，水泥板随即崩裂向河面砸去，好一阵才响起一声沉闷的击水声。好险！这座桥与水面落差 35 米，若踩上裂板，后果不堪设想。王海镇定之余，命令战士小林回队向中队干部报告，自己把守在原地，阻止悲剧的发生。由于道工离桥较远，水泥板的材料集中在十公里外的大洲站，一时无法将这两块水泥板及时更换。中队的 5 名党员得知这一情况后，主动向中队申请前往看守"死亡水泥板"。那天 5 名党员站在桥上，顶着寒风侵袭，手冻僵了，腿发麻了，一直坚守到天亮，直到道工把"死亡水泥板"更换后，才放心离开。

这里的守桥兵说，自从踏上这座闽江桥就与它结成了生死之缘。去年"6·22"闽北百年不遇特大洪灾，闽北的数十条大小洪流全部涌入闽江，滚滚洪流冲击着闽江第一防线——闽江双塔铁路大桥，平时离桥面保持三十几米的水面一下缩小成数米，成千上万的木头、竹筏、木船像无头苍蝇撞击着桥身，很快越积越多，江水越涨越高，大桥告急！咆哮的洪流撕咬着桥身，似乎向守桥兵示威。几十名守桥兵心急如焚，在中队干部的率领下，全体上阵。他们早已立下誓言：人在，桥在，誓与大桥共存亡。他们握紧木棍，立在桥轨间，将横在桥墩的木头一根根地向桥墩外拔去。经过数天人与洪魔的殊死搏斗，最终洪水败下阵来，大桥又完好无损地横卧在闽江两岸。据不完全统计：仅 1988 年以来，中队就排除了重大险情 8 起，一般险情 28 起，实践了守桥兵的誓言："守桥一分钟，平安 60 秒。"

（原载《人民武警报》2003 年 4 月）

英魂"落户"小武夷

5月12日，在素有"小武夷"美称的邵武市鸡公山下，担负某电台守卫任务的武警南平支队九中队官兵为两位长眠在地下的英雄举行了隆重的"乔迁"仪式。两位安息近四十年的英雄的遗体从不起眼的小山坡上"落户"在秀丽的"小武夷山"下。

悲　壮　时　刻

两位英雄的名字叫董完芝、孙石山，同是湖南人。1964年他们随工程部队在福建邵武至泰宁开山筑路。7月12日，这里发生了一场百年不遇的特大洪灾，滚滚洪水涌向村庄，筑路部队眼前顷刻变成了一片汪洋大海，突然，在距他们不到30米处，一位少年抓着一根木头在洪涛中颠簸着大呼救命，战士董完芝见状，二话不说，跳进滚滚洪涛中，奋力向少年游去，当少年被董完芝送上岸时，一根桶粗的木头撞向董完芝，将他打入水底，随即不见了踪影。洪水退后，官兵们在15千米外的村子找到了挂在柳树枝上的董完芝遗体。

三天后，部队官兵挥洒悲痛的泪水，又赶了5千米的泥泞山路来到受灾最重的解放村为群众重建家园。眼前的村庄已是一片废墟，一座紧挨着大山的土房，在洪水冲击之后，已如风烛残年的老太，摇摇欲坠。一对夫妇正忙着转移洪水侵袭前未来得及搬走的家当，这对夫妇走在楼板上，楼板便发出"吱呀，吱呀"松动的挤压声，瓦片哗哗地从房顶下落。"老乡，危险！房子要塌了"。与这对夫妇一起搬家什的战士孙石山大声喊道。"不碍事的，这楼就是这样。"夫妇俩并没有领会，积极埋头干着。正在这时，屋后的山体突然崩塌了，数十立方的土石"哗"的一声长啸，猛烈撞向这座房身。土墙被撞开了一个大缺口，几根粗大的梁柱向这对夫妇所在的位置倒来，孙石山一个箭步冲上去，使出全身力气将这对夫妇朝一边推去，这对夫妇得救了，但三根粗大的柱子毫不留情地砸在孙石山身上，他永远倒下了。

两位英雄牺牲后，尸骨被埋在小溪边高高的山冈上。每年清明节，不少这里的群众自发地来到两位英雄的墓前献上他们对英雄的缅怀之情。

意外"攀亲"

不知是哪一年开始，两座英雄墓的周围开始长满齐人高的茅草，开满了红艳艳的映山红。很长一段时间里，英雄的名字开始被遗忘了。1992年3月12日，担负守卫电台任务的武警南平九中队来到这一带进行野营活动，排长何建云在围成坑状的草丛里正准备架柴做饭时，突然发觉这个无人扫的墓穴。这时，突然窜出数只硕大的野鼠，几位新战士吓了一跳。外号"豹胆"的排长何建云不慌不忙捡起来一根竹棍，往隆起的草堆猛地一挑，长满青苔的墓碑露了出来，在墓碑的左下方隐隐约约刻着"中国人民解放军"几个字。何排长觉得蹊跷，立即喊来几位战士把旁边的另一座墓穴的草拔掉，并细细刮去青苔，墓碑上的字豁然在目："英雄孙石山之墓。"落款："中国人民解放军×××部队，一九六四年七月。"大家谁也不清楚英雄的墓为何在这里，细心的何排长回到中队后翻开队史，却怎么也查不到两位英雄的事，他并不死心。周末，他请假来到电台宿舍区，问了几位年长的同志，他们对此事却一无所知。最后，在一位退休老干部吴炳文那里获悉：这两位英雄是工程兵，在修路时遇到洪水救人牺牲的，好像被救的人是解放村人。得知这一信息后，兴奋的何排长一口气跑到五公里外的解放村，挨家挨户打听此事，终于从一对年迈的夫妇口中知道两位英雄的事迹。提到此事，两位老人哽咽着说："那是我们救命恩人哪，是为救我们牺牲的。"老人说，前十几年，他们夫妇坚持在每年清明节奠祭英雄的灵魂，报答救命之恩，后来年纪大，身子骨不好使，就不曾去了。话说完后，老人不住地自责，并说现在就要在英雄墓前谢罪。

当何排长回到中队把两位英雄的悲壮故事告诉战友时，大家激动不已，纷纷要求献上他们对英雄的一分敬意。

护 坟 使 者

为了让两位英雄有个真正的归宿，武警中队根据掌握的线索曾数次同他们家乡有关部门联系，但都由于地址不详，原部队番号已撤销，官兵的几次努力均没有结果。这似乎意味着两位英雄将成为"孤儿"，墓地将成为野坟。时任九中队指导员的黄丁良说："我们就是英雄的亲人。"中队支部召开了会议，制定保护好墓地措施，并规定每年清明，中队要组织人员给英雄扫墓。

随着岁月沧桑的变迁，原本简陋的坟墓早已变形了。中队决定为英雄的墓地进行整修，由于中队经费有限，建个像样的墓穴并不是件容易的事。官兵们便你一元、他一元凑足了一些经费买来水泥，请来了师父一起在英雄的坟墓旁建起了颇为气派的坟墓，在这一带墓群中显得格外惹眼。路人也从这"气派"的坟墓中得知这一带曾经发生了一个动人的英雄故事。

"落户"小武夷

一天上午，一位村民赶到中队，告诉中队指导员高永昌：京福高速要经过这里，这一带的墓地全部要搬迁。消息在中队传开后，警营开始热闹起来，大家七嘴八舌说要给两位英雄找个好去处，几位战士毛遂自荐要当一回"风水先生"。士官张倍说：建坟墓很有讲究，位置要坐南朝北。战士吴小波插话说：背靠青山，放眼世界，才能万古长青。后勤战士小王也进出一句：建坟不能建在低洼地，建在高地才能见到阳光。高指导员也感到：给英雄找个好去处不是件小事，中队处在山区，入乡随俗吧，应民间的说法选块风水宝地，一来对得起九泉下的烈士英魂；二来对宣传英雄事迹教育我们官兵是十分有意义的。当晚，高指导员组织了一个干部会，集中大伙的意见，最后，把墓地选在与中队同一方向、背靠秀丽的"小武夷"山下。

烈士身去不复返，其志永励后来人。每年的清明，中队全体人员都要到烈士墓前送上他们的一份哀思，战士入党、入团都要在烈士墓前宣誓，老兵退伍、战士上学、调离都来这儿向英雄道别，新兵每年下中队都要到两位烈士的墓前聆听英雄的故事，激发献身橄榄绿的责任感和自豪感。十年来中队已把英雄的故事作为一个生动历史教材激励一代又一代官兵，在平凡岗位上实践人生价值。

（原载《福建日报》2006 年 7 月）

256

谁不夸咱"园林"好

誓将沙地变绿洲

武警福建总队直属支队坐落在福州市五凤马鞍山顶,面积40000多平方米。由于山顶是沙多土少,几乎不长植物。当地百姓戏称这里是"马鞍山上和尚头"。三年前,一座座漂亮的新营房耸立在了这片荒山野岭之间。然而,搬迁进新营房的官兵没有住新房的兴奋感,不少人甚至冒出了"还是老营房好"的想法。面对眼前一片白茫茫的沙土,看到大伙脸上凝重的表情,支队长邹自国和政委邱善添心里明白了几分。"一定要把眼前的沙土变成绿色之洲,营造拴心留人的环境,要成为支队建设的当务之急!"

当这一方案在党委会上提出时,有人说,机关面积太大,就是种草,也要花上几万元,要是进行规划种植,至少要超百万元,不如把钱用在部队学习训练上,对上对下都好交代。有的人认为,机关营区实行园林式绿化就是改善官兵生活环境,能让大家拥有更好的心情投入工作学习。面对两种不同的声音,两位主官经过多方论证,最终拍板表态:贯彻落实科学发展观,就是要体现在以人为本上,营区绿化不仅要搞,而且要让大家满意。

随后,支队号召全支队官兵行动起来,为建设美丽家园出谋划

257

策，当好支队党委的"军师"。支队党委采取"统一规划、统一标准，成建制、成系统"的建设思路，所有建设项目在规划、设计、外在感观、内在质量和系统配套方面都要跟上时代步伐，不搞短期行为，不搞应付工程，宁可现在艰苦一些，也要建成一流的现代营区。机关把特支费、招待费压缩下来，把家底费和其他可以运用的经费集中起来，开源节流，多渠道集资100多万元用于营区园林建设。支队本着以"绿化中起步、美化中发展"建设园林式营院的思路，先后聘请8家科研单位的生态环境建设专家参与营区园林规划的科学论证，组织人员到周边营院建设先进单位学艺取经。

支队党委根据营区地理环境合理布局，按照花园式格调，栽种铁树、凤尾竹、剑麻等植物，与周围建筑相得益彰，具有鲜明的特色和较高的观赏价值；军事训练区的四周采取多层绿化，用乔、灌、花、草梯次布置，体现协调和变化；营区宿舍前后，多种植低矮植物和草坪，避免影响室内采光；在营区边界周围分3个层次进行布置，依次是椿树、杧果树和花坛，形成了整齐划一的格局。支队借鉴地方小区和公园的绿化模式，对营区的绿化进行边规划边整治，按照绿化与营院整治相结合，绿化与营区美化相结合，绿化与配套设施建设相结合的思路，把营区划分为机关办公区、军事训练区和食宿生活区3个区域集中整治。

"园林"深处有人家

规划蓝图仅仅是营区绿化迈出的第一步。根据园林设计专家的估算，支队营区绿化经费需要投入100多万元！支队领导们一听，顿时愣住了。资金不足就不能有所作为吗？支队党委一班人感到，官兵是基层建设的主体，靠官兵们勤劳的双手克服困难，一定能创造奇迹。支队党委在部队开展了"部队建设靠大家，建好部队为大家"专题教育,有效激发了官兵以苦为乐、以队为家、共建美好家园的主人公意识和责任感。很快,官兵们在完成战备训练任务的同时,不分昼夜地苦干。平整营院、种植草皮树木、铺设道路,凡是能自己动手的绝不请工人。机关办公楼前有 3 万多平方米空地,适宜栽种草皮,如到地方购买至少需资金 20 万元。支队采取收集空闲营区草皮的办法,将 1 平方米的草皮平均梳理分成 10 平方米,成栅格状分散均匀地种植。仅这一项开支,就节约了 10 万元。由于土质差,起初,树栽一棵死一棵,草种一片死一片。为此,支队请来了福州市绿化工程处专家在技术上给予指导。按照专家的建议,从郊外拉改良土将营院内沙包土覆盖 60 厘米,再在改善后的土壤上挖坑植树。几个月后,官兵们种下的树终于吐出新芽。营区东侧有一条狭长的闲余地,官兵从营区外捡了两车鸡蛋大小的鹅卵石,在营区铺了一条 100 米长的"健康步道",在这条小路上走几趟,既放松了身心,又能按摩足底,很受官兵的欢迎。

支队还修建了占地 20 亩的花园和文化广场,先后种植榕树、杧果树、紫荆树 8000 多株,通过植物造景、雕塑作品等形式,努力为营院增添文化氛围,实现了生态环境建设与警营文化的有机交融,花园式的营区,已成为官兵教育训练和学习生活的好场所。翠绿的芒果林、如茵似毯的马尼拉草地,还有那景致怡然、别有情趣的励志园……难怪这里的官兵节假日都很少外出逛公园,他们都说:"我们的营区比公园还美。"

"文化警营"美如画

支队采取历史与现实、生活与艺术、教育与娱乐"三结合"办法,打造积极向上、健康文明的特色警营文化,成为营区绿化美化中的新亮点。为了营造和谐军营的良好氛围,支队把团队精神、战斗精神、革命英雄精神作为营造崇文尚武的浓厚氛围来统筹规划，科学设计，根据营区的具体特点，开辟了文学苑、书画苑和管乐苑，并设计制作了20多个灯箱宣传栏，并把英模人物、军人格言、军旅题材的雕像等文化景观，融入官兵的日常生活中，使大家在耳濡目染中受启迪、受陶冶、受教育。

如灯箱标语上的《忠诚卫士誓词》和《忠诚卫士守则》时刻激励官兵用实际行动争做党和人民忠诚卫士；大型宣传栏上"当兵不习武，不算尽义务；武艺练不精，不算合格兵"的标语令官兵热血沸腾，营造了一种精兵习武的氛围；IC电话亭旁挂着"军队政治纪律规定十条"的警示牌，时刻警醒着官兵保持纯洁向上的政治觉悟。

"警营不再是那座警营。"夜幕降临，官兵徜徉在这座花园式的警营里，感慨不已。所到之处，新风扑面：花园里，业余军乐队正在合奏《忠诚卫士组歌》曲目；微机室里，官兵们正在网上进行红蓝军对抗；俱乐部内，书法爱好者正在挥毫泼墨，几位"棋圣"激战正酣……

（原载《中国武警》2009年3月）

生命之舟踏浪行

这是一次惊心动魄的人与自然灾害的抗争，是一场争分夺秒的生死大营救，2010年6月中旬，福建省顺昌县暴雨倾盆，强降雨引发山洪、泥石流，城区街道被淹，民房倒塌，公路、铁路交通和通信中断，顺昌县城出城通道全部阻断。

6月18日23时10分，武警福建总队莆田支队遵照总队命令，紧急抽调31名冲锋舟操作手、10艘冲锋舟编成舟艇突击队，连夜直奔顺昌。

顺昌县境内的316国道新屯村路段一座大桥已被洪水冲垮，数百名行人在此滞留，12个村庄的群众被滚滚洪水围困。"受困群众如不及时转移，后果不堪设想！"负责现场指挥的县委副书记江永良拨通了防汛指挥部的电话。"这个任务只有武警才能完成！"指挥部领导随即向总队陈志强副参谋长布置任务。

"莆田支队舟艇突击队上！"陈副参谋长一声命令，官兵不顾400多公里急行军的疲劳，在政治处主任李云祥的率领下，火速赶往现场。见到救援部队来了，江永良副书记含泪挥臂大喊："乡亲们有救了！"

河面上旋涡翻滚、暗流涌动，漂浮着大量杂物。李主任指挥部兵分3路，成梯队依次下水过岸实施救援。9艘冲锋舟在湍急的河面上往返转移受困群众，10名官兵在河对岸维持秩序，护送孩子、老人先上船。很快一批群众从"孤岛"上被营救上岸。

不久，第二波洪峰到来。河面骤然变宽，水势更加汹涌，冲锋舟剧烈摇摆。突然间，3号冲锋舟船体一晃，一个女孩踉跄而倒，半个身子甩出舟外。操作手刘晓明眼疾手快，一把将她拉回舟内。经过4个多小时的艰苦奋战，上千名群众被成功转移到了安全地带。

这时已是第二天夜晚，完成转移任务的官兵又接到命令：顺昌宝山风景区有香港、澳门、台湾游客被困，一名女游客腿部受伤，需要立即送医院治疗。眼前依旧大雨滂沱，稍有不慎极易导致翻船，但是副支队长周晓东还是果断决定前往解救。

"副支队长，让我上吧！我多次参加过夜间抢险任务，这两天也摸透了这块水域的情况。"士官陈晓俊主动请缨。"好！一定要注意安全！"周副支队长当机立断，下令1、2号冲锋舟下水，由陈晓俊、刘晓明各带两名副手驾船过河。

两艘冲锋舟齐头并进，相互照应，安全到达对岸。返程中，距岸边10米处时，1号冲锋舟突然熄火。"不好！螺旋桨被东西绊住了。"陈晓俊和副手迅速操起篙杆，死死钩住2号冲锋舟船沿以便稳住1号冲锋舟船体。陈晓俊紧急清理杂物，一会儿发动机重新响起，两艘冲锋舟安全靠岸。

刚结束一天的抢险任务，股长李亚勇收到一名被救孕妇发自顺昌县医院的手机短信："我已平安产下一子，多亏你们武警官兵及时送我到医院！非常感谢你们，愿好人一生平安！陈淑娟。"

几个小时前，官兵们看到这名孕妇在家人的搀扶下，艰难走在泥泞的路上。一问，原来她已到预产期，想到医院待产，走了几小时的山路才到这里。面色苍白、大汗淋漓的孕妇体力明显透支，军医王玉挺赶紧打开军用担架，和战士们一起将其抬上冲锋舟上护送过河。岸上的李亚勇迅速用车将她送到了医院……

周晓东带领官兵在新屯建立了临时渡口，专门接送过往的人员。

渡口从早上7时开放到19时，官兵分为10个战斗小组，2艘冲锋舟为一个小组，30分钟轮换一次。每艘冲锋舟坐10名群众，往返一次要10分钟。解群众于危难之时，帮群众于急需之时，临时渡口不仅解救了受困人员，而且也方便了群众的生活。

21日这天，暴雨依然如注。总队政委卢江辉不顾沿途艰险，深入灾区第一线看望官兵。战士庄小鹏抱着一个小孩上岸，引起了卢政委的注意，他的左手背上有一道3厘米长的伤口，水泡过后鼓起厚厚的白皮。

卢政委眼眶有些湿润了，急切地问："小伙子，叫什么名字？你的手受伤了？""报告首长，我叫庄小鹏。这手是上午运送抢险物资时不小心剐伤的，没事。""可要当心，要及时上药，不要感染了。"卢政委认真地叮嘱。此时，庄小鹏的眼角已涌出了泪花。

27日清晨，舟艇突击队又接到总队新的命令，转战被困时间最长、救援任务最艰巨、救助条件最恶劣的顺昌县最后的"孤岛"——宝庄村，通往这个村子的6座桥梁被山洪、泥石流摧毁，480多名村民被困，其中有6名孕妇，还有两名急需出来填写志愿的高考学生。

正在一线看望官兵的总队长黄海辉对参战部队下达了命令，并亲自指挥救援战斗。

第一梯队直属支队率先冲锋。刘晓明、陈辰辰等自告奋勇，分别带两艘冲锋舟下河。到达河中央时，由于杂物太多，导致发动机多次熄火。战士们只好改用船桨划行。此刻，从上游急流而下的洪水犹如猛兽扑向冲锋舟，使船身不停地摇摆。战士们有的操着船桨拼命地向前划，有的拿着船篙顶开前方杂物，稳住船体前进。

15分钟后，两艘舟艇顺利靠岸，安全带固定成功。400多名武警官兵随即携手搭建通往宝庄村的"生命通道"。他们用一个个竹筐装满石块作为桥墩矗立在河道之中，成为承载"生命通道"的中流砥柱，用杉木对接成的桥面，向岸边延伸……

朱志华县长激动不已，泪流满面。"先把待产的 6 名孕妇转移出来！"他急切地大喊。

6 名孕妇在战士的搀扶下踏上"生命通道"。便桥的桥面容易打滑，加上孕妇身怀六甲、行动不便，十几分钟走了不到 30 米。"再这样下去很危险！冲锋舟上！"陈志强副参谋长立即向周副支队长下达命令。两艘冲锋舟飞驰而去，避开障碍物，慢慢靠近桥上的孕妇。"来，小心点！"军医王玉挺细心地引导每名孕妇上船。不到半小时，6 名孕妇安全上岸。

此景被赶来的中央电视台记者一一看在眼里。采访时，孕妇郑春妹激动地说："感谢武警战士，军人是最可爱的人！"

勇士们用冲锋舟架起了一座洪水摧不垮的警民"连心桥"。他们先后转移游客和当地群众 6000 余人，运送抢险人员 2300 人次，运送大米、蔬菜等群众急需物资 20 余吨……大灾之后的闽北，不久又将焕发新的生机。

264

（原载《人民武警报》2010 年 7 月）

四 都 记 忆

　　长汀是红军长征出发地之一，是著名的革命老区。地处闽赣三县交界（长汀、瑞金、会昌）的偏远小乡镇——四都，是朱毛红军入闽第一站，是向反动势力打响第一枪的地方。这个当时总人口仅 4578 人的小镇，竟有 600 多名群众在保护红色政权的岁月中英勇牺牲，有 488 名红军成为革命烈士。长汀籍开国将军涂通今这样评价："长汀的革命离不开四都，长汀的革命史有一半在四都。"

　　1929 年 1 月 14 日，朱德、毛泽东、陈毅率领红四军主力离开井冈山向赣南进军，3 月 11 日红四军从瑞金翻越大山向长汀四都进发。3 月 12 日，朱毛红军进驻四都。这天，刚好是当地百姓"迎关公"的庙会，毛泽东、朱德在关帝庙前空坪上召开群众大会，号召劳苦群众团结起来，打土豪分田地，建立革命政权。当晚，毛泽东、朱德在下赖墟上的"协和店"客栈主持召开了红四军团以上干部会议，讨论红四军进军闽西后的行动方向。此时，中共长汀县委书记段奋夫得知朱毛红军在四都，连夜翻山越岭赶来，详细汇报了汀州城内情况，使毛泽东、朱德做出了攻打长汀城的决策。3 月 14 日，在长岭寨打响了与闽西军阀郭凤鸣的战役。仅数天时间，消灭了福建省第二混成旅 2000 余人，缴获枪械弹药无数。战斗结束后，毛泽东对朱德说："这是红军下井冈山以来取得的最大一次胜利，为创建闽西根据地打开了局面。"

四都境内有一座山叫苦竹山。这是一座海拔近千米、地势险要、易守难攻的山寨。在长汀全县赤色一片时，这里盘踞着一支 400 多人装备精良的反动武装，修筑了坚固碉堡。四都赤卫队独立二连和六连、汀连赤卫团先后于 1930 年 6 月和 1931 年正月两次组织攻打苦竹山，但均未成功。苦竹山敌人反而更加嚣张，偷袭同仁埔头廖屋，杀害多名红军家属，烧毁了十几户房屋。为拔掉这颗苏区腹地的毒牙，1931 年 2 月，谭震林率红十二军一个团，在汀连赤卫团和四都赤卫独立二连和六连配合下，开始了"三打苦竹山"。敌人凭借地形优势和凶猛火力，红军进攻一度受阻。危急关头，红军的一个手枪排，从敌阵地后侧的悬崖绝壁攀缘而上，与正面攻击的红军前后夹攻，经过半天的激烈战斗，全歼了敌人。至此，四都境内反动武装全部清除，闽西、赣南根据地连成了一片。三次攻打苦竹山，先后有数十名四都籍赤卫队员壮烈牺牲。

266　　　1930 年初，红军兵工厂和红十二军医院搬迁到了四都埔头村，兵工厂设在鱼子寨的大宅院，红军医院院部设在船厅下廖家总祠堂。在距医院不远的下赖村抵荫坪山坡上，共 1000 多名红军烈士静静地躺在这里。这些牺牲的红军主要是来自温坊战斗和松毛岭战斗的重伤员，由于缺医少药，很多重伤员在这里牺牲了。当地群众自发担当起埋葬牺牲烈士的任务，当烈士们埋葬在这里后，小山窝变成了小山坡……

1934 年 11 月，福建省三大机关 4000 多人进驻四都小镇，分住在廖屋几家祠堂。1935 年 2 月，装备精良的敌人以数倍于我的兵力，开始全面围剿。由于省委书记兼省军区政委万永诚拒不听从张鼎丞、邓子恢、毛泽覃等同志"放弃四都，分散游击"的主张，数千红军始终陷在四都狭窄地带。敌人采取"茅草过火、石头过刀、人要换种"的惨无人道的"三光"政策疯狂围剿。三大机关游击战据点村红寮村的学堂凹、楼子坝村的岐岭下、溪口村的中璜房子全部被烧毁，群众全部被屠杀，成了无人村。到了 4 月间，红军被敌人分割包围，5 月间福建军区下属的红军部队基本损失殆尽。福建省委书记兼军区政委万永诚、省军区司令员龙腾云、省苏区主席吴必先、毛泽覃先后牺牲，张鼎丞、邓子恢顺利脱险……福建省三大机关至此消失。福建省委、省苏、省军区及下属单位除 200 多人突出重围外，3900 多人牺牲在这里。

在四都牺牲的数千位烈士中，最令四都人难以忘怀的是老一辈革命家陆定一同志的妻子，原中央苏区药材局局长唐义贞。在弹尽粮绝被俘后，趁敌不备，她将身上携带的一份重要文件吞下肚里，恼羞成怒的国民党军官对着唐义贞挥刀破腹。牺牲时唐义贞年仅 25 岁……

这样的一段段光辉革命历史，铭记在四都人民心中。四都镇党委书记感慨地说：沿着英烈的足迹，才能更好地开启新的发展征程。让全镇人民欢欣鼓舞的是，在纪念中国共产党成立 90 周年之际，福建省委、省政府特批 400 万元，在四都建一个"红军园"。如今，四都人民打响了开发红色教育资源的战役，让人们永远牢记红色历史，更好继承发扬英烈精神，努力推动老区的建设。

（原载《福建日报》2011 年 8 月，此文与廖梅士合作）

第四辑　沉思篇

宏大叙事的艺术魅力

——《敦煌》歌词评析

"敦，大也；煌，盛也。"盛大辉煌的敦煌有着悠久的历史，灿烂的文化！作为经典式的文化题材敦煌，要写出新意来不是那么容易的，原因很简单，正如这首歌中所唱："青砖绿瓦流淌古韵新篇，曲谱辞赋依然到处流传。"在众多曲谱辞赋中要出新，这无异于一道很大的难题。要推进一步，可谓难上加难。由此，这个经典性的题材变得极具挑战性，能够写出一点新意来，在灿烂的大敦煌衬托下，它必将变得光芒耀眼。要从敦煌这个题材上写出一点新东西来，按普及性的美学标准来界定，作者起码要突破三个方面的限制：一是突破现有的表现形式，二是要突破集体性的敦煌认识，三是写出自我中心的敦煌。细细欣赏上官翰清创作的《敦煌》歌词，在这三个方面都有一定的突破，但明显感觉到很重要的一点，就是这首歌词蕴涵着宏大的叙述力量的艺术特色。而这一点，也正算得上描写经典题材之"高明"的一条出路。读懂《敦煌》，多少得了解一些敦煌的历史。早在原始社会末期，中原部落战争失败后被迁徙到河西的三苗人就在这里繁衍生息。西汉初年，匈奴人入侵河西，整个河西走廊为匈奴领地。强盛的匈奴以"控弦之士三十余万"的威势，对西汉王朝构成了严重威胁，并且经常骚扰掠夺。雄才大略的汉武帝继位后，采取武力防御和主动进攻两者兼用的战略，于建元二年（公元前 138 年），首次派遣

271

张骞出使西域，联络月氏、乌孙夹击匈奴，给河西的匈奴势力以沉重的打击。汉元鼎二年（公元前115年），张骞二次出使西域，顺利地从乌孙凯旋。从此，开通了通往西域的丝绸之路。张骞"凿空"之行，是中西交通史上的创举，为促进中外以及中原同西域各民族之间的经济文化交流建立了不朽的历史功绩。汉元鼎六年（公元前111年），敦煌建郡之后，为西汉王朝经营西域打下了坚实的基础。自西汉设郡到西晋末的数百年间，丝绸之路虽几通几绝，但敦煌日渐呈现出繁荣昌盛的景象，也逐步发展成为西北军政中心和文化商业重地，成为"华戎所交大都会"。繁荣而相对平静的敦煌，酝酿着深厚的历史文化积淀。自前秦建元二年（公元366年），乐尊和尚在三危山下的大泉河谷首开石窟供佛，莫高窟从此诞生，开窟造佛之举延续了千百年，创造了闻名于世的敦煌艺术。唐朝时莫高窟开窟数量多达1000余窟，保存到现在的有232窟。壁画和塑像都达到异常高的艺术水平，唐贞观十九年（公元645年），唐玄奘到印度取经返回，便是经敦煌回到长安。

272

　　可见历史上的敦煌，历经沧桑，几度盛衰，一路高歌走过了近数千年漫长曲折的旅程。悠久的历史孕育的敦煌灿烂的古代文化，使敦煌依然辉煌；那遍地的文物遗迹、浩繁的典籍文献、精美的石窟艺术、神秘的奇山异水……使这座古城流光溢彩，使戈壁绿洲越发郁郁葱葱、生机勃勃，就像一块青翠欲滴的翡翠镶嵌在金黄色的大漠上，更加美丽，更加辉煌！当给作者在艺术形象与艺术感觉上带来无限的张力。虽然艺术形象源于人生社会，但艺术形象并非生活中的现成品。在创作之初，艺术形象未确定时，词人脑海中的生活形象可能纷纭飘忽，模糊不清。词人就只能通过联想、构思来选择捕捉艺术形象。《敦煌》一开头两句歌词便带给人们无穷的遐思："雨水洗不掉你的繁华/风沙掩不住你的容颜。"上官翰清的高明之处在于用宏大的叙述手法表现宏大的题材，数千年的历史，如果过多地引用典故、古迹、传说的叙事方式诚有可取之处，但相对于浩如烟海的敦煌历史，无疑是很片面、很不完整的，有限的意象表达空间，特别是重大的历史文化题材，如果不讲求取舍艺术，最容易导致"画虎不成反类犬"，使人有种"雾里看花，水中看月"的感觉，很难引起人们在艺术感觉上的共鸣。词作家很巧妙地用区区几字就表达出了敦煌数千年历史的沧桑，稍懂点敦煌历史的人，只要哼唱起这两句歌词，千般的思绪便会融入历史的云烟，如同置身于风云变幻的往昔时光。敦煌几千年的历史历历在目，兵戈铁马，沙场厮杀，花开花谢，几度轮回，但不管岁月如何演变，敦煌依然是敦煌，是充满着故事、流淌着神秘的地方。

　　接下来，第三、四句也很巧妙："青砖绿瓦流淌古韵新篇，曲谱辞赋依然到处流传。"作者笔锋一转，马上给我们带来了一个新的天地，一下子告诉了我们，敦煌古城是大意象建筑体，我们脑中很快就闪现出"青砖绿瓦"的敦煌建筑体，"曲谱辞赋"的艺术表达体，这种形而上的实物，被作者一笔勾画出来后，紧接着的"古韵新篇"、"到处流传"，又迅速向大家传递了一个信息，敦煌的历史文化是辉煌灿烂的，敦煌今天的发展气象是朝气蓬勃的。还暗示着，它的发展与其他历史文化联系在一起，它在继承与发扬中酝酿着今天古城自己的独特现代景观。很宏大的用词，很流畅的语感，短短几句就勾出了文化名城敦煌的地域及其古今文化意象，相当轻快明了。它是准确的，我们可以对照现实中的敦煌来看一看，随着敦煌的对外开放，以及不断开发的新景观、新看点，加之其博大精深、独一无二的敦煌文化艺术、名胜古迹、自然人文景观等，正不断地吸引着四面八方的游客。敦煌也由之陆续被列为国家"历史文化名城"、"中国优秀旅游城市"，其中莫高窟还被联合国教科文组织列入"世界文化遗产名录"。暂且打住，回到歌词上来说，这样丰饶的古城意蕴，如果不采取张艺谋式的"大视角"镜头来展现，该用多少细节来表现呢？效果又将如何呢？不言而喻。所以我们说，用宏大的叙述来展现，算得上是描绘大题材之"高明"的一条出路。试想，微观的一两句词，怎么可能以简练的一两笔就勾画出敦煌的文化意象及景观来呢？所以，以大鸟俯瞰般的宏观视角切入宏大题材，无疑是更具美学意义的。我们先来领会一下词义。这句话给大家提供了怎样的一个信息？很简单，它直接告诉大家敦煌是被很多文人墨客吟咏过的。间接之中，它告诉了大家，这座文化名城之所以受到的人们的爱戴与向往之程度。这就太不容易了，歌词够宏大，也够准确，就是升华到了艺术的层面了。所以，我们说用宏大的叙述方式来表现宏大题材，是《敦煌》的艺术特色。这首歌词，从第一句开始到第二句、第三句直至结尾，其采用的叙事方式，都是使用这种宏大的叙述方式来推进的。

现在我们接上面一个话题，来说一说"宏大"，以及"宏大叙述"的好处及其弊病。本文题目中用了"宏大"两字，大家应该看得出来，这里的"宏大"表达了双重含义：一个"宏大"指的是叙事上的宏大，第二个指的则是题材上的宏大，连起来就是说，用宏大叙事方式来表现宏大题材的主题。之所以用这个题目，就是《敦煌》是一个成功的例子。刚才我们说了，宏大叙述不是本事，它需要"恰当"作支撑才是本事。那么反过来说，不恰当那就危险了，其弊病就是容易落入"假大空"的叙述，如果落入"假大空"的叙述，其失败那叫一个一败到底。从这首《敦煌》来看，可以说作者是费了苦心的，用恰当的词语来作支撑。它或许没有太多的独到新意，在意象表达的方式上还有待斟酌，但令人欣喜的是，这首词从头到尾贯串着作者一样粗粝的力量，它的头和尾是一样的厚重且有力量的。这就非常难得了，比起我们说的，以一个人体验进入敦煌的写作方式，他这种大众化认识的大角度切入的方式更难以掌握平衡。要掌握这个平衡，它考验的是作者艺术素养与艺术发挥的平衡能力。比如，它进入敦煌的第一句词就用得那么大，第二句也就不能小了，一小就失衡了。那么只能大，才能对得起上一句，可是大还得讲究准确恰当才是美才是艺术才是本事。从这点上来说，上官翰清基本做到把这"一碗水"端平了。我们从倒数第一句往上看，会发现，以下一句基本上能够对得起上面一句，能够顶得住。"顶住了"以后的这首歌词，呈现在我们眼前的艺术效果是，歌词具备了非同一般的穿透力，恍若一掬穿透云层的灿烂阳光，洋洋洒洒铺遍了神秘西域的雄关大道，照亮了敦煌的每一个角落。以这个视角来看这首《敦煌》，歌词的饱和度显而易见，整首词凝重而富张力，给予人想象，给予人思考，悠然产生向往之情。在一个经典式的题材里，上官翰清能够选择这个角度，的确有其可圈点之处。

这首歌词虽然短短十几句，不足百字，可谓短矣，但却创造出一个大气磅礴的艺术形象。它的艺术价值，有很多方面值得人们借鉴。当然，要求一首歌词字字都是珠玑，这很难做到。但如果作者能够再下功夫在词眼的锻造上有所突破，则是写词的事半功倍的高明策略。

（原载《福建歌声》2005 年 6 月）

生命和热血献给党

入党宣誓无疑是一个人一生中最神圣的时刻，从中国共产党成立到现在，入党的程序和手续在发生变化，但对党员来说本质上都是把生命和热血交给党。

国防大学原副教育长谭恩晋谈起自己入党时的情况，感慨万千："我 1947 年在北平入党，那天晚上，我被叫到城墙根底下，只问了一句：怕不怕死？我说：不怕！负责发展党员的那位同志说：好，从现在开始，你就是中国共产党党员！"程序很简单，却非常严酷。生命只有一次，还有什么比生死考验更大的考验呢！

从诞生时就与危险打交道，中国共产党 90 年的历程中，踏平坎坷成大道，在困难和考验中九浸九泡、九蒸九煮，而后百炼成钢。党悟门前便是刀山剑树。从党旗下宣誓的那一刻起，共产党员就把崇高理想融入血液，矢志为党的事业、人民利益奉献一切。他们在白色恐怖中奋起，在炮火硝烟中磨炼，在艰辛探索中成长，在改革开放中成熟，成为无畏的战士、无私的干部。

李大钊、夏明翰、杨靖宇、江竹筠……多少共产党人抛家舍业，迈向荆棘丛生、危机四伏的征程，"未惜头颅新故国，甘将热血沃中华"。王进喜、焦裕禄、孔繁森、杨善洲……无数共产党人走向大漠戈壁、风雪边关，走进基层、深入群众，甘做国家强盛、人民富裕的铺路石。

他们完全可以有别样的选择，或荣华富贵，或安逸小康。但他们看破"小我"而追求"大我"。邓中夏谢绝父亲给他在北洋军阀政府谋得的好差事，退了"委任状"，他说："我不做官，我要做人民的公仆，公仆就是大众的长工……要开创一个人人有饭吃、人人有衣穿的新天地。"

从"砍头不要紧，只要主义真"到"为了新中国，前进"，从"没有条件，创造条件也要上"到"共产党员跟我上"，共产党人不惜献出一切的呼喊，始终是时代的最强音，激励中华儿女挥洒热血、燃烧生命，书写民族复兴的壮丽篇章。

（原载《解放军报》2011 年 7 月）

以书为镜是种境界

近日读书，偶有所思所得，深感好书如同学者，博古通今，诲人不倦，让人警醒，使人自省。在建设学习型党组织活动中，许多同志把读书当成了一种生活态度、工作责任和精神追求，日读一文、月看一书，读书成为他们的每日必修之课。对于这种时不我待的学习状态，不仅要保持传承好，更要以书为镜，加强自身修养，提高工作能力。

以书为镜，要把自省当修养。自省是一种自我修养，是一种传统美德。唐太宗李世民说："以铜为镜可以正衣冠，以人为镜可以明得失，以古为镜可以知兴替。"我觉得以书为镜可以识自我，用书这面镜子多照照自己，看看有什么优点、有哪些不足，从而保持优点、找出差距、完善自我，这是一个总结反思、不断提高的过程。在读书中反省自己掌握知识的程度，才会有知之不多的自知之明，从而自觉坐得住板凳，静得下心学习。同时，通过读书反省工作方法与道德修养，才会用最佳思路指导工作，才会自觉用道德标准规范自己言行，从而找出差距，达到"见贤思齐"之功效。

以书为镜，要带问题去读书。书籍浩如烟海，必然要有选择、有鉴别。而学习的一个主要目的，就是为了解决问题，要以此为着眼点，去博采众长，去鉴别，去选择，去吸收。作为一名党员干部要做到这一点，就要带着工作实践面临的问题去读书。部队工作虽然周而复始，年年相似，却不尽相同；看似简单的模式运转，却夹带着许多新情况新问题。特别是武警部队职能使命的拓展、执行多样化任务的复杂性，要求我们全体官兵必须加强学习，不断提高应对突发事件的能力。通过带着疑问去寻找最佳破解之法，逐步提高个人的思辨能力、统筹能力和处事能力。

以书为镜，要化有限为无限。人的一生是有限的，直接向别人学习的经验也是有限的，但是通过读书间接向别人学习则是趋于无穷的。法国科学家勒奈·笛卡尔说："阅读优秀的书籍，就是和过去时代中最杰出的人们——书的作者——进行交谈，也就是和他们传播的优秀思想进行交流。"读的好书越多，接触的优秀人物就越多。阅读一本好书，可以打开一个崭新的世界，可以深入一个人的内心，可以站在世界的制高点。生活中因为读了一本书，而使人的思想观念乃至前途命运发生根本改变的故事比比皆是。一些影响深远的名著往往成为改变社会甚至影响历史进程的思想先导。"腹有诗书气自华"，唯有读书可以让我们从容应对快速变化时代的挑战，增进官兵的智慧，焕发创造的活力，实现人生的价值。

（原载《人民武警报》2010 年 10 月）

"拒礼"更须"明理"

　　"感恩型"、"有所求型"、"打埋伏型"通常是送礼者的主要目的。碰到部下给自己送礼，有些领导指示简单拒收礼品了事，而忽视了对送礼者的教育引导，结果是拒了一次，又来第二次、第三次……事实说明，针对送礼者的不同动机，应对其认真做好思想教育，才是"治本"的办法。

280

　　"感恩型"的送礼者认为，革命工作已好几年，领导对自己的成长进步花了不少心血，怀着感激之情，赠送礼物以表心意。对"感恩"的送礼者，如果简单拒绝，很容易伤害送礼者的自尊心。应该心平气地与送礼者交谈，讲清他的成长进步是党组织培养教育的结果，而不是哪个领导的恩赐。答谢组织培养的最好办法是加倍努力、忘我工作，不应该放在给某个领导送礼上，使送礼者提高思想认识，自觉地把礼品收回。

　　"有所求型"的送礼者经常碰到一些实际问题需要解决，但又担心领导不热心帮助解决，认为送点礼好开门，领导印象深，解决问题就顺利。对这些"有所求"的送礼者，领导们一定要慎重行事，切不可给送礼者造成领导不想帮助或不热心帮助解决问题的感觉。要耐心细致让送礼者懂得：解决个人和家庭的实际困难，政策性很强，政策允许的不送礼也要解决，政策不允许的，礼再多也不行。解决问题靠个人是很有限的，只有靠组织的力量才能从根本上解决问题。一时解决不了的问题，向他们讲清原则，取得其谅解。这样做，既拒收了礼物，又使送礼者从内心感受到党组织的温暖，自觉抵制送礼风。

"打埋伏型"的送礼者信奉庸俗关系学，自己平时努力，指望领导"关键时刻"拉一把，总会提前到领导家"拜一把"，想用送礼这一手段达到其最终目的，对于这种搞等价交换式送礼的同志，领导干部们一定要有很强的党性观念，坚持原则，坚决拒收礼品，用自己的实际行动纠正本单位的送礼歪风，树立起公正廉洁的形象。

（原载《福建日报》2000 年 3 月）

莫借"非典"发"横财"

正当全国上下进行一场抗击"非典"的战斗时，一个个为抗"非典"而献身的英雄和英雄群体令国人肃然起敬。他们当中有为争取时间抢救无辜生命，用自己的身体做试验寻求抗"非典"之药壮举的姜素春教授；有在一线以身殉职的邓练贤、叶欣等白衣天使，他们成为抗"非典"行动中的"扫雷先锋"，成为新一代的英雄楷模。

然而，正当全国上下手挽手、肩并肩地共同为抗击"非典"而日夜战斗、无私地奉献着自己的一切乃至生命时，在一些地方却出现了一些让所有国人不齿之事。厦门、武汉等地相继出现了大量的"三无""黑心"口罩；晋江一村医为村民注射每支 16 元的所谓干扰素，自称是能防治"非典"的疫苗；内蒙古及河北的一些非法药店也趁机高价出售防"非典"药品。所幸的是我们各级执法部门及时对这些不法勾当给予坚决打击。

对"非典"只要发现得早，治疗及时，大部分都是可以治愈的，这已是一个不争的事实。不久前，我国呼吸医学权威专家——北京协和医院呼吸科主任蔡柏蔷教授在接受《人民日报》采访时谈到，"非典"与普通肺炎的死亡率是基本相同的。笔者认为，现在有我们党和国家的高度重视，有我们广大医务人员的无私奉献，有我们广大医学专家正加快治"非典"的研究步伐，广大民众在警惕之余，多少是可以放宽心的。可是在这非常时期，最让人痛心的是，竟然还有这么多的黑心奸商和私欲膨胀的不法分子为满足个人私欲，泯灭良心，推出所谓的治"非典"偏方，把同胞生命视同草芥，这不得不让人感到愤怒。

在此，笔者告诫那些正在或正企图借"非典"捞取不义之财的不良分子，收起那双邪恶之手吧！记住，法眼无边，利剑高悬，谁胆敢以身试法，必将受到法律严厉制裁。最后笔者还想提醒广大民众，勿因"非典"之猛乱了方寸，见"救命草"就抓，尤其是对出现在马路边的药物，多长几个心眼。更请广大民众在抗"非典"斗争中要紧紧依靠和相信党和人民政府，同心同德，共渡难关，以夺取抗"非典"的最后胜利。

（原载《福建法制报》2002 年 5 月）

公众评说的水平最美

一位战友告诉我，以前常视已有"水平"的同事变得"货真价实"起来，细问下得知这位平时自我标榜"水平高"的同事，是在一位"高人"的点化下，幡然醒悟，经过几年的艰苦打磨，终于在自己的领域里，有了一席之地。

不久前，路遇此君，以往满口夸夸其谈的他变得诚恳谦逊起来，我相信这位同事，确已"脱胎换骨"。在为同事感到高兴的同时，也不由得对给自己水平"贴金"的同志还大有人在时而感到不安。想想他们揣着虚态在各种场合张扬着时，真让人恶心，令人蔑视。然撩开这些先生的真实面纱，其底细亦一览无余了，归结起来不外乎"三种人"。

善"喊"的。这种人每做完一件事，生怕人家不知道，都要添油加醋一番后进行"公示"。要是领导交办的事，更是逢人必说，津津乐道。几天后，还"余音缭绕"。藏"丑"的。这种人水平有限，但工于心计，善于藏"丑"，他们最担心自己干不来而让同事和领导看不起，今后在单位难有作为。应招的办法简单管用，干不了的活，就躲；能干的活，就钻。要是成功了，当然少不了进行自我标榜一番。排挤他人的。这种人妒忌心强，心胸狭窄，容不得他人水平比他高。特别是一些搞文字的总希望人家说他是"一笔"，跟他差不多的人，或比他强的，他一定把他视为眼中钉、肉中刺，对其写的文章不是横挑竖鼻，就是讲得一无是处。

一位教育家曾这样说过：说自己有水平的人，其实是最没水平的人。上述"高人"者，其实大多都不是什么有水平之人，更没有过人之处。但他们都认定一个"理"：有水平的受人尊重，能得到领导的器重，在单位说话就有分量。正因为如此，他们才"冒天下之大不韪"，想方设法挤入"水平人"之列，以此满足个人的虚荣心，并通过这种"包装"的方式来实现某种目的和利益。

在现实生活中，常看到一些"文人"因捍卫自己水平的高低，上演了不少文斗场面。如有的人见人家水平超过他，就专找对方弱点，捅其"要害"，哪怕找到一个错的标点符号，也要把它高高扬起，以为人家水平"倒"了，他的水平就可以"高"了。也有的因妒忌其才采取一些卑鄙手段陷害他人，最终达到毁他人名声来抬高自己的目的。所幸，此种人少之又少。

千呼万唤有水平，不如公众一声评。群众的眼睛是雪亮的。笔者认为，要想公众认可你是有水平的人，真才实学是底线，群众基础是根本。最好的途径就是自身品质要正，始终要保持诚恳和谦逊，也就是常说的"有德有才"，才能赢得群众对你的认可和器重，否则，你水平再高，也难叫群众嘴里吐个"好"字来，说不定背地里还骂你是个歪才呢。说到这，朋友，是不是该把自我标榜的"水平"两字给撕了呢，实实在在做个有真水平的人，心安理得让公众评说吧，如听着群众说你有水平，那不是一种健康享受吗？

（原载《闽北日报》2002 年 9 月）

"非法"比"非典"更可怕

近日，有报道说，某市司法机关对一名借"非典"之名敲诈钱财的犯罪嫌疑人从立案、侦查到起诉只用了 11 天。读罢，拍手称快之余颇多感慨。正当举国上下众志成城、抗击"非典"的关键时刻，在一些地方却出现了一些让所有国人不齿之事。厦门、武汉等地相继出现了大量的"三无"口罩；晋江一村医还为村民注射每支 16 元的所谓干扰素，自称是能防治"非典"的疫苗；内蒙古及河北的一些非法药店也趁机高价出售防非药品，大发国难之财——所幸的是我们各级执法部门及时对这些不法行为给予坚决打击，纯净了社会风气，保障了"非典"时期的社会秩序。

"非典"来势凶猛，对人民的健康和生命造成了极大的威胁，目前尚未有效的药物进行治疗，一些人谈非色变，乃是情理之中的现象。不久前，我国呼吸医学权威专家——北京协和医院呼吸科主任蔡柏蔷教授在接受《人民日报》记者采访时谈到，"非典"与普通肺炎的死亡率是基本相同的。蔡教授的一番话，明确地把"非典"同一些绝症区别开来。对"非典"只要发现得早，治疗及时，大部分都是可以治愈的，这已是一个不争的事实。所以，"非典"并不可怕，可怕的倒是一些借"非典"作祟的非法行为。这些非法行为危害了特殊时期需要的良好秩序，对社会稳定造成威胁，同时还加剧了人们的恐慌心理，对战胜"非典"疫情造成不利影响。

真可谓：天灾可治，人祸难防。笔者劝告那些正在或正企图借"非典"之机捞取不义之财的人，收起邪恶之手。记住，法眼无边，利剑高悬，谁胆敢以身试法，必将受到法律严厉制裁和所有国人唾弃。

（原载《法制日报》2003 年 5 月）

职务低不等于无责任

有一位排长因未能及时提拔而骤生怨气，就向上级写了一封辞职报告。据悉，这位排长虽然任职时间较长，但长期以来工作消极，政绩平庸，没有提拔尚在预料之中。

在基层，因职务低而要求"辞职"的虽属个别，但认为排长职低责轻，干不出大名堂，发挥不了大作用的，却有一定的普遍性。一般说来，职务高一些，责任相对大一些；职务低一些，责任也相对小一些。但责任小并不等于无责任，更不是无须尽责。越是职务低的干部从事的工作越具体，越要全力以赴。如果认为职务低就可以不尽职，甚至玩忽职守，那是大错特错的。

其实，一个人能否成就大事业，并不是在于职务大小、位置高低，而在于为人民服务的思想树得牢不牢，在于献身警营、建功立业的决心大不大。武警部队历届"十大忠诚卫士"都有普通战士，他们都是在平凡岗位上做出不平凡业绩的。

职务低微，也要经受住考验。有的排长"思升心切"，不到时间盼提拔，没有提拔就闹情绪，这是摆不正个人愿望和组织需要的表现。从实际情况看，在排长的位子上，稳定时间长点，并非坏事。排长是个"综合性"职务。一个排长在基层既当"中队长"，又当"指导员",在这个位子上工作干好了,基础打牢了,积累了丰富的经验,以后放到更高的职务上,就会较快胜任本职,更利于个人的成长进步。

(原载《人民武警报》2004 年 8 月)

弃恶向善，立身之本

弃恶向善，本是人之常情，亦是为人之根本，向来为人推崇。因此，从古至今，我国民间就有许多关于善恶的说法。"恶有恶报，善有善报，不是不报，时候未到，时候一到，一切都报"，"作恶多端，必害自身"，"害人终害己，玩火必自焚"，"有啥也不能有坏心，缺啥也不能缺良心"。

上述说法，或春风化雨、劝人为善；或晨钟暮鼓、教人戒恶。无论斗转星移、朝代更替，不管文字形式如何转换，有关善恶的说教万变不离其宗。《三字经》开篇是"人之初，性本善"，不少村姑、农夫、小孩都能背上几句，可见深得人心，被誉为开明圣君的唐太宗李世民，对善恶亦有特别用心。他生怕子孙后代不辨世间善恶，命宰相魏征编写了一部《自古诸侯善恶录》，责令皇儿皇孙作为必读之书，"用以立身之本"。

可见，上至远古圣人、一代明君，下至一介书生、黎民百姓，对恶的厌憎和唾弃都是一样的。

从大处讲，为善能振国兴邦。历史上大凡开国明君，如周文王、周武王、汉高祖等人，都能从善如流，疾恶如仇，胸怀天下，励精图治，开创了盛世伟业，名留千史。而像殷纣王、隋炀帝等亡国之君，由于"违背道德礼义，荒淫无度，打击迫害忠良之臣，宠爱无能之徒，刚愎自用，用权无度，坏事天下"，祸国殃民，天怒人怨，最终招来亡国杀身。

就是平民百姓，行恶自有恶果，作恶难免灾祸。笔者入伍前邻村有一恶妇，刁蛮任性，常常得理不饶人，左右邻居多被欺辱。忽有一夜，其家失火，邻居把自己关在家里，装成"瞎子"，好心人引走她老人、抱出孩子，恶妇差点葬身火海。一次回家探亲，忽感恶妇已变人样，据说是那次失火之后的醒悟。某村一恶棍，偷抢奸淫，无恶不作，一日发"羊痫风"，在石崖边翻滚抽筋，口吐白沫，几位曾受其罪者看见，佯装不知，结果滚下山崖摔死，应了"害人终害己，恶有恶报"的民谣。话说闽北"徐氏黑帮兄弟"早几年靠做木材生意发了一笔财，可赚来的钱没花在正道上，却用在培植了一方恶势力，专干欺行霸市、抢劫、贩毒、制造命案等法所不容的勾当，罪恶之重可谓罄竹难书。"严打"开始就被闽北警方列为"打黑"第一仗。抓"二掌门"徐凯时，天未亮，下着大雨，然而周围已是站满了围观群众，个个露出欣喜表情，昔日赫赫有名的"武林豪杰"做梦难料"栽了"，人们会还以如此"难看"脸色。特大杀人魔王张君、李泽军等作恶时尚有一些快活，但得来的财富毕竟取之邪道，沾染的血腥太重，快活不久便入了鬼门关。这些恶行昭著、欺压百姓之徒不杀不抓不足以正国法、平民愤。

说到善行，大千世界，可谓触目皆是。救人危难，照料孤寡伤残，亲密四邻，捐资办学建桥，义务献血，一向为人倡导，为传媒所颂，为人所敬重。像雷锋那样，数十年来亿人敬仰，成为善的象征，是一代又一代青少年学习的楷模。就连西方的一些金钱社会的国家，也一度兴起学雷锋热潮。看来惩恶扬善之心，普天下之大同。

"打过斧头换过柄，改恶从善做好人"。愿作恶者回头是岸，争取人民宽容，莫等报应来临，到时悔之晚矣。

（原载《福建法制报》2004 年 9 月）

未肯徒然过一生

　　近读有关宋代英雄韩世忠的传记，对其"男儿仗剑酬恩在，未肯徒然过一生"的豪言感悟多多。现实生活中，人们总对敢拼者油然而生敬佩之情，对有实力而又畏缩者嗤之以鼻。相信很多人曾经对国足在世界杯赛上的表现大失所望，不仅因那令华夏儿女汗颜的战绩，更主要的是他们在赛场上缺乏拼搏的精神。说到底，就是缺乏一个好的状态。

　　我们常看到一些人，其貌平平，但却很精神，给人以力量感，能从其言行中受到震撼和鼓舞。相反，有的人长相不错，但精神委靡，工作和生活都毫无生气，大家会说这个人状态不够好。由此观之，人活状态，地位尊卑、穷阔程度都在其次。只有好的状态，才能出现好的工作质量，才能领悟生命的真谛，才能闯出一番事业，才能受到应有的尊敬。

　　好状态源于远大的理想、崇高的追求，是一个人蓬勃朝气、昂扬锐气的外在形式。古人云：大丈夫，当景盛，耻疏闲。意思是说，男人的志向应当像阳光那样旺盛，可耻的是闲散游荡、无所事事。

　　一个人思想浮躁，逐利于世，患得患失，当然愁眉苦脸，惶惶不可终日。把生命的坐标定格在升官发财，一味苦苦求索，怎能不活得太累；热衷于吃喝玩乐、声色犬马，又怎能不活得太腻。纵观商海，红尘滚滚，斑斓多彩，这对人们来说是一个巨大的诱惑与考验。我们不能回避一些简单而严肃的问题，就是为谁工作、如何工作、怎样工作。

理想是一个人生命的动力，也是人生的精神支柱。如果只为自己活着，那无异于动物的生命。我们可能不会成为一个伟大的人，但我们必须有一颗向往伟大的心；我们可能不会在历史上留下什么惊人的业绩，但我们必须使自己的拼搏能够促进部队的建设发展。我们应视名利淡如水，看事业重如山，怀律己之心，除非分之想，心里装着国家和组织，不为名所累，不为利所诱，不为欲所动，老老实实做人，扎扎实实做事。只有这样，才不会徒然过一生。

（原载《人民武警报》2009 年 9 月）

让学习成为常态

时代呼唤学习，学习决定进退。知识经济时代，学习不仅是一个人生存生活的基本技能，而且是一个人成长进步的必由之路。古往今来，大凡成功之人无不经历一个勤奋刻苦学习的过程。匡衡凿壁借光、屈原洞中苦读、范仲淹断齑划粥、司马光警枕励志、陆游书巢勤学、刘勰佛殿借读……这些典故都在告诉我们同一个道理：学在平时，贵在以恒，只有把握今天才能拥有明天。

明末清初的爱国主义思想家、著名学者顾炎武的"自督读书"故事就给我们很好的启迪。顾炎武6岁启蒙，10岁开始读史书、文学名著。11岁那年，他的祖父蠡源公要求他读完《资治通鉴》，并告诫说："现在有的人图省事，只浏览一下'纲目'之类的书便以为万事皆了了，我认为这是不足取的。"这番话使顾炎武领悟到，读书做学问是件老老实实的事，必须认真忠实地对待它。从此，他勤奋治学，采取了一套行之有效的"自督读书"措施：首先，他给自己规定每天必须读完的卷数；其次，他限定自己每天读完后把所读的书抄写一遍。他读完《资治通鉴》后，一部书就变成了两部书；再次，要求自己每读一本书都要做笔记，写下心得体会。他的一部分读书笔记，后来汇成了著名的《日知录》一书；最后，他在每年春秋两季，都要温习前半年读过的书籍，边默诵，边请人朗读，发现差异，立刻查对。他规定每天这样温课200页，温习不完，决不休息。

顾炎武把学习作为每天生活不可或缺的部分，为自己量身定做学习计划，设定学习内容，并按既定目标不折不扣地完成，靠着脚踏实地、日积月累之功终成大家。他这种牢牢把握今天、追逐明天的精神，值得我们学习和借鉴。但是，在我们身边总有一些党员干部把学习当成了生活、工作中的一种负担，面对学习常以工作忙、任务重、时间少等诸多借口搪塞而过，结果只能落得"书到用时方恨少"的窘境；也有的将学习视为"强心剂"，只有到关键时候才会"临时抱佛脚"，囫囵吞枣搞"突击"，其效果却微乎其微。显而易见，他们把学习寄托于明天是不可取的。

中共中央提出建设学习型党组织、学习型社会，既是理性的决策，又是现实的需要，与我们的生活、成长、成功、发展息息相关。我们应该像顾炎武一样牢牢把握今天，把学习放在当下，让学习成为常态。当今世界，高新科技日新月异，知识更新日益加快，文化交流日益频繁，加强学习、善于学习，增强本领、历练才干，方能抓住机遇和迎接挑战。如果不学习，就干不好工作，赶不上潮流，更落后于时代。许多人工作不在状态，除客观原因外，就是主观学习不够使然。学习，贵在坚持，重在管用，要向书本学习，向社会学习，扩大视野，充实智慧。

把握一个今天，胜似两个明天。亲爱的战友，今天你学习了吗？

（原载《人民武警报》2010 年 3 月）

主动心态与成功

美国一家工商管理学院的入学能力考试，把考核学生的主动思维能力融入语法考题中。在一般的英语语法中，主动语态和被动语态都被认为是正确的表达，但在这个学院的考试中，假如一句话能用主动语态来表达而用了被动语态，就被判为绝对错误。比如表达"作业被我做完了"这个意思，一定要说成"我把作业做完了"才算对。

这个考试对主动、被动语态异常敏感的背后，隐藏着一个重大命题，这就是判断参加考试的人面对所发生的事情是用何种心态来处理。他们认为，一个习惯于用被动语态的人会不自觉地用被动的方式来处理问题，而一个习惯于用主动语态的人则时刻会考虑主动地解决问题。凡是拥有主动心态的人，都比较容易成为出色的管理者。所以说，这个考试与其说是考语法，不如说是考人的心态。

古今中外，大凡成功之士都有百折不挠、朝着目标顽强进取的主动心态。司马迁受刑后没有自暴自弃，而是继承父志，用血泪写就千古名著《史记》；身残志坚的张海迪，以积极乐观的心态向命运挑战，唱出高亢激昂的生命之歌，被誉为"当代保尔"；美国名将格兰特，在南北战争时期创造性地完成任务，靠的是敢于冒险的胆识和积极的行动。可见，拥有一个积极主动的心态，把握工作的主动性、超前性、是成就一番事业的重要条件。

但是，在我们身边却不乏这样的人和这样的行为：上班慢一点，下班早一点；事情要人催，不到时间不紧张；工作得过且过，能应付就应付。这些，无疑都是不主动的表现。不主动的背后，是思想的懒惰、情绪的低迷、动作的迟缓。要消除不主动的状态，需要从两个方面入手：一是不断加强学习，提高思想觉悟，激发工作热情，形成良性循环，使自己永远保持积极向上的精神状态；二是多研究总结，多超前思维，多想想如何在一定的时间内干更多的事，如何在一定的条件下把事情办得更好。

当机遇出现时，是主动出击、奋力一搏，还是畏首畏尾任机会溜走？相信大家都有自己的选择。若想将正确的选择变成现实，还需要我们付出积极主动的努力。

（原载《人民武警报》2010 年 6 月）

平心静气抓学习

俗话说："书山有路勤为径，学海无涯苦作舟。"只有孜孜以求，刻苦钻研，学而不厌，才能"功到自然成"。经常听到一些同志讲：现在部队工作任务重，头绪多，一天从早忙到晚，哪有时间和精力学习？当前，部队年轻干部大多在三十岁上下，精力充沛，正是抓学习、干事业的黄金年龄。只要积极创造条件，平心静气学习，学习就一定能上去。

平心静气学习，就是肯吃苦，下真功，潜心研究。天才来自勤奋。纵观古今中外，大凡有作为的贤人志士都十分刻苦学习。举世瞩目的科学家史蒂芬·霍金身患"卢伽雷病"，全身瘫痪，不能说话。他完全依靠安装在轮椅上的一个小对话机和语言合成器与人交谈，看书必须依赖一种翻书页的机器，读文献时需要请人将每一页都摊在大桌子上，然后他驱动轮椅如蚕吃桑叶般地逐页阅读。霍金不因为病痛的折磨而放弃对学习的渴望，他正是在这种一般人难以置信的艰难中，成为世界公认的引力物理科学巨人。他的黑洞蒸发理论和量子宇宙论，不仅震动了自然科学界，并且对哲学界和宗教界也有着深远的影响。在中国有囊萤映雪、凿壁借光、悬梁刺股等经典学习故事，还有闻一多醉书、华罗庚猜书、侯宝林抄书等名人趣谈。这样刻苦读书的例子不胜枚举，正如爱因斯坦所说："人们把我的成功，归因于我的天才；其实我的天才只是刻苦罢了。"

平心静气学习，就是要戒浮躁，贵有恒，锲而不舍。青年毛泽东用"贵有恒，何必三更起五更眠；最无益，只怕一日曝十日寒"自勉。马克思撰写《资本论》参阅了 3000 多册书籍，由于长期在英国大不列颠图书馆里学习，座位下的地面竟然磨出了两个深深的脚印。学习是一件苦差事，"非静无以成学"。只有耐得住寂寞，抗得住干扰，静下心、稳住神，把学习当成一种快乐，才能取得理想的学习效果。

平心静气学习，就是要挤时间，巧安排，聚零为整。鲁迅说，时间就像海绵里的水，只要用心挤总是会有的。有人做过调查，一个人如果活 72 岁，时间大概这样分配：睡觉 20 年，吃饭 6 年，生病 2 年，文体活动 8 年，工作 14 年，闲暇时间 22 年。爱因斯坦有句名言："人的差异在于业余时间。"岁月蹉跎，人生短暂，就像朱自清在《匆匆》里写的那样："洗手的时候，日子从水盆里过去；去吃饭的时候，日子从饭碗里过去；默默时，便从凝然的双眼前过去。"只要我们把闲暇时间合理利用好，那将是人生一辈子的四分之一。

平心静气学习，就是要多积累，勤翻阅，集腋成裘。积累资料、积累知识是提高素质能力的重要途径。周恩来同志讲："什么是灵感？灵感就是长期积累，偶然得之。"只有平时广集情况，广积资料，广泛涉猎，才能达到"厚积而薄发"的效果。如果平时不善于学习积累，临时再去抱佛脚，就难免出现"书到用时方恨少"的尴尬了。古今中外的高参谋士，之所以能参善谋，运筹帷幄，一条重要原因就是他们注重对知识和资料的占有与积累。

（原载《人民武警报》2011 年 6 月）

大志向与小事情

可以说人人都有大志向，但是却未必人人都能做成大事业。这里面有一个很重要的错位，就是很多人空有大志向，却往往连小事情也做不好，最终导致大事没做成，小事没做好，在庸常的时光中消耗生命。

我们常常能够听到一些人说，他想干一番怎样怎样的事业，甚至描述得天花乱坠，但是几年过去了，我们依然没看到他干成什么大事业。问其原因，回答一概怨天尤人，老天没有给他这个机会，如果谁给他这个机会，那今天肯定就干成了。这样的话，我们听得耳朵都快长茧了。

笔者认为，一个人有大志向固然是好事，但是现实生活中不是人人一下都能够拥有做大事的机会，大多数人还是只能从小事情做起。再者，少数人即便一开始就得到了大机会，没有经验也未必就能够干好大事业，机会是为时刻准备着的人而准备的，时刻准备就是体现在平时做好每一件小事情。我们的官兵更应该如此，不论你在哪个岗位，干的事情是"大"是"小"，其实能干好就不平凡。国防大学一位教授说："如果你热爱生活，就应该从热爱你现在的工作开始，如果你热爱祖国，就应该从干好现在的工作开始。"是的，我们常把热爱祖国挂在嘴边，而真正热爱祖国，就应当干好自己的本职工作，为国家的建设奉献光和热，哪怕是一颗水滴，久了也成了太平洋。对于大多数人来说，干好大事业，往往是做好了无数小事情积累的结果。因此，你若是胸怀大志向，也不妨从自己着手能做的小事情开始做起。小事情虽小，但是"麻雀虽小，五脏俱全"，其"规律"跟做大事情是一样的。能够一次次干好小事情，其积累下来的经验，就有可能让你有一天得到机会时，真正干成一桩大事业。

相反，不断地做好了"小事情"，其实也能够激发一个人的"大志向"。不断地把小事情做好了，自然能够让人看到更远的一个目标，并呈阶梯式达到一个事业的高度。而事实上，我们看一些功成名就的人的生平，会发现他们年轻的时候干的也不过都是一件件平凡的小事情，而正是干好了那样的一件件平凡小事情，使他们积累了足够的经验，最终成就了一番伟业。

（原载《人民武警报》2010年6月）

第四辑　沉思篇

偷闲泼墨亦风流

翁德财

作为闽西客家农民的儿子，武警福建总队莆田支队政委邓达生爽直厚重却又不失儒雅，他既钟情于绿色警营，又热爱在笔墨间感悟哲理，用线条勾勒人生。莆田支队支队长钟石生曾向官兵这样评价自己的搭档："人品好、文采好、书法好。"

结缘书法勤学苦练

邓达生的书法求索之路是漫长而艰辛的。1987 年 11 月，邓达生入伍来到福建总队南平支队，由于能写一手好字，他成为中队文书。那时，部队还没有电脑、打印机，各类文件材料全靠手抄。谈到这段经历，邓达生感触颇深："那时每天都要用钢笔手抄 10 多份约 2 万余字的文件材料，而且还要求字迹工整、美观……"于是，邓达生把抄写材料当成了练字，用工整的楷书抄写标题，用行楷书写内容以提高速度。尽管如此，一天写下来，他还是累得头晕眼花，腰酸背痛，拿起筷子手就颤抖不停。此外，每周一期的黑板报任务也令他的毛笔书法得到很好的锻炼。

1990 年 9 月，邓达生如愿考入福州指挥学校，实现了军旅人生的一大转折。学校实行末位淘汰制，学习训练压力极大，但邓达生却依然凭借对书法艺术的执着追求，为其枯燥的"三点一线"生活增添了许多乐趣。他利用书写黑板报的机会，常常独自纵情练习书法，每次学校黑板报比赛，邓达生所在队都是最大的亮点。学校也有几位书法爱好者，一见黑板报上那刚劲有力的字，就知道写板报的小伙子有"功夫"，于是邓达生被吸纳为学校书法俱乐部成员。一到周末，书友们便一起在墨海中忘情徜徉。有一次，邓达生周末请假外出，正巧遇到福州书画院展出著名书法家朱以撒教授的作品，他被朱教授那精妙的笔法、洒脱秀逸的字体深深吸引住，一时忘记归队时间，结果超假了20分钟，受到了学员队领导的严肃批评。

在紧张的警校生活之中，邓达生的书法融入了浓厚的军旅豪气，他那刚健峻拔的书风由此形成。

艺情兼备独具魅力

书者，心之画也。邓达生对书法艺术有着独特的见解。他曾说："书法就是在情感支配下，用线条在有限的纸面空间里别出心裁地勾勒出有生命力、有动势的心灵活动轨迹，书者不动情，观赏者何以动情？"因此，每创作一件作品，邓达生都认真打好腹稿，揣摩成熟后，找准最佳状态，反复写几遍才定稿。

多年创作中，邓达生在作品里融入了大量的情感元素，在传统的笔法中开拓出极富个性的艺术意境。他认为书法必须植根于时代，必须师古纳今——这不仅是邓达生的亲身体悟，也是所有追寻艺术者的心声。正如托尔斯泰所说："艺术是用感情感染人们的手段，艺术家在创作中不能冷漠无情，应该哭，应该笑，感人的艺术，是伴随着艺术家的感情呱呱坠地的。"

在学习书法的同时，邓达生还不断加强文化底蕴培养。他先后当过总队新闻站长、政治部文工团政委、直属支队政治处主任。无论岗位如何变化，无论走到哪里，他一有空闲就抓紧学习、勤奋写作，先后发表了不少文学作品，既丰富了自身文化内涵，又增强了对书法创作的理解。

近年来，邓达生的书法作品、评论文章陆续发表于军内外各大报纸杂志，并多次获奖，他被书法界人士一致称为"富有实力的后起之秀"。

笔墨融情书如其人

清代文学家刘熙载曾言："书，如也，如其学，如其才，如其志，总之曰：如其人而已。"邓达生就是这样一位"书如其人"的代表。在他的书法作品里随处可见对人生的独特理解和二十多年军旅磨砺的痕迹。一路走来，邓达生就是在多彩灵动的水墨点画间，感悟着人生的韵味。

邓达生坦言："组织的培养和部队的锤炼，为我的作品注入了丰富细腻的军人情感元素，我会继续把自己的书法艺术植根于警营火热的生活之中。"基于这种情感，邓达生常常以书法与战士交朋友，让书法为工作服务、为部队服务，使二者相得益彰。

在直属支队任政治处主任的时候，每年老兵复退期间，邓达生都会向老战士赠送自己的作品，同时也送出一份浓浓的深情。走上莆田支队政委岗位后，他针对执勤部队任务繁重、官兵文化生活单一的情况，立足部队实际，以开展兴趣小组活动为平台，逐步提高官兵对中国传统文化学习的积极性，其中书法兴趣小组就是邓达生亲自倡导成立的。每逢周末，他乐于同爱好书法的官兵一起交流心得。

研习书法，不仅需要技巧，更需要一种眼光、一种胸怀、一种领悟、一种智慧。扎根在警营的邓达生远离尘世喧嚣，矢志不移地投身于工作、倾情于艺术，正一步一个台阶，不断走向人生的辉煌。

（原载《中国武警》2010 年 10 月）

后　记

　　不知不觉中，二十多年军旅生涯悄然而过。回顾过去的二十多
年，我的大多数时间都与文字打交道，从支队宣传股长到总队新闻站
长，从文工团政委到如今支队政委，可以说每一个岗位都与文字密切
相关。我这本书里的文章，大多数就是这期间写下的。岁月易逝，人
生易老，如今回忆一二十年的许多事，早已觉得遥不可及。好几次，
在我整理这本书时，眼睛盯着某一篇文章，我会懵上好一阵。要不是
以文为证，我真不知道什么时候还能够在记忆里重温起文中事，也许
永远都不会再想起来了。记忆在时间面前竟如此脆弱。也就这一瞬
间，我忽然意识到，能够以文字的方式记录逝去的岁月，这对人生是
一个很好的纪念。

　　我是什么时候开始萌生出书的念头呢？实话说，这是我自小的一
个梦想。的确，在我眼里，"作家"和"书"是很神圣的事儿，能够
出上一本书那是很了不起的。当然，那样的一个年代或许早已远去，
现在出书显然不是什么稀奇事，几乎只要有文字能力的人都可以出
书，但是我却依然对"书"保持着足够的敬意。我想这是一种情结使
然吧。于是，不为名不为利，只为潜藏在心中一桩久远的愿望，在
2012年春节休假的几天里，我把自己关在家里，几乎不分昼夜地干
起了这件"私事"，从一堆发黄的剪贴本中找出这些文章，将其汇编
成书。

当我重读这些文章时，觉得有些篇章在写法上或思想上显然不够成熟，不过，除明显的错谬之外，我亦不作过多修改，一来实在没有过多时间，另外，我认为这些不修毛边的作品，能够更加真实地体现我每一个阶段的心路历程，就让它按照原貌保存下来吧，也算是对人生做一个阶段性的总结。当然，人总是向前看的，我希望以后能够把文章写得更好。

借此机会，感谢武警福建总队各级领导，感谢身边的各位战友，在部队能够一路走到今天，并拥有这样的一个收获，离不开你们的关心和支持！此外，还要特别感谢为这本书的出版提供帮助的朋友们！